KB236505

닥트공 최씨 이야기

닥트공 최씨 이야기

닥트공 최씨 이야기

초판 1쇄 인쇄 · 2006년 8월 18일
초판 1쇄 발행 · 2006년 8월 22일

글쓴이 · 최경주

펴낸곳 · 도서출판 삶이 보이는 창
편집인 · 박일환
편집주간 · 김영숙
편집부 · 한고규선 엄기수

등록번호 · 제18-48호
등록일자 · 1997년 12월 26일
배본 · 한국출판협동조합 (02)716-5619

주소 · (150-820) 서울시 영등포구 대림1동 929-5 2층
전화 · (02)848-3097
팩스 · (02)848-3094
홈페이지 · www.samchang.or.kr

ⓒ 최경주, 2006

값 9,000원
ISBN 89-90492-32-7   03810

닥트공 최씨 이야기

삶이 보이는 창

최경주 지음

삶이 보이는 창

　달구어진 건물 위로 황색 타워 크레인이 위태롭게 도는 여름이다. 더위라면 딱 질색이어서, 이 여름을 어찌하나 하고 봄부터 걱정을 했다. 막상 여름이 닥치니 함석에 물이 줄줄 흐르는 습도와 30도가 넘는 온도에도 용케 잘 버티고 있다. 그저 더운 여름일 뿐이다. 일이나 끊이지 않았으면 하는 마음뿐이다.

　땀 흘려 일하는 건설노동자의 안식처는 어디인가? 출근길 문을 나서기 직전 돌아 본 잠든 자식의 얼굴, 시도 때도 없이 좋알대는 아내의 바가지, 쉬는 날의 늦잠, 한탕 도박, 동료들과 마시는 마약 같은 술, 습관화된 일들, 치열한 싸움 뒤의 담배 한 대, 무엇이 노동자에게 안식을 제공하는가?

　어찌하다 보니 나는 글을 쓰게 되었다. 마음의 여유가 있을 때 빈 공책을 펼친다. 처음 맡은 현장을 둘러보듯 일상의 삶을 돌아보고 설계하는 사색의 마당이다. 글을 쓰기 시작한 것은 사회생활을 하면서부터다. 낙서와 일기로 글쓰기가 시작되었다. 본격적으로 쓰게 된 것은 조합 생활을 하면서다. 이제는 내 삶의 일부가 되었다. 세 번째 눈이 생긴 느낌이다. 펜을 들면 머릿속에 그려진 도면 위에 빛이 들어가고 건물 벽이 하나 둘씩 올라선다. 올라선 건물 사이로 바람이 통하기 시작한다. 이 길을 얼마나 왔던가? 10 년, 20년, 급기야 긴 여정의 길에 책까지 내게 되었다. 읊조림이 그 모양을 갖추어 출판이 된다. 부끄럽다.

글이라는 또 다른 노동의 길에, 정리하여 책을 엮어 출판해주는 '삶창' 동지들께 감사드린다.

이른 새벽, 조금씩 내리던 막판 장맛비가 천둥과 함께 쏟아진다. 생각해 보니, 올여름 치열했던 싸움으로 구속된 대구와 포항 노조의 동지들은 새 벽잠을 잊고 창살 안에서 이 빗소리를 들을 것이다. 빗물이 모여 쏟아지는 처마의 낙숫물 소리가 겨울비마냥 차고 크기만 하다.

2006년 7월

최경주

❙ 차 례 ❙

1부

노동의 길을 가다

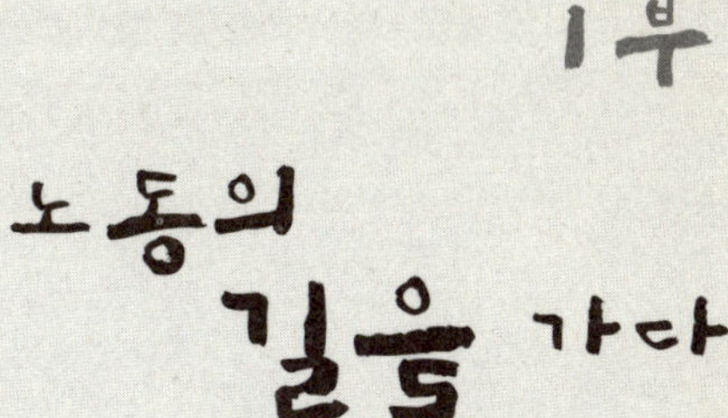

내 나이 열여덟이었던 1980년 봄 어느 날,
나는 평화시장 B동 건물로 가기 위해 청계천 횡단보도를 뛰고 있었다.
건너편 붉은 평화시장 건물에는
갖가지 구호가 적힌 현수막들이 아래로 늘어진 채 펄럭이고 있었다.
옥상에는 붉은 머리띠를 동여맨 노동자들이
아래를 내려다보며 손을 들어 구호를 외치고 있었다.
내가 사회에 나간 첫날의 풍경이었다.

뿌리

1

1997년 초, 김영삼 정부가 막을 내리던 해, 나는 건설일용노동조합 상근 간부가 되었다. 당시 나는 노총각이었으며, 이미 결혼 적령기를 넘긴 상태였다. 신임 사무국장인 또래 친구가 하는 말이 올해 아니면 장가 못 간다고 했다. 노조 위원장이 되었을 때 명함이라도 팔아 장가를 가라는 말이었다.

총회가 끝나고 급한 일이 정리되어 갈 무렵, 나는 그 친구 말대로 개인적인 '사업'을 위해 작은 메모지에 어렵게 목록 하나를 작성했다. 대부분 조합 생활을 하면서 오다가다 알게 된, 안면 있는 여성들이었다. 시간이 날 때마다 차례대로 전화를 해서 데이트를 했다. 대부분 훌륭한 여성들이었지만 여름이 가기 전까지 아무런 성과가 없었다. 내가 너무 성급했거나 상대가 결혼에 대한 부담이 컸던 것 같다. 선배들에게 조합 사업보다 장가가는 데 더 열을 올린다는 핀잔을 들었다. 나는 그것도 조합 사업이라고 받아쳤다. 하지만 인연은 다른 곳에 있었다. 당시 목록에 올라 있지 않았던 지금의 처를 만난 것이다. 인연은 억지로 되는 게 아닌가 싶기도 했지만, 하고자 하는 의지에 따라 달라지는 것이란 생각도 들었다.

1998년 2월, 조합 임원의 임기를 마치자마자 서둘러 결혼을 했다. 처는 임신 중이었다. 결혼은 피할 수 없는 대가를 치러야 한다. 결혼이 주는 첫 번째 선물은 현실이라는 냉정한 개념이었다. 결혼을 하자마자 3월부터 작업복 가방을 들고 현장으로 나섰다. 조합은 새로 꾸려진 지도부를 중심으로 건설노동자의 생계대책을 요구하며 명동성당에서 천막농성에 들어갔지만, 내 발길은 농성장이 아닌 현장으로 향하고 있었다. 현실, 현실, 비정한 현실이었다. 최소한 첫 아이가 세상에 나오기 전까지는 돈이 필요했던 것이다.

오랜만에 발을 디딘 현장은 1998년을 기점으로 완전히 딴판으로 바뀌어 있었다. IMF가 막 터진 후였다. 이른 새벽부터 불 깡통을 끼고 서서 일을 기다리는 건설노동자들에게, 대면하기 싫은 아침이 속절없이 밝아오던 시기였다. 새로운 시작은 내 결혼뿐만이 아니었던 것이다.

첫 현장은 후배를 따라간 강서에 있는 농수산물센터 신축 현장이었다. 작업 3일째였다. 아침에 작업복을 갈아입고 전기를 연결하기 위해 작업선을 까는데 배관 일을 하는 친구들이 용접기를 걷고 있었다. 물어보니 원청 회사가 부도났다고 했다. 며칠 후 양재 쪽 현장으로 옮겼는데, 그곳도 연장을 잡은 지 사흘 만에 부도가 났다. 바뀐 관리자가 나타나 어슬렁거리더니 작업을 중단하라고 지시한 것이다. 그때까지만 해도 그런가 보다 했다. 또다시 근처로 현장을 옮겼는데, 작업 도중 사장이 보자기에 갔더니 일당을 깎자고 했다. 상황이 그런 시기인지라 동료들과 의논해서 그러자고 했다. 그러다가 며칠이 지났는데 사장이 다시 사무실로 다 모이라고 했다. 가 봤더니 일당을 또 깎자고 했다. 왜 그런가 물었더니, 다른 곳도 일당이 떨어지니 자기도 떨어뜨린다고 했다. 작업자에 대한 최소한의 예의도 없는 사장의 말에 화가 치민 우리는 당장 일한 돈을 내놓으라며 악을 썼다. 그때서야 당시 영종도 국제공항 현장에서 들려오던 참담한 노동조건의 소문이 거짓이 아님이 뼈저리게 느꼈다. 숙박비도 밥값도 다 자기 돈 내고 일을 했다고 한다. 봄도 가기 전에 하루 일당이 1997년에 비해 반 토막이 났다. 팔뚝이 뒤로 180도 꺾이는 기분이었다. 그 현장에서 며칠 태업을 하여 생활비도 되지 않는 돈을 받아들고 황망한 거리로 나왔다.

내가 다니던 현장이 부도가 났다고 해서 공사가 진행되지 못한 것은 아니다. 회사는 망했어도 며칠 치의 일당은 나왔고, 누군가에 의해 곧 공사는 재개되었다. 돈 많은 업체가 부도난 회사를 헐값에 사들인 것이다. 신음이 넘실대는 초원에 하이에나가 어슬렁거리는 것처럼 '거리가 피로 물들면' 누군가 푼돈에 날리는 물건들을 쓸어 담으러 다니는 것이다.

새벽기차를 타고 여행을 하다 문득 선잠에서 깨었을 때 덜컹거리는 기차 안이 낯설게 느껴지듯, 나는 원치 않는 여정의 낯선 길에 놓여 있었다. 피로 질척거리는 길을 걷고 있는데 내 허리를 부여잡고 따라오는 가족은 꽤나 부담스럽고 무거웠다. 하지만 가족이 있기에 주저앉을 수 없었고, 고된 길에 쌓인 여독을 풀 수가 있었다. 그렇게 새로운 내 삶의 여정은 1998년을 정점으로 새로이 시작되었다.

2

5월로 들어서자 처는 만삭이 되었다. 내가 처한 형편과 관계없이 나올 날이 예약되어 있는 아기는 기어이 날을 지키고자 했다. 아기에게 외환위기보다 더 중요한 것은 세상 구경이었다. 저 넓은 우주를 떠돌던 먼지에서 한 인간으로 태어나겠다는 놈을 무엇으로 막을 수 있겠는가. 천하 없이 굶어 죽더라도 나올 놈은 나오는 것이 이치였다. 녀석은 날이 차오자 처의 배를 두드리며 준비하라고 재촉했다. 나오면 후회할 수도 있을 세상의 문을 열기 위해 끊임없이 노크를 했다.

몸조리를 도와줄 사람도 마땅치 않았다. 어머니는 건물 청소 일을 다니셨고, 혼자 사는 장모님은 칠순이 넘으셨다. 당시 새살림을 낸 우리는 보증금 6백에 월 8만 원짜리 사글세를 살고 있는 형편이었다. 연초부터 일다운 일을 못하고 집회장이나 돌아다니니 냉장고와 쌀통은 비어, 그야말로 매일 아침마다 빈곤을 곱씹는 날들이었다.

어찌할까 고민을 하다 결국 아기가 나올 때쯤 처를 평소 친하게 지내던 처남의 집으로 내려 보냈다. 처남의 집은 용인에 있었다. 처도 초산이니 두려움이 있었으리라. 용인으로 내려간 다음날 아침 양수가 터져 서둘러 병원에 입원을 했다. 너무 늦게 내려간 것이다. 곧 산통이 시작되고 하루가 지났다. 나는 소식을 듣고 용인 병원으로 내려갔다. 입원한 다음날 자정쯤 병원 앞 개천의 물이 소리 없이 흐를 때, 처는 진통이 심해져 분만실로 옮겨졌다. 나는 서툰 예비 아빠로 달리 할 일을 찾지 못하고 당황하고 있었다.

머릿속에는 병원비 걱정만 잔뜩 들어 있었다. 처의 골반이 늘어나고 뱃속에 있는 생면부지의 한 인간이 세상을 보겠다고 꿈틀대며 나오려는데, 내 감각은 무디어 딴청을 떨고 있었다니. 진통이 심해지는데도 좀처럼 아기는 나오지 않았다. 막상 뱃속에서 나오려니 쉽지가 않았던 모양이다. 그때 문득 평소 전혀 마시지 않던 커피 생각이 났다. 차라도 마시면 여러모로 난감한 기분이 한결 나아질 것이라는 생각이 들었다.

인기척 없는 병원 복도를 걸어 1층에 있는 로비로 내려왔다. 병원의 자정은 시간이 끊어진 흑백 사진 같았다. 차가운 흰색 인테리어의 적막함 속에 산통하는 여자들의 신음 소리만 복도 멀리 계단을 타고 간간이 들릴 뿐이었다. 남자라고는 나 혼자였다. 분만실에는 처까지 셋이었는데, 지금 생각해 보면 그들 남편은 그 시간에 무엇을 하고 있었을까? 그때는 어려운 시기였으니 다 나름대로 이유가 있었으리라.

그때 내가 가지고 있는 돈은 20여만 원이 전부였다. 처가 배라도 짼다면 수술비용으로는 어림도 없는 돈이었다. 현관 앞 파란 비상등이 처량한 나를 내려다보고 있는 것 같았다. 처가 애가 나올 것 같다고 돈을 구해오라는 전화를 했을 때, 내 수중에는 돈이 한 푼도 없었다. 평소 돈거래를 해 본 적이 없어 돈을 꿀 데도 마땅치 않았다. 급한 대로 친한 동료들에게 전화를 해 봤으나 그들이라고 나보다 나을 리가 없었다. 어쩔 수 없이 조합 사무국장에게 부탁을 했다. 평소 조직의 돈을 사적으로 유용하지 말라고 누누이 떠들던 나였는데, 어려우니 별 수 없이 조합의 일반회계에 손을 내밀었다. 조합에서 10여만 원을 빌리고 평소 집안일에 소홀히 했던 내가 염치없이 누나에게 전화를 했다. 그때는 무임금으로 조합 위원장을 하고 난 후였기에 정말 돈이 한 푼도 없었다. 결혼부터 방을 얻는 것까지 모두 처가 모아둔 돈으로 했다.

수술을 하게 되면 용인에 사는 처남에게 부탁을 하려고 했다. 설마 자기 동생이 돈이 없어 퇴원을 못하는데 그냥 두고 보지는 않겠지 싶었다. 처남이 눈치채고 돈 때문이라면 자신에게 맡기라고 했다. 속으로는 기뻤지만 겉으로는 괜찮다고 했다. 의사가 자연분만을 이야기했기 때문이다. 하여튼 아래층에서 혼자 커피를 마시고, '슬슬 올라가 볼까' 하고 느긋하게 계단을 올라가는데, 한 소리가 있었으니 그건 바로 아기의 울음소리였다. 어두운 복도 끝에서 나는 아주 작은 소리였다. 그 작은 울림만으로도 내 심장을 뜨겁게 자극했다. 나는 그 자리에 서서 전율에 휩싸였다. 이 전율은 어디서 오는 것일까? 오직 심장과 피만이 알 것이다. 찰나에 번뜩이는 그 묘한 흥분이란!

나는 분만실로 뛰어갔다. 남자 간호사가 손을 씻으며 나를 보고 묻는다.

"어디 가셨어요?"

"예. 잠깐 밖에. 그런데?"

"막 애 낳아 일반실로 올라가셨는데."

"아!"

"아들입니다. 하나 더 낳으셔야죠!"

그는 웃으며 말했다.

내 뒤로 열린 문 밖 복도에는 내 아들이 세상에 처음 나서 이동한 길이 엘리베이터까지 나 있었다. 나는 병실로 뛰어갔으나 아쉽게도 아들을 볼 수가 없었다. 산모와 분리시켜 놓아 다음날 볼 수 있다고 했다. 나는 여기 저기 전화를 해서 아들의 출생을 알렸다.

다음날 아기를 봤을 때 그 감동이란 역시 겪어보지 못한 묘한 느낌이었다. 방에 여러 명의 아기들이 있었는데, 한눈에 저 놈이 내 자식이구나 하고 알아볼 수 있었다. 녀석을 처음 본 순간, 그건 생소한 느낌이 아니었다. 뭔가 오랜만에 만난, 푹 익은 절친한 친구를 맞이하는 느낌이었다. 그렇게 해서 또다른 내가 태어난 것이다. 자성을 가지고, 새로운 세상을 향해 긴 호흡을 한 것이다.

'안녕! 그런데 당신이 아빠예요? 왜 이리 눈이 작아요? 하여튼 부모로서 책임을 다할 것을 부탁드려요. 보아하니 큰 기대를 할 수는 없겠지만, 한 가지 알아 둘 것이 있다면 전 자유로운 영혼을 가졌다는 거랍니다. 그 점을 유의해 주세요. 그리고 멋진 이름 하나 부탁해요. 아주 멋진.' 녀석은 작은 입을 벌렁거리면서 그렇게 말하고 있는 듯했다. 아기는 눈을 감고 곤충의 번데기처럼 보자기에 둘둘 말려 있었다.

첫째를 그렇게 느닷없이 낳은 후, 2년쯤 지나 둘째를 가졌다. 둘째를 낳을 때는 형편이 훨씬 나아져 있었다. 둘째는 인근 개인병원에서 낳았다.

3

얼마 전 큰놈이 작은놈에게 밥상을 놓고 마주앉아서 나를 손가락으로 가리키더니 하는 말이 가관이었다.

"얘가 아빠야!"

그 말에 웃기는 했지만, 한 가족이라는 동질감과 함께, 서로가 자성을 가진 인간이라는 이질감을 동시에 느꼈다.

내 아버지는 나를 낳을 때 어떤 기분이 들었을까? 말하나마나 나와 비슷한 느낌이 들었을 것이다. 한 20여 년 전에 보았던 알렉스 헤일리 원작의 영화 〈뿌리〉에서 '쿤타킨테'의 아버지는 아들을 낳자 밖으로 나와 하늘 높이 아이를 두 손으로 들어올려 조상님에게 감사의 인사를 드린다. 그 장면은 조상과 부모와 자식의 조우를 상징적으로 표현한 것이라는 생각이 든다. 어둠 속에서 하늘을 향해 들어올린 아이가 저 넓은 우주와 첫 대면을 하자, 순간 아이의 앙증맞은 손과 발이 꿈틀댄다. 생명이라는 위대한 탄생을 보여주려는 듯.

노예가 되어 미국으로 건너간 '쿤타'도, 대대로 노동일을 하는 나도, 초국적 재벌 '빌 게이츠'도 아기를 낳고 키우는 점에서는 다 같은 처지다. 다른 점이 있다면 빌 게이츠에게는 재벌의 삶이, 나에게는 노동자의 삶이 주어졌다는 것이다.

내 아이가 자신의 아버지를 가졌듯이 나도 세상에서 유일한 아버지를 가지고 있다. 삶을 같이 하거나 그렇지 않으면 달리 하거나, 돈이 많거나 빈털터리라도 상관없이 말이다. 지독한 노동의 노예로 살다가 생을 마감했더라도, 아버지가 있었기에 내가 있는 것이다.

1998년 우울한 시기에, 그렇게 한 아이의 아버지가 되었고 내 뿌리를 세상에 내리기 시작했다. 나는 한 가정이라는 배를 출항시켜야 했으며, 내 뒤에는 아이를 안고 있는 아내와 어머니가 웅크리고 있었다. 세월이 가면서 그 배의 탑승자는 하나 둘 늘어갔다.

잔인한 결정

아버지는 그저 그렇고 그런, 기술 같지 않은 기술을 가지고 가족을 먹여 살리는 날품팔이 일꾼이셨다. 아버지는 이 경쟁사회에서 언제 어떤 상황이든 최소한의 주도권을 쥐고 살아갈 수 있는 능력 넘치고 자신감 있는 사람은 아니었다. 가난한 사람의 평범한 얼굴, 난장에서 몸을 굴려 딱 먹고살 만큼만 벌어들이는 건설현장 일꾼의 얼굴, 그 자체였다.

아버지는 그 또래 친구들 중에서 머리가 특출나게 좋지는 않았던 것 같다. 그 반대였다면 가족의 운명이 좀 더 순조로웠을까? 아버지는 가끔, 열심히는 일하며 살았는데 뭔가 제대로 먹고살 만큼은 되지 않았다고 말씀하곤 하셨다. 지금 그런 의문을 제기하신다면 나는 아버지의 문제가 아니라 사회구조와 계급의 문제라고 대답해 드릴 것이다. 그랬다면 아버지는 아마, 게으른 놈이 세상 탓한다며 한마디 하셨을 테지만 말이다.

아버지는 172센티미터의 키에 활달한 성격이면서도 가족에게는 과묵하셨다. 돈 되는 일이라면 이것저것 가리지 않고 성실히 일하셨다. 자신에 대한 분노는 있되 세상에 대한 분노는 없으셨다. 가끔은 하늘을 탓하기도 하셨다. 그럼에도 주어진 운명을 받아들이고 어려운 삶을 착실하게 일구셨다. 아버지는 위대한 인간의 생식능력으로 내게 한 세계를 열어 주셨지만, 아버지나 나나 수없이 유랑하는 이 시대의 궁핍한 민초, 그 이상도 이하도 아니었다. 내 세대가 어렵다지만 아버지의 세대라고 해서 나을 것도 없었다. 아버지는 내가 상상도 할 수 없는 전후 시대를 사신 것이다.

아버지가 돌아가셨을 때의 연세가 쉰넷이었던가? 아마 그럴 것이다. 어느 날 아버지는 뒷목덜미를 감싸쥐고 자리에 주저앉으셨다. 너무 기분이 좋았던 것이 충격의 이유였다. 친구 한 분이 동네 주택의 공사를 아버지에게 넘긴 것이다. 그 공사 하나를 끝내면 대충 한 달 벌이는 되고도 남았을 것이다. 그러니 얼마나 기분이 좋으셨을까. 일 같지도 않은 축대 보수나 방수, 담을 헐거나 쌓는 일, 부엌을 내는 일, 그나마도 없으면 친구들 따라다니며 잡부 일을 하셨는데, 뜻하지 않게 돈 좀 되는 일을 맡으신 것이다. 그렇게 좋으셨을까? 흥분한 아버지는 가슴을 진정시키지 못하고 누군가에게 전화를 하셨다.

'빌빌거리는 친구들을 모아 보란 듯이 기분 좋게 한 건 하는 거야. 그리고 일 마치고 술 한잔 한다면 그 맛이 보통 맛이 아닐 거라고. 이대로 일만 잘 풀리면 한몫 잡을 수도 있지 않을까? 그래 말년에 자리 한번 잡아보자. 그간의 고생을 보상받는 거라고' 라는 내용의 통화 후, 전화기를 내려놓고는 기쁨을 못 이겨 혈관에 무리가 갔다. 약한 뇌혈관이 급속하게 팽창해 버티지 못하고 터진 것이다. 아마 일뿐만 아니라 잦은 스트레스와 음주로 혈관이 지칠 대로 지쳐 있었을 것이다. 너덜너덜한 혈관에 뜨거운 피가 한꺼번에 솟구쳐 버렸을까. 뇌가 피에 젖어 문득 황망한 죽음이 드리워졌다. 개

뿔이나 고생만 죽도록 하고 한 몸, 한 식구 건사도 제대로 못하시더니 죽음
은 그렇게 가벼이 닥친 것이다.

　며칠 후 아버지는 영원히 돌아올 수 없는 먼 길을 괴나리봇짐 하나 없이
빈손으로 왔듯 그렇게 빈손으로 떠나셨다. 지겨운 생활고의 연속인 역사의
뒷길로 사라지신 것이다. 갚을 돈도, 받을 돈도 없었다. 누구에게 원한도
없고, 못다 이룬 것이 있어 안타까울 일도 없었다. 자신을 괴롭혔을 혼란스
러운 철학도 없고, 풀다 만 문젯거리도 없었다. 남은 것은 그럭저럭 건강하
게 큰 자식들과 처, 그리고 못다 마신 술이 한으로 남아 있을 뿐이었다. 그
러나 한 가지, 저승길에도 못 떨칠 비극적인 가족사만이 응어리처럼 남아
아버지의 마지막 운명하는 가쁜 호흡에 끝까지 매달려 있었다.

　평소 아버지는 말이 없으신 분이셨다. 축구나 권투를 볼 때 둘이 목이 쉬
도록 응원을 하다가도, 마주 보면 서로에게 딱히 들려 줄 이야기도 들을 이
야기도 없었다. 아버지와 나눈 대화는 몇 번 되지 않아 다 기억을 하고 있
을 정도다. 정치 문제로 격렬한 논쟁이 몇 번 있기는 했지만 그게 다다. 아
버지와 내가 처음 부딪친 것은 광주항쟁 때로 기억한다.

　1980년 5월 초 어느 날, 평화시장에서 일을 마치고 집에 와 보니 아버지
가 텔레비전 앞에서 고함을 치며 울고 계셨다. "저 놈들, 고향사람 다 죽이
네!"를 연신 외치고 계셨다. 발을 구르며 안절부절못하고 계셨다. 나는 이
해할 수가 없었다. 텔레비전에서 나오는 것은 폭도들이 유언비어를 퍼트린
다는 내용인데, 아버지는 광주항쟁의 현실을 사실로 믿고 감정을 주체하지
못하고 계셨던 것이다. 나는 아버지에게 그건 폭도들이 퍼트린 유언비어라
고 말씀드렸다. 아버지는 유언비어가 아니라 사실이라고 내게 소리를 질렀
다. 하지만 나도 지지 않았다. "아버지가 잘못 알고 계신 겁니다. 그럼 텔
레비전에서 거짓말을 하고 있단 말입니까? 세상 사람이 이걸 보고 있는데

요? 그게 말이나 됩니까?" 나는 아버지의 왜곡된 생각을 고쳐드리려고 내가 믿고 있는 사실, 그대로를 말씀드렸다. 자식의 도리로서. 그런 내 마음을 헤아리지 못하시고 아버지는 막무가내로 소리를 치셨다. '분명 내 눈앞의 정규방송에서 여고생의 가슴이 난자당했다는 건 거짓말이라고 계속 되풀이하고 있는데, 아버지의 눈과 귀에는 그게 보이지 않고 들리지 않는단 말인가? 세상 모든 사람이 보고 있는 저 방송을 못 믿는다면 그게 말이나 되는가? 무식한 분 같으니라고.' 나는 아버지에게 당신이 오해하고 계시다는 사실을 인정받고 싶었지만, 서로의 목소리만 커졌다. 결국 그 논쟁은 결론 없이 끝나고 말았다. 같은 피를 나누었기 때문인지, 아버지와 나는 똑같은 양의 고집을 가지고 있었다. 그러나 얼마 후에 둘 사이의 그 치열했던 논쟁은 아버지의 승리로 끝났다. 내가 청년단체 활동을 시작하면서부터였다. 서로 달리할 의견이 없어졌던 것이다.

아버지는 정치에 대단히 관심이 많았지만 그건 술집을 끼고 있는 복덕방에서의 일이었다. 아버지가 할 수 있는 구체적인 정치 활동은 동네 호남향우회에 가입하여, 선거 때만 되면 야당 국회의원이 선거활동을 할 수 있도록 동네 사람들을 모아 자리를 마련하는 일이었다. 그런데 이해가 안 되는 것은 가끔 당을 바꾸어 활동을 하셨다는 것이다. 아마 동네에 친구들이 많다 보니 여기저기서 선거사업에 협력을 구해 그렇게 된 것이 아닌가 싶다. 대체적으로 '김 선생'이 있는 야당 활동을 많이 하셨다.

아버지가 쓰러진 것은 그때가 처음이 아니었다. 두 번까지는 하룻밤 주무시고 일어나셔서 별일 없이 다니셨지만 세 번째는 달랐다. 충격이 연이어 찾아왔고 곧 병원에 입원하셨다. 완전히 의식불명이었다. 병원에서 아버지의 2남 2녀의 자식과 며느리가 모여 우울한 며칠을 보냈다. 3일째, 이모가 나를 한쪽으로 불렀다. 아버지가 가망이 없으니 퇴원하는 게 어떻겠

느냐는 의견을 몇 바퀴 돌려 이야기하는 것이었다. '퇴원'은 삶을 정리해 드리라는 다른 말이었다. 지금은 법으로 금지된 일이지만 그때는 가능했던 일이다. 이 천민자본주의 사회에서 가난한 자는 때로 금지된 선택을 해야 한다는 것을 그때 알았다.

아버지는 누구보다도 애국자였지만 아버지의 나라는 가난한 애국자에게 는 그리 관대하지 않았다. 그건 당신 자신의 문제기도 했다. '일을 하란 말 이야, 죽을 때까지. 그런데 왜 돈을 못 벌어. 게을러서 그런 거야, 이 밥통 아! 그럼 죽어야지. 누구에게 기대려고 해? 국가 재산에? 그건 지도자들의 몫이야. 가난은 죄악이야. 전생이든 현생이든. 뭘 알아야지. 하늘의 뜻이 뭔지 알아? 분수? 일 못하면 죽어야지. 쌀 축내지 말고.' 자본주의의 차가 운 뱀들은 똬리를 틀고 앉아 그렇게 웅변을 하는 것 같았다. 아버지는 하루 도 쉬지 못하고 일을 하셨다. 노동에 질린 분이셨다. 질렸을 때도 일을 해 야 하는 것이 가난한 노동자의 삶이었다. 노예가 아프다고 쉴 수가 있단 말 인가? 그러나 아무리 일을 해도 나아지는 것은 없었다.

형제들은 나와 눈길이 마주치는 것을 피하고 있었지만 온통 내 결정에 신경을 곤두세우고 있었다. 나는 이모에게 구체적인 상황을 놓고 판단하고 싶다고 했다. 내 말에 의사는 귀찮은 듯 고개를 가로저었지만 결국 아버지 는 단층촬영이 가능한 다른 병원으로 실려 갔다. 그곳에서 의사와 나, 사촌 형이 여러 가지 상황에 대하여 논의를 했다. 의사는 수술 성공률이 20퍼센 트라고 말했다. 머리의 핏줄이 너무 심하게 터졌다는 것이다. "힘들어요. 설사 성공해도 이후를 장담할 수 없고 계속 누워 계셔야 합니다." 나는 진 단서를 가지고 병원에 돌아가 퇴원을 통보했다. 막내는 강하게 반발을 했 지만, 유감스럽게 그에게는 별로 권한이 없었다. 어머니는 말이 없으셨고, 누나와 여동생은 눈물을 흘리며 순응했다. 며칠 후 아버지는 고향에서 올라온 자매들과 친지들이 지켜보는 가운데 숨을 거두셨다.

긴 시간이 흐른 어느 날, 어머니는 나에게 그날의 판단이 잘못되었다고 말씀하셨다. 난 아무 말도 할 수가 없었다. 그때 내 나이 겨우 스물여섯이었다. 그게 변명이 되지는 못하지만 어쨌든 나는 결정을 내려야 했다. 설사 수술을 결정했다 해도 우리에게는 수술비가 없었다. 내 생각으로는 다른 선택의 여지가 없어 보였다. 나는 결정을 내려야 하는 당사자였다. 우리가 가진 것은 7백만 원짜리 전셋돈이 다였다. 아버지는 쓰러질 때를 대비해 돈을 모아놓지 못하셨다. 번 돈은 대부분 우리들이 성장하면서 소비했던 것이다.

지금 아버지는 화순 동면 산기슭에 누워 묘지 위로 부는 바람에 흔들리는 떼를 덮고 있을 뿐이다.

아버지가 되어 아버지를 생각하다

1936년은 아버지가 세상에 태어난 해다. 문득 아침에 일어나 들에 나가 보니 들꽃이 피고 또 어느 날 문득 시들 듯, 평범한 한 사람 중에 누군가 죽고 또 태어나듯 아버지는 그렇게 세상에 나온 것이다. 얼마나 많은 사람이 그해에 나고 죽고 병들었을까. 거대한 고통의 행렬을 걸어가는 무명인들의 삶에 동참하기 위해 아버지 역시 태어나신 것이다. 세상에 나와 보니 역사의 뒤 고랑창이었을 것이다.

세상의 삶과 자연을 즐길 수 없었던 세대, 사랑보다 생존을 먼저 배워야 했던 세대, 한반도에 일본군이 점령군으로 통치하고 있을 때였다. 유독 핏줄이나 체면에 집착하는 민족인데 꽤나 긴 시간을 아랫도리 벗겨진 채 유린을 허락한 시절이었다. 일본의 무자비한 침략 앞에 유림의 체면치레는 무엇이었을까? 조선 수백 년에 무슨 업보가 있었을까? 일본의 힘만이 아닌 내부의 뿌리 깊은 동조자들의 힘도 크지 않았을까? 시대의 요구를 일본의 열망에서 찾았던 것일까? 숱한 투쟁이 국경을 중심으로 있었지만 독립을 기다리기에는 생각보다 많은 시간이 흘렀다.

그 와중에 아버지는 탁하게 흐르는 역사의 한 무리인 빈농의 아들로 태어나 맨발로 땅을 내디뎠다. 아버지의 어린 시절은 무엇으로 기억될까? 배고픔과 겨울의 혹독한 추위? 간신히 생존을 할 수 있게 해준, 평생을 함께한 노동? 그럼에도 산천은 푸르고 역사는 흘러갔던 것일까? 아버지가 글을 깨칠 무렵에 해방이 되었다고 한다. 어려운 생활고의 틈바구니 속에서 손이 터지도록 아이들과 놀면서 날을 보내다가 해방을 맞이했으리라. 생존이 목표인 사람들에게 해방은 어떤 의미였을까?

일제의 기나긴 통치 후에 얻은 해방감은 숱한 젊은이들에게 희망과 절망을 동시에 안겨 주었다. 새로운 삶과 잔인한 죽음까지도. 그 뜨거운 열정과 이해관계는 사상투쟁을 거쳐 외세에 의해 전쟁으로 분출되었다. 지금 우리들은 영화 속에서나 사람이 죽는 것을 보지만 그때는 영화 밖 현실에서도 그런 광경을 흔히 볼 수 있었을 것이다. 영화보다 더 영화 같은 삶이었던 것이다. 거침없이 몰아닥친 바람처럼 한 시대의 비극을 온몸으로 맞을 수밖에 없었다. 누구나 이 비극의 무대에서 원하든 원치 않든 살아 있는 연기를 해야 했다. 연기가 잘못됐다고 편집할 수도 없고 쓰러졌다가 다시 일어날 수도 없었다. 한번 죽은 자는 영원히 죽어야 했다. 아버지는 물결에 떠밀리는 나뭇잎의 개미처럼 그저 발버둥치며 그 격한 역류 속에서 살아 남아야 했다. 아버지가 성장하는 과정과 피의 역사 속에 가족의 역사도 함께 쓰였다.

아버지는 아홉 남매 중 셋째였으며 아버지 위로 두 형이 있었다. 당시 청년이었던 두 분은 전쟁 직전 화순탄광 주변에서 청년활동을 했다고 한다. 흔히 말하는 좌익이었다. 피 끓는 젊은이라면 새로운 세계에 대한 열망이

태산처럼 강했을 시절이었다. 아버지의 형들은 화순과 광주를 잇는 너릿재를 넘나들며 미군정에 대항해 싸움을 하셨던 모양이다. 짧고도 열정적인 불타는 삶을 영위한 것이다.

큰어머니가 부천 집에 오셨을 때 들려준 이야기다. 전쟁 직전에 첫째 큰아버지가 산에 들어가자, 제일 힘든 사람은 바로 큰어머니였단다. 둘째 아기가 태어난 지 몇 달 되지 않았고 집 안에는 먹을 게 없었다고 한다. 집 안에 꾸물꾸물 기어다니는 숫자가 여덟에, 시아버지, 시어머니가 있었다고 하니 어린 시동생과 시누이가 얼마나 힘이 들었겠는가. 급기야 큰어머니는 첫째를 시어머니에게 맡겨두고, 핏덩어리 둘째를 업고 큰아버지를 찾아 나섰다고 한다. 큰아버지가 자주 산에서 내려온다는 마을을 찾아간 것이다. 그러나 몇 날을 헤매도 큰아버지를 만날 수가 없었다고 한다.

그러다 일이 생겼는데, 등에 업혀 다니던 아기가 그만 죽고 말았던 것이다. 큰어머니는 죽은 아기를 묻고 개울에 3일을 앉아 있었다. 나흘째 되는 날, 큰어머니는 가까운 마을로 가서 어른들을 붙잡고 사정을 이야기했다. '나는 최모 씨 아내인데 남편을 만나려고 이곳까지 왔다가 애기가 죽었다'고. 그날 밤 큰어머니는 그렇게 그리던 큰아버지를 만날 수 있었다. 방에서 잠을 자고 있는데 문이 열리더니 큰아버지가 들어오셨다. 만남의 기쁨을 나누기도 전에 큰아버지는 큰어머니에게 자신의 저고리를 접어 주며 한마디했다고 한다.

"나는 이미 군복으로 옷을 바꾸어 입은 사람이오. 나를 잊어 주시오."

충격을 받은 큰어머니는 집에 돌아오셨고 얼마 후 남편이 죽었다는 소식을 듣게 되었다. 그 충격으로 시아버지도 쓰러지셨고 결국 일주일 후 돌아가셨다. 누구를 탓할 것인가! 화순 앞 언덕에 핀 들꽃의 운명을 누가 걱정하던가!

둘째 큰아버지는 수배되어 친척집을 전전하며 도망 다니다가 동네에서
잡혀 광주교도소에 수감되었다. 후에 감옥에서 이질에 걸려 사람을 통해
돈을 가져와 빼달라고 했다는데, 손을 쓰지 못했다고 한다. 그 후 감옥에서
돌아가셨다.

큰어머니는 아들을 데리고 다른 마을 사람에게 재가를 했다. 할머니가
큰어머니를 다른 곳으로 시집을 보낸 것이다. 할머니도 제정신이 아니었으
리라. 남편과 두 자식, 둘째 손자를 한꺼번에 잃었으니.

당시 아버지는 열다섯쯤 되었나 보다. 아버지는 그때부터 가장 아닌 가
장이 되어 닥치는 대로 일을 하셨다. 전쟁이 끝나고 살아 있지 않으면 죽어
야 할 험한 시기를 오직 가장으로서의 책임을 다하기 위해 악착같이 살 수
밖에 없었던 것이다.

내가 화순에 있는 동면국민학교 1학년에 재학 중일 무렵이었다. 겨울방
학을 맞아 집에 갔을 때, 한동안 보이지 않던 아버지가 집에 와 계셨다. 할
머니는 아쉬운 듯 내 등을 떠밀었고 아버지는 내 손을 잡고 지금은 없어진
서울행 완행열차를 탔다. 아버지는 어머니와 누나, 여동생을 데리고 서울
에 미리 와서 살 집과 이것저것을 준비하고 끝으로 나를 데리러 온 것이었
다. 지금의 서대문구에 있는 북가좌동이었다. 아버지가 처음 한 일이 무엇
이었는지는 기억이 나지 않지만, 쓰레기를 뒤져 재활용품을 모아 팔기도
했었다. 어린 나도 아버지 뒤를 비닐 봉투 하나 들고 따라다니며 산더미 같
은 쓰레기더미를 헤집고 다녔다. 아버지는 쓰레기더미를 뒤지는 일을 몇
년 하다가 나중에는 과일 노점과 연탄 장사를 하셨다.

북가좌동에서 은평구 증산동으로, 다시 그 위 신사동으로, 증산천이라는
개천을 따라 살아갔다. 아버지는 부지런히 일하며 돈을 벌었지만 아쉽게도
그렇게 번 돈은 우리 가족이 살아가는 데는 항상 부족했다. 하지만 아버지

의 영혼은 꽤나 자유로우셨다. 친구들과 술 한잔 하시면 그렇게 즐거워하실 수가 없었다. 세상 걱정은 안중에도 없었다. 거친 농담과 과장된 위세, 열띤 웅변, 그 연세에 사람들을 붙잡고 젓가락을 사이에 놓고 팔씨름을 하곤 하셨다. 나에게 하신 유일한 교훈적인 말씀은 가족을 제일로 여기라고 몇 번을 당부하신 것이다. 그것은 나에게보다 스스로에게 다짐했던 말이었을 것이리라.

어느 비 오는 날, 밖이 소란스러워 잠을 자다 말고 나왔는데, 아버지가 친구들과 윗옷을 벗고 벌건 맨몸으로 하수구 뚜껑인 둥그런 맨홀을 앞에 두고 힘자랑을 하고 계셨다. 우산도 없이. 지나가는 사람들이 둘러서서 구경을 하고 있었다. 맨홀을 들어 누가 멀리 옮기나 내기를 하고 있는 것 같았다. 유치하기 그지없는 내기였다. 20년 지기 이상의 친구들이고 동네 토박이라 스스럼없이 그럴 수 있겠지만 요즘은 좀처럼 보기 힘든 광경일 것이다. 확실히 아버지는 좀 거칠었다. 내가 어디서 맞고 들어오면 가만 있지 않으셨다. 나를 데리고 기어이 때린 그 아이에게 갔다. 꼭 사과를 받아 와야만 했다. 아마 그 부모가 항의한다면 그 부모도 두들겨 팼을 것이다. 그래서 맞아도 맞았다고 말을 하지 않았다.

말년에는 아버지의 그 좋던 몸이 차츰 망가지기 시작했다. 몸 관리를 한다는 말 자체를 듣기 힘든 동네였다. 쓰러질 때까지 일해야 하는 계층이며 그래야 하는 세대였다. 아버지 친구 분들이 50 전후로 간간이 쓰러지시거나 돌아가셨다는 소식이 들렸다. 동네도 바뀌기 시작했다. 아파트가 들어서고 새로운 사람들이 들어와 살기 시작했다. 아버지 또래는 이미 오래 전부터 서서히 늙어가기 시작했다. 아버지는 친구보다 후배들하고 일하는 날이 많아졌다.

아버지는 청년 시절 별의별 일을 다 하셨다고 들었지만, 그 별의별 일이 구체적으로 무엇인지 모를 일이다. 동생들 옷을 입히기 위해 뜨개질까지 했단 말을 들었다. 아버지는 화순 탄광에 취직하기도 쉽지 않았던 모양이다. 순전히 하청업체에서 뼈 빠지게 탄만 캤을 뿐이었다.

언젠가 아버지가 내게 지나가는 말로 말하기를, 빨갱이 집안인데 그나마 그 동네에서 살 수 있었던 것은 돌아가신 큰아버지 두 분이 동네사람에게 그만큼 잘했기 때문이라 했다. 그 사이에는 숱한 사연이 있겠지만 내가 알 수 없는 일이다. 말해 주는 사람이 없었다. 아버지도 친척들도 기억조차 하기 싫은 이야기들이었나 보다. 수십 년이 지난 지금, 간혹 친척들을 만나면 허허벌판에서 단 둘이 있는데도 목소리를 죽여 짧은 언급만 햇다.

아버지가 뒷걸음치며 쓰러지던 그 긴 시기까지 아버지의 운명은 가난한 농부에서 가난한 노동자로 변한 것이 전부였다. 아버지는 무엇을 봤을까? 혹 떠나던 날 할머니가 허리를 구부리며 초가집 앞마당에서 손을 흔드는 모습을 보시지나 않으셨을까? 고향의 그 순한 동산에 휘감기는 안개들, 보리밭에 흔들려 떠 있는 보름달, 비 온 뒤에 솟는 언덕의 고사리와 물 배인 진한 풀 냄새, 늘 그 자리에 있던 울창한 당산나무, 전쟁통에 죽어간 활달한 형들, 보잘 것 없지만 푸른 논밭을 한 번 보셨을까? 아니면 이 불가사의하고 지독한, 있는 놈 없는 놈이 확연한 세계를 다시 한 번 확인하셨을까? 아버지는 들꽃이 시들듯 그렇게 아무도 기억하는 이 없이 눈을 감으셨다.

검은 뿔테 안경에 이마 양 끝 머리가 M자로 빠지셨고 술을 꽤나 즐기셨던 아버지. 아버지가 돌아가시고, 어머니의 요청에 따라 증산동을 빠져나왔다. 지금 사는 부천으로 이사를 온 것이다. 아버지는 돌아가시는 날까지 그 동네를 떠나지 못하셨다. 친구들이 그리 많은데 굳이 다른 곳으로 이사를 갈 이유가 없었던 것이다. 반대로 어머니는 아버지 친구들이 너무 많아 하루빨리 그 동네를 떠나고 싶다고 하셨다.

나는 부천으로 와서 결혼을 하고 아이 셋을 낳았다. 누나가 둘, 여동생이 하나, 남동생이 둘을 낳았다. 모두 아버지의 손자들이다. 아버지는 그중에 한 명도 안아보지 못하고 돌아가셨다. 그럼에도 모두 아버지에게서 뿌리내린 가족들이다.

노동의 길을 가다

내 나이 열여덟이었던 1980년 봄 어느 날, 나는 평화시장 B동 건물로 가기 위해 청계천 횡단보도를 뛰고 있었다. 건너편 붉은 평화시장 건물에는 갖가지 구호가 적힌 현수막들이 아래로 늘어진 채 펄럭이고 있었다. 옥상에는 붉은 머리띠를 동여맨 노동자들이 아래를 내려다보며 손을 들어 구호를 외치고 있었다. 내가 사회에 나간 첫날의 풍경이었다.

평화시장과 구두공장

중학교를 중퇴한 친구가 있었다. 친구 아버지가 평화시장에 가게와 공장을 가지고 있어 그도 그곳에서 일을 하고 있었다. 나도 그를 따라 시다가 된 것이다. 그러나 일을 얼마 하지 않아 그만두게 되었다.

공장 운영이 어려워지기 시작하자 사람들이 하나 둘 공장을 그만두었

다. 내 차례가 되어 친구를 남겨두고 그곳을 떠나 아는 형을 따라 구두공
장에 들어갔다. 스물의 턱을 채 넘지 않았을 때였다.

아버지와 어머니는 과일 노점상을 하시면서 중학교 내내 과외와 학원을
쉬지 않고 보내셨다. 하지만 난 공부에 취미가 없었다. 내 학교 성적은 아
무리 공부를 해도 중간을 넘지 못했고 공부를 안 해도 중간 이하로 떨어지
지 않았다. 중학교를 들어갈 때 전교에서 딱 중간이었는데, 졸업할 때 받은
3년간의 성적을 보니 역시 평균 등수가 정확하게 중간이었다.

학교에서 3학년 때 우열반을 갈라 공부를 시킨 적이 있었다. 첫 우열반
을 가르는 시험 때 우리 반 72명 중 36등을 하여 열등반에 들어가게 되었
다. 열등반은 떠들고 놀고 싸움하라고 만들어 놓은 곳 같았다. 공부가 되지
않는 학생들을 격리시켜 놓은 것 이상의 의미는 없었다. 아이들은 욕설과
장난을 하고 책상을 넘어 다니고 철제 쓰레받기, 분필과 지우개, 마포걸레
자루가 난무하는 광기어린 자유를 만끽했다. 하지만 내 눈에는 불이 나간
어두운 방에 72명의 망나니들이 설치는 것처럼 보였고 나도 역시 그 방에
앉아 있었다. 열등반에서는 내가 공부를 제일 잘했다. 다음 시험에서 35등
을 한 나는 가방을 싸들고 낯선 우등반으로 옮겼다. 그곳은 딴 세상이었다.
교실에 햇살도 더 잘 들어왔고 품행이나 얼굴, 살갗마저도 희고 붉은 핏빛
이 잘 도는 모범 청소년들을 모아 놓은 곳이었다. 볼펜으로 연습장을 긁는
소리가 들릴 정도로 정숙했다. 그러나 왠지 주눅이 들었다. 차라리 열등반
으로 가고 싶었다. 우등반에서는 내가 공부를 제일 못했다.

고등학교에 들어가기 직전, 친구들과 들떠 있을 때, 어머니는 3년 내내
과외까지 시켜 공부하라고 몰아세우시더니 정작 아버지 하시는 일이 잘못
되자 등록금이 없다고 하셨다. 그 말을 들었을 때, 다른 방안을 냈어야 했
지만 나는 어머니 마음이 변하기 전에 그 말에 수긍하고 말았다. 학교 다니

는 데 질려 있었기 때문이다. 하지만 사회에 나가자마자 곧 후회를 했다. 세상은 학교만큼 호락호락하지 않았다. 그러나 때는 이미 늦어버렸다. 사회생활을 시작한 지 한 계절이 지난 것이다. 열일곱은 적은 나이가 아니지만 사회로 뛰쳐나오기에는 아직 부족한 나이였다. 친구들이 가방에 도시락을 싸서 학교에 다닐 때 나는 도시락을 싸서 평화시장으로 출근을 했다.

평화시장의 생활은 오래가지 않았다. 역사적인 5월 광주항쟁을 거친 뜨거운 여름 어느 날, 친구의 공장이 어려워져 불가피하게 공장을 나온 것이다. 친구는 잠시 헤어져 있자고 말을 했지만 그후, 다시는 평화시장에 들어갈 기회가 없었다.

여름이 다 가고 더 이상 놀 수가 없어 동네 형을 따라 일을 나갔다. 남산 아래 회현동에 있는 허름한 구둣방이었다. 지금도 그곳에 처음 들어섰을 때 생각만 하면 코끝에 본드 냄새가 어른거린다. 구두 일을 얼마나 했는지 지금은 잘 기억나지 않지만, 한 2년쯤 했던 것 같다. 구두 일은 계절이 바뀌는 가을이나 봄에 많고, 여름이나 겨울에는 거의 일이 없었다.

그러던 어느 여름날, 일이 없어 놀고 있는데 사촌형이 찾아와 자기를 따라오라는 것이었다. 형이 무슨 일을 하고 있는지 알았기 때문에 나는 거절했다. 비록 공장에 다닐지언정 건설노동자가 되는 것은 싫었다. 그러나 불경기는 계속되었고 구두 일은 나오지 않았다. 결국 사촌형에게 굴복해 건설현장에 첫발을 디뎌 놓게 되었다.

건설노동자로

첫 현장은 서교호텔 별관 공사였다. 나는 건설현장에 들어와서야 그렇게 다양한 직종이 모여 있는 줄 처음 알았다. 건설현장 울타리 안에 밖에서 볼 수 없는 또다른 세계가 있다는 것이 신기했다. 굴삭기와 레미콘만 들락거리고 벽돌이나 목수가 전부인 줄로만 알았는데 건물 안으로 들어가니 4대 마라고 네 가지 큰 직종인 목수, 철근, 콘크리트, 조적 외에도 설비, 닥트, 전기, 전자, 철골, 도장, 잡철, 경량 등 대충 큰 직종으로 30여 가지나 있었다. 내부에서 각종 장비와 연장을 들고 정교하게 돌아가며 일을 하고 있는 줄은 꿈에도 몰랐던 것이다. 특히 공장보다 좋았던 것은 당시의 공장생활은 대부분 출퇴근과 휴일이 불분명한 혹독한 환경이었지만, 건설현장에 와보니 무엇보다 출퇴근이 정확하다는 거였다. 적어도 공장노동자들이 조합을 건설하여 그 조건을 변화시키기 전까지는 그랬다.

한 일주일만 한다던 일에 재미가 들어 한 달이 지나고 일 년이 지나가고 말았다. 가끔 현장에 잠깐 동안만 일하겠다고 오는 사람들을 만나면, 잠깐만 하려고 한다면 애초에 들어오지 말라고들 한다. 한번 빠지면 다시 빠져나가기 힘든 곳이 건설현장인 것이다. 그때 내 나이가 스물하나였을 것이다. 그해 봄에 그 유명한 중국 민항기가 공중납치되어 김포공항에 착륙한 사건이 있었다.

나는 공부하는 머리는 안 됐지만 기술만큼은 남들보다 빨리 익혔다. 그다지 어려운 일도 아니었지만 안 되는 사람은 죽어도 안 되는 것이 손기술이다. 기술을 배우고 난 뒤부터는 현장에서 만난 형들을 따라 전국의 곳곳을 떠돌았다.

나는 다른 동료들과 다르게 일 외에 한 가지 더 집착하는 일이 있었다. 그것은 책 읽기와 글쓰기였다. 글을 알고 나서부터 언제나 책을 들고 살았다. 초등학교 때는 '계몽사' 나 '클로버' 가 있었고 중학교 때는 '삼중당' 에서 펴낸 문고판이 있었다. 목록을 체크하면서 읽었는데 다 읽지는 못했다. 삼중당의 경우 글이 세로쓰기인데다가 글자 크기가 너무 작아 그때 눈을 버린 것이 아닌가 한다. 그래서 지금 내 아이들에게는 작은 문고판은 권하지 않는다. 그때는 용돈의 개념도 없었지만 어쩌다 돈이 생기면 헌책방을 돌아다니곤 했다. 중학교 때는 당시 유행하던 '얄개전 시리즈'를 꽤 읽었다. 요즘 말로 하면 청춘물이다. 나중에는 『쌍무지개 뜨는 언덕』이나 『마적의 딸』과 같은 오래된 책도 찾아 읽게 되었다. 지금도 『마적의 딸』은 어렴풋하게 기억이 난다. 우연히 헌책방을 다니다가 같은 반 친구를 만났는데 나중에는 그 친구와 함께 헌책방을 돌아다녔다.

북가좌동에 살 때였으니까, 아마 초등학교 끝 무렵이었을 것이다. 옆집 아저씨가 병원으로 일을 다니셨는데 아저씨가 일 나가고 안 계시면 아저씨가 혼자 사용하는 다락방에 올라가 그 집 아들과 놀곤 했다. 그 다락방에는 많은 책이 있었다. 아저씨는 일제시대에 경성제대를 나온 분이셨다. 많은 책들 중 상당수가 일본책이었다. 물론 글을 읽을 수는 없었지만 여러 충격적인 사진이 담긴 잡지를 꽤 보았다. 폭력적인 사진들, 성적인 사진들, 일본 만화의 괴기스런 그림들. 『문예춘추』도 그때 보았다. 그림만 보는 까막눈이었지만 재미는 있었다. 나에게는 색다른 세계가 가득한 방이었다. 성장해서 본 어떤 사진들보다 그때 본 사진들이 오래도록 기억에 남았다. 그 아저씨는 전쟁 당시 미군부대 근처에서 미군들 사주나 관상을 봐주며 먹고 살았다고 한다. 어린 나이에 외국인이 사주나 관상을 본다는 것이 신기했다. 아저씨는 낮에 AFKN을 즐겨봤는데 영화를 하면 나도 아저씨 옆에서 그 집 아이들과 함께 보았다. 영상만 봤지만 뭐가 그리 재밌었는지 모르겠다. 방학 때가 되면 아침나절부터 봤다. 근데 나는 왜 아직까지 영어가 전혀 안 되는지 모르겠다. 그렇게 많은 영어 방송을 봤는데 말이다.

이것저것 책읽기를 좋아했지만, 체계적이지 못해서 그런지 정작 깊이가 없다. 그래서 무슨 일을 하든지 선생이 필요한 것이다. 그때그때 맥을 잡아

주는 눈이 있어야 하는 것이다. 꼭 읽었어야 할 책들은 아직도 읽지 못하고 있다. 책을 읽어 가장 좋았던 때는 열아홉, 스물 전후였다. 주로 러시아나 프랑스 소설들이었는데 무슨 책을 읽든 떨리는 가슴으로 감흥을 느꼈다. 책 한 권을 읽고 나면 일주일은 정신적 몸살을 앓았다. 글을 읽는 것이 아니라 책에 담긴 작가의 마음을 통째로 흡입했던 것이다. 지금은 어떤 책을 읽어도 다음 장으로 넘어가면 전 장은 잊어버리는, 그야말로 눈과 머리로만 읽게 된다. 청년기에 고전이란 황홀한 연인이며 위대한 스승인 것이다.

청춘의 길

스물일곱쯤 되어서는 건설현장에서 조금씩 일을 맡기 시작했다. 노동 일을 하면서 기술이나 사람 관계에 어느 정도 자신이 붙었을 때다. 그러나 아직 책임자로서는 부족한 시기였다. 그때 우연히 견적을 내기 위해 찾아간 하청업체 사장을 알게 되었다. 사장이면 다 돈을 많이 버는 줄 알았는데 그 사장의 사는 형편은 그야말로 너무 궁핍한 생활이었다. 부엌이 딸린 단칸 방이었는데 중간에 커튼을 쳐놓고 아이들과 같이 생활하고 있었다.

집에 오는 동안 많은 생각이 들었다. 내 삶의 목적이 하청업체 사장인가 싶었다. 일꾼보다 더 나을 것 없는, 나아봐야 자기 한 입 해결하는 것이 다인 선배들. 아무리 생각을 해도 그렇게 삶을 보내기에는 내가 너무 젊다는 생각이 들었다. 이런저런 고민을 하며 현장을 돌고 있을 때, 건설노조가 생겼다는 말을 들었다. 그 작은 소문이 이후 내 삶의 길을 바꾸어 놓았다.

가끔 처음 현장으로 나오던 날을 생각해 보곤 한다. 일주일만 버티다가 도망가려고 생각을 했는데, 그 시기를 놓쳤다. 그랬더라면 어찌 되었을까? 부질없는 상상이다. 그 어떤 상상도 삶을 되돌려놓을 수는 없을 것이다. 내 운명의 신은 분명 그걸 알았을 것이다. 첫날 현장 문을 들어서는 순간 다시 나오기는 참으로 힘들다는 것을. 다시 그런 선택의 길에 서 있다면, 아마 그 현장 입구에서 발을 디뎌놓기 전에 생각을 좀 더 할 것이다. 그러나 달리 방법이 없었기에 발을 디딘 것이리라. 세상 일이란, 없는 놈이 선택할 수 있는 경우의 수는 그리 많지 않은 것이다.

광양에는 광양제철소가 있다

광양의 겨울바람

1983년 겨울이었다. 광양 바닷가의 그 엄청난 바람이란, 모든 것이 변했다 해도 그 바람은 아직도 여전할 것이다. 그해 겨울은 건설노동자로서 몹시 힘든 시기였다. 2004년 불경기 때보다, 저 1998년 외환위기 때보다 어려웠다. 워낙에 일이 없어 지방에서 서너 달 일을 하고 올라와 보니 서울에서 하숙을 하던 형 하나가 고향으로 내려갈 차비가 없어 구로동 모 병원에서 피를 팔아 차비를 마련해 내려갔다는 말을 들었다.

그 형이 내려가기 전까지 함께 일을 찾았지만 서울에서 우리를 필요로 하는 현장은 거의 없었다. 지방으로 가야 했지만 그것도 쉽지 않았다. 결국 함께 일을 찾는 것을 포기하고 각자 흩어져서 나중에 만나기로 했다. 혹독한 80년대 초였다. 80년대가 되면 선진국에 들어갈 것이라는 정치구호에 어린 나는 정말 그런 줄 알았지만, 정치구호란 야바위꾼들의 사기와 다르지 않았다.

80년대 초는 60~70년대 숱한 건설노동자를 배출해내던 중동 붐이 2차 오일쇼크와 이란·이라크 전쟁으로 인해 타격을 받은 시점이었다. 하루에도 수백 명씩 중동의 건설노동자들이 김포공항으로 들어오고 있었다. 공사 중인 현장마다 사람이 넘쳐났다. 아무 현장이나 들어가 무조건 일을 시켜달라고 했으나 내 품값은 거의 파지로 취급되는 헐값인데도 팔리지 않았다. 지금으로서는 상상하기 힘든 일이다. 결국 나는 일을 얻지 못하고 내가 하던 일이 아닌 다른 일을 해야 했다. 닥트와 비슷한 '캔싱'이란 일이었다. 그나마 그런 일이 있었다는 것이 얼마나 다행인가? 이것저것 가릴 처지가 아니었다. 우리가 조를 짜서 내려간 곳, 그해 그 추운 바람이 부는 겨울을 보낸 곳이 광양제철소 현장이었다.

광영동에서 차를 타고 새로 만든 다리를 건너면 거대한 섬이 있었다. 금호도라는 섬이었는데 바로 지금의 광양제철소 자리였다. 그곳은 사막과 같은 곳이었다. 그때는 공사 초기라 모래 언덕뿐이었다. 그 현장에서 머문 기간은 비록 3개월이었지만 몇 가지 잊을 수 없는 일들이 있다.

숙소는 광영동에 있었고 금호도까지 버스를 타고 다녔다. 숙소에서 현장까지는 꽤 먼 거리였지만, 간혹 차비로 술을 마시고 걸어다니기도 했다. 숙소가 있는 광영동은 한창 발전을 위해 움트고 있었다. 이른 아침 어둠 속을 걸어 버스 정류장까지 가면 버스 가득 제철소로 들어가는 일꾼들로 붐볐다. 승용차가 드문 시절이었다. 제철소 직원들은 오토바이를 타고 다녔고, 규모가 있는 하청업체에서는 트럭에 사람들을 실어 날랐다.

으스스한 몸을 비비며 버스를 타고 한참을 가면 섬으로 들어가는 다리가 나온다. 다리를 조금 지나면 현장으로 들어가는 입구가 있었다. 멀리 동이 트기 전의 희뿌연 새벽안개가 강에서 올라와 다리 위에서 건들거렸다. 현장에 도착하면 동이 트면서 어스름한 아침이 시작되고 굴곡진 모랫더미가 멀리 바다 쪽으로 지평선 끝까지 펼쳐져 있었다. 곳곳에 산더미 같은 모래와 물웅덩이가 있고 아침을 시작하는 중장비들이 시동을 걸고 있었다.

모랫길을 따라 아파트 근처 공동구가 있고 합판을 대충 얽어 만든 현장에 도착할 때쯤, 길 옆에서 굴삭기가 운동을 시작했다. 바퀴를 돌리기도 하고 이리저리 삽을 까딱거리고 굽혔다 펴기도 했다. 그리고 마지막으로 그 웅장한 삽을 쭉 펴고 동이 트는 푸르스름하고 붉은 하늘을 가르며 빙빙 도는 모습은 중장비 기술자들 아니면 펼칠 수 없는 웅장한 행위예술이었다. 운전수들이 자기 기술을 과시라도 하듯 커다란 굴삭기의 힘을 즐기려는 듯 옆으로 지나가는 작은 일꾼들 머리 위로 삽을 돌려댔다. 바람 가르는 소리가 덩달아 거친 숨을 몰아쉬듯 색색거렸다.

광양에서 만난 사람들

우리 팀은 모두 넷이었다. 형제나 다름없이 생사고락을 같이 했던 한 살 위 친구 정씨와 팀장인 내 이종사촌 형, 그리고 이종사촌 형 친구, 나, 이렇게 넷이었다. 이종사촌 형은 그 후 몇 년 지나 자살을 했다. 나를 현장에 끌어들이고, 조합 일로 바빠서 현장 일을 부실하게 해도 내가 원할 때 일을 하게끔 봐 주는 후원자였다. 그런데 그 형이 가 버리면서 조합 생활과 병행하는 내 현장 생활이 어려워졌다.

우리가 하는 일은 위생수도 파이프에 함석을 둘러싸는 '캔싱'이란 일이었다. 섬 입구에 독신자 아파트가 있었는데, 아파트에 물을 대기 위한 배관을 끌어들이기 위해 땅 밑으로 긴 공동구를 팠다. 대략 열 가닥쯤 되는 수도관이 그 긴 공동구 터널을 통해 수백 미터의 아파트까지 이어져 있었다.

내가 속한 캔싱 사장은 나이가 50대 중반쯤 되는 배가 불룩한 사내였다. 자신의 말로는 예전에는 돈을 꽤나 벌었다는데, 아쉽게도 우리가 일을 할 때는 그야말로 빈털터리 하청업자였다. 그 사장 위로 하청을 준 설비업체가 있었고, 그 설비업체 위로는 포항제철 건설사업부인가 하는 원청회사가 있었다. 포철에서 설비업체가 도급을 받아 우리 캔싱 사장에게 하도급을 준 것이다. 사장은 참 좋았는데 설비업체에서 월급이 잘 나오지 않았다. 결국 그 체불 때문에 우리도 그만두고 올라와야만 했다.

임금뿐 아니라 숙박비와 밥값도 잘 나오지 않았다. 한번은 사장이 돈을 가지러 서울로 가서는 오지 않았던 적이 있다. 지금처럼 손전화가 없던 시절이라 연락도 되지 않았다. 게다가 화가 난 숙소 주인이 밥을 주지 않는다고 선언해 버렸다. 굶으면서 일을 할 수는 없었지만 달리 방법이 없었다. 주인의 관대한 처분만 바랄 뿐이었다. 숙소 주인은 인간적으로 더 이상 박하게 하지 않고 밥을 주었다.

당시 광양제철소 현장에 들어가려면 제철소에서 내주는 허가증이 있어야 했다. 그 허가증을 서둘러 내주어야 하는데, 사장이 자주 서울로 올라가는 바람에 우리는 개구멍으로 다니며 일을 했다. 한번은 제철소 경비들이 개구멍을 막아, 담을 넘다가 경비에게 걸려 혼이 나고 되돌아온 적도 있다. 우린 일을 하기 위해 자존심을 주머니에 구겨 넣고 개구멍으로 들락거려야 했다.

우리 넷 이외에 서울 돈암동 미아리 근처에서 공업사를 운영하다 반장으로 내려온 노인이 있었다. 우리가 반장님이라고 불렀던 그 노인은 우리에게 캔싱을 하는 기술을 전수해 주고 서울로 올라갔다. 자신도 일이 워낙 없어 날일이라도 하러 내려 왔다고 했다.

현장에 도착하면 노인은 우리에게 일을 분담시키고 자신은 제작을 했다. 우리는 노인이 재단해 놓은 함석 조각을 들고 공동구로 갔다. 물이 질퍽거리는 공동구 한쪽에서는 배관공들이 배관을 설치해 나가고, 그 다음에 보온공이 보온을 해 나가고, 그 다음에 우리 캔싱 일꾼들이 함석으로 파이프를 둘둘 말면서 따라갔다. 용접 부위는 수압을 봐야 하기에 빼놓았다. 공동구 안에 들어가면 종일 전등을 끌고 다니며 일을 해야 했다. 백열전등에 빛나는 유리 가루가 꺼림칙하긴 했지만, 어쩔 수 없었다. 일을 그만두거나, 들이마시며 일을 하거나, 둘 중에 하나였지만 일을 그만둘 수는 없었다. 점심때쯤 현장으로 가서 아침에 싸 온 도시락을 먹었다. 식은 밥과 반찬이 담긴 도시락이긴 했지만 숙소 아주머니가 음식을 푸짐하고 맛있게 해서 더는 불만이 없었다.

한번은 일을 마치고 너무도 술이 마시고 싶어 정씨와 나의 차비를 모아 소주를 마셔 버렸다. 술에 취해 흥이 나는 몸이긴 했어도 숙소까지 그 먼 길을 걸어 가야만 했다. 몇 개의 고개를 넘어야 했다.

정씨를 처음 만났던 곳은 조달청 공사장이었다. 현장 반장이 함석을 접는 방망이 기술의 대가가 온다고 말하더니, 그 친구였다. 처음 현장에 온 정씨는 교련복을 입고 있었다. 깨끗한 얼굴에 훤칠한 키, 붉은 볼과 선한 눈, 우수에 젖은 깊은 눈동자가 같은 남자지만 한눈에 호감이 갔다. 한 4~5년 현장을 함께 다녔나? 후에 그 친구는 집안의 도움으로 현장을 떠났다. 그의 할아버지가 도심지에 꽤 많은 땅을 가지고 계셨다.

그 친구가 첫 고등학교를 다닌 곳은 상고였다. 학교를 다니면서 싸움질을 해 퇴학을 당하고 몇 개의 고등학교를 전전하다 끝내는 졸업을 못하고 그만두었다고 한다. 그는 건설현장에 와서 나를 만나기까지 가슴 아픈 사연이 많았다. 고등학교 때는 부모의 이혼으로 큰 충격을 받았던 모양이다.

자신은 어머니를 따라가 살았지만 후에 어머니가 돌아가셨다고 한다. 결국 아버지가 어머니의 장례를 지내고 그를 거두어갔지만 그는 그곳에서도 방황을 멈추지 못했다. 학교를 뛰쳐나와 간 곳이 건설현장이었다. 몇 년간 그는 내게 가장 소중한 직장 동료였다. 어려운 시절을 형제처럼 서로 의지하며 보냈다. 그 친구에게 함석을 꺾는 방망이 기술을 전수받았다.

"모든 동작을 크게 해. 누가 보더라도 일을 하는 것같이 보이게 말이야! 이렇게."

맞는 말이다. 프로는 그의 말대로 폼이 생명인 것이다.

내가 방위를 받을 때 시간을 내어 그를 만난 적이 있다. 그는 거의 우울증 환자 같은 모습이었다. 술을 들이키면서 계속 죽음에 관한 이야기를 되풀이했다. 그가 왜 그랬는지 모르겠다. "내가 죽으면 63빌딩 스카이라운지에서 뿌려줘"라는 말을 몇 번이고 하더니, 얼마 후 죽기는 고사하고 괜찮은 여성과 결혼까지 했다. 그의 큰할아버지가 결혼을 성사시킨 것이다. 그것으로 그는 현장을 완전히 떠났다. 큰할아버지가 보기에 건설현장의 노가다로 떠도는 것이 언짢았던 모양이다. 나라도 그랬을 것이다. 그러나 내게는 내 인생을 걱정해 주는 사람이 아무도 없었던 것 같다. 항상 내가 결정을 했어야 했으니. 청계천의 평화시장 B동 시다에서, 명동 구두 일로, 다시 건설현장으로, 불교단체에서 노조로. 누가 나를 걱정해 줄 것인가? 가난한 자의 친구는 고독뿐이다. 그가 잘 돼서 떠나는 것에 기쁨도 아쉬움도 없었다. 그저 그렇게 되는구나 싶었다.

어두운 새벽에 나와, 어두운 밤에 들어가는 일을 반복하며 우리는 긴 겨울을 보냈다. 밤에는 숙소 사장에게 부탁을 해서 마련한 안주에 값이 만만한 소주를 마시곤 했다. 그러다 성탄절이 왔다. 마음뿐인 성탄절이었다. 정씨와 나는 깡으로 소주 두어 병을 마시고 놀이터에 가서 성탄절 노래와 당시 한 시대를 풍미한 산울림 등 젊은 그룹사운드의 노래를 목이 터져라 불렀다. 그저 피만 뜨거웠던 청춘이었다. 보안등도 변변치 않아 골목골목이 어둡고 막 생기기 시작한 호프집이나 찻집은 밤새 불을 밝히고 간간이 현장 노무자들이 어깨를 걸고 휘청거리며 숙소를 오고 갔다. 치열할 것도 삶의 전략도 악다구니를 쓸 무엇도 없이, 그저 일을 하고 가족을 그리워하고 술을 마시고 쓰러져 자고 또 일을 할 뿐이었다.

그곳에서 여동생에게 몇 통의 편지를 쓰기도 했다. 전화가 없던 시절이라 가끔 가족들이 그리웠다. 그런 날이면 잠이 오지 않아 몸을 뒤척이다 겨우 잠이 들었다.

공사 중인 광양제철소는 그야말로 사하라 사막이었다. 야간작업을 할 때는 모랫더미 속에서 가끔 길을 잃어 버렸다. 나는 일을 마치고 올라올 때까지 입구에서만 깔짝대었을 뿐 건너편 끝이 얼마나 되는지 알지 못했다. 하루는 일을 나가는데 현장에 군인들이 돌아다녔다. 무슨 일인가 싶었는데 전두환 대통령이 순시를 온다는 것이었다. 정문에서는 군인들이 지뢰를 찾는다고 금속탐지기로 바닥을 훑고 있었다. 대통령이 오기로 한 3일 전부터 현장을 돌아다니며 청소만 했다. 결국 당일 날 청소한 것이 무색하게 잠깐 들렀다만 갔다. 모래 밑 공동구에 숨어 있던 우리는 그의 존재조차 느끼지 못했다.

봄이 올 무렵, 전에도 몇 번 속을 썩이던 임금이 결국 나오지 않고 체불되었다. 돈을 받기 위한 결전을 준비하기 위해 결의를 높였다. 우리 전에도 배관공들이 임금이 체불되어 돈을 받으려고 소장 숙소에 쳐들어갔다가 되레 소장에게 뭇매만 맞고 돌아왔다는 말을 들었다. 소장이 주먹으로 턱을 쳐서 이빨을 부러뜨렸다고 했다. 그들은 몰라도 우리 일당은 그런 공갈이 있다고 포기할 수 있는 상황이 아니었다. 정씨와 나는 앞장서서 밤까지 기

다리지 못하고 현장 사무실로 소장을 찾아갔다. 내가 발로 창고 문을 걷어
차자 문이 서서히 넘어갔다. 정씨와 나는 얼마나 악을 썼는지 목이 쉬었고
소장은 낮을 붉히며 황급히 승용차를 타고 도망을 쳤다. 그 뒷모습에 대고
둘이 술 취한 얼굴로 고래고래 소리를 질러댔다. 주먹질은 없었지만 소장
은 끝내 돈을 풀지 않았다. 중간에 있던 하청 사장이 돈을 가지고 잠적을
했기 때문이다. 결국 서울 설비본사에 쳐들어가 이틀쯤 싸운 후에야 돈을
받을 수 있었다.

광양에는 또 내가 있다

광양제철소, 이름만 들어도 내 한 호흡 호흡마다 그때 뒤집어쓴 뻘 모래
에서 바다 냄새가 나는 듯하다. 다리 위에서 관을 이어 용접하던 용접사들,
버스에 꽉 찬 시커먼 노동자들, 공동구에서 은색 페인트칠을 하다 웅덩이
에 빠져 은색 페인트를 뒤집어쓴 배관사의 우스꽝스런 모습과 보온지를 지
고 나르던 보온 노동자들, 광영에서 고용된 지역 사람들, 능력 없는 사장,
드넓은 제철소 모래밭과 제복을 입고 오토바이를 타고 다니던 포철 관리자
들, 바다 냄새와 거친 바람, 웅덩이에 갇혀 펄떡이던 팔뚝만한 물고기들,
그리고 새벽안개와 운동하는 굴삭기 바가지, 비극적인 삶을 살다간 어머니
를 이야기하며 웃던 정씨, 그리고 청춘을 그런 웅덩이에서 보낸 나 자신.
어쨌든 광양제철소는 내 인생의 한 뼘, 한 토막이 있는 곳이다.

2부

무너진 현장

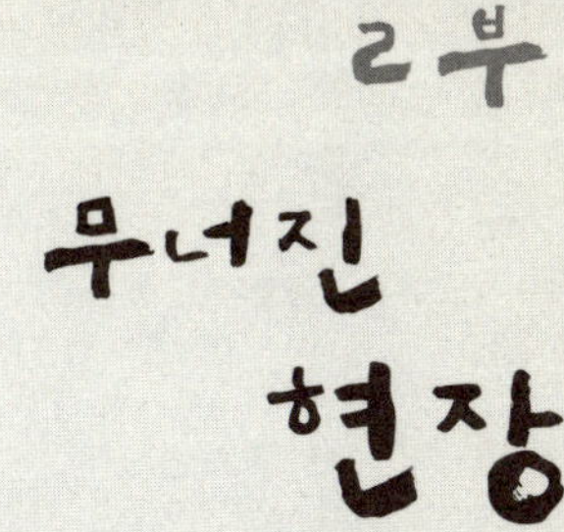

요즘 현장에 가 보면
아침이나 점심을 먹고 난 후 약 봉지를 꺼내들고
고개를 뒤로 젖히는 노동자들이 자주 눈에 띤다.
고된 노동에 하루하루를 약으로 살아가고 있는 것이다.
현장의 노동자들이
약이 아니라 진정 보람을 가지고 일을 할 수 있는 날이 올까?

무너진 현장

닥트공

지하철이나 백화점에 냉난방 시설과 건물 안에 항상 신선한 공기를 공급해 주는 공기순환, 혹은 공기정화를 하는 설비 일을 닥트 설비라고 한다. 사람이 많이 모이는 공공장소일수록 닥트가 차지하는 비중이 크다. 지하철역에 가 보면 천장에 함석통이 유리솜과 은박종이로 보온이 되어 길게 매달려 있는 것이 보일 것이다. 그것을 닥트통이라 한다. 그것을 제작해 천장에 매다는 일을 우리 닥트 일꾼들이 하고 있다. 다른 건설노동자들도 그렇듯이 일이 떨어지면 서로 알고 지내는 사람들끼리 연락을 해서 일을 하는데, 나도 예외는 아니어서 아는 형이나 하청 사장을 통해 일을 나가곤 한다.

나와 함께 일을 하던 사람들 중에 서대문에 사는 경남이 형이 있었다. 삼일빌딩 보수공사 때 그 형은 반장으로, 나는 재단사로 만났다. 둘이 가지고 있는 생각이 여러모로 비슷해 자주 술을 마시며 친하게 지냈다. 그때 그 형이 내게 힘이 되는 소식 하나를 전해 주었다. 형이 전주 삼양사에서 일을 할 때 현장에 배관 설비를 하는 친구들이 노조를 만들자고 전단을 뿌리며 돌아다녔다고 한다. 평소 흥분을 잘하는 그 형은 그들이 결성식을 하는 장소에도 갔었다고 한다. 그 형 말로는 지금 지방에서 속속들이 일용노조가 건설되어 서울까지 밀고 올라오고 있다는 것인데, 어찌나 그 말에 기분이 좋고 흥분이 되던지 일이 손에 잡히지가 않았다.

우리는 서울에도 일용노조가 만들어지면 반드시 함께 가입해 전국의 닥트 일을 하는 사람을 모아 보자고 술을 마시며 다짐했다. 그러나 형은 다른 일 때문에 현장을 떠났다. 세상에 태어나 처음으로 사람다운 결의를 했건만, 서울 조합에 혼자 가입했을 때 그 형과 함께하지 못한 점이 너무 아쉬웠다. 당시 우리는 모르고 있었지만 건설일용조합은 전국 최초로 서울시 영등포구에 만들어져 있었다.

신축 백화점에서

그 형과 마지막으로 함께 일한 현장은 교대역에서 법원청사를 지나 보이는 신축 백화점 건물이었다. 추석이 다가오는 무렵이 아니었나 싶다. 처음 일을 나갔던 날, 현장의 A동과 B동 건물 중간에 두 동으로 이어진 다리가 하나 놓여 있던 것이 특이했다. 그 다리에 서 있기가 겁이 나 황급히 건너가거나, 될 수 있으면 그 다리를 이용하지 않으려고 노력을 했던 기억이 선명하다.

우리가 함께 일한 사람들은 성남 출신들로, 오씨라는 사람이 조장으로 있었다. 오씨는 나이가 마흔서넛으로 형과 나는 오씨 아저씨라고 불렀다. 그 오씨를 중심으로 열여섯 사람이 한 조를 이루었다. 그런 조가 그 현장에

서너 개 있어 각 층마다 모작을 하고 있었다. 우리 조는 지상 층에서 일을 했는데, 현장도 컸지만 우리가 만들고 설치할 통이 어찌나 크던지 후렌지만 박는 데도 반나절씩은 걸렸으며 통 안에서 두 팔을 위로 펴고 걸어도 손끝에 닿질 않았다.

우리 조에는 아주머니도 네 분 계셨다. 다른 사람들과 마찬가지로 성남 출신들이었다. 그중에 최씨 아줌마라고 불리던 두 아주머니가 있었는데, 친자매로 짝을 이루어 일했다. 성질이 보통이 아니라 엔간한 남자들은 상대도 되지 않았다. 나중에 그 성격 때문에 열여섯 사람 모두 그 현장에서 쫓겨나는 신세가 되었다.

신축 백화점 현장은 기둥과 기둥이 다른 곳에서는 보기 드물게 서로 멀리 떨어져 있었다. 희한하게도 천장에는 기둥과 기둥을 연결해 주는 중간 보가 한 개도 없어 일을 하기에는 최상의 조건을 가지고 있었다. 내가 맡은 일은 나보다 서너 살 많은 사람과 지하실에서 재단을 하는 일이었다. 내가 재단을 하는 동안 사람들은 재단한 것을 지상 층으로 올려 조립을 하고 천장에 통을 달 수 있도록 발판을 설치했다. 우리가 재단을 마치면 위로 올라가 사람들과 합류하여 몸을 아끼지 않고 일했으며, 마치 그 일을 위해 존재하는 기계처럼 통을 달았다.

두께 1.2mm 함석에 앵글 후렌지를 하고, 보강에 보온까지 하고 나니 통을 들 때는 여섯 이상이 함께 들어야만 했다. 지금 같으면 그런 미련한 짓은 하지 않을 것이다. 기계를 써야 했지만 그때는 기계도 없었고 기계를 써야 한다는 생각도 못했다. 으레 그렇게 해왔던 것이다. 천장도 바닥도 걸리는 것이 없어 빨간 페인트칠 벗겨진 우마를 열 단 이상 연결했다. 마치 다리처럼 발판을 연결해 놓고 그 무거운 통을 어깨에 올려 뛰어다니다시피 하며 통을 달았다. 한번은 어찌나 힘이 들던지 머리로 통을 받쳐 들다가 목이 삐어 고생을 한 적도 있다.

경남이 형은 시간만 나면 그날 그날 일한 양을 계산기로 때려 1인당 얼마씩 벌었는가를 사람들에게 알려주곤 했는데 그럴 때면 조장 오씨가 몹시 불쾌한 얼굴을 했다. 자기가 다 알아서 일을 시키고 돈을 나누어 주는데 권위에 도전하는 것 같았던 모양이다.

일이 이대로만 간다면 그간 놀면서 까먹은 돈을 메우고 추석도 푸짐하게 날 수 있다는 마음에 힘든 줄 모르고 부지런히 했다. 순식간에 도급 받은 한 층을 끝내고 다른 층으로 옮겨 도면이 나오길 기다리며 여기저기 잡일을 하러 다녔다. 날씨가 제법 쌀쌀해져서 잠바를 걸치기 시작했으며, 일당 일을 할 때는 모작 때의 고생을 위해 몸을 편하게 하고 보신을 해야 한다며 마냥 앉아서 막걸리나 마시며 시간을 때웠다.

우리 조에는 그 현장을 끝으로 만나지 못한 두 사람이 있는데 그중 한 사람은 양씨 아저씨란 분이고 다른 한 분은 성씨가 생각나지 않는다. 그 두 분 모두 조장과 친구였다. 양씨 아저씨는 일당만 받는 날일을 할 때도 둘이 들기도 벅찬 2단으로 만든 발판을 혼자서 끌고 다니며 일을 하는, 일꾼 중에 상일꾼이었다. 그만 쉬자고 해도 자신은 일을 너무너무 좋아해 쉬지 않는다고 했다. 또 한 아저씨는 20년이 넘게 군 도피 생활을 하다가 그 현장에 오기 전에 잡혀 해결을 했다고 한다. 어찌나 사람들에게 상냥하던지 열댓 살 어린 내게 한 번도 반말을 한 적이 없었다. 아쉬운 것은 술을 너무도 좋아해서 깨어 있는 날이 없을 정도였다. 잔뜩 술을 마시고 가면 성남의 차 내리는 곳에서 고등학생 아들이 하루도 빠지지 않고 기다렸다가 모시고 간다고 했다. 아주머니는 도망을 갔다는데 그 아저씨만 보면 밤 깊은 성남 버스 정류장에서 아들이 아버지를 부축하여 걷는 모습이 떠오르곤 했다.

우리는 다시 도면을 받았다. 나와 형은 사인펜 자국도 보이지 않는 어두침침한 지하주차장에서 함석을 벌여 놓고 가위질도 되지 않는 엄청난 함석을 잡고 부대끼며 재단에 들어갔고, 다른 조와 모자란 장비를 서로 쓰기 위해 다투기도 하며 일을 했다.

한번은 현장을 구경한다고 돌아다니다가 로비 쪽인지 수영장 쪽인지 기억나지는 않지만, 쪼그려 앉아 고민에 찬 모습을 하고 있는 안면이 있는 형을 만났다. 여기 일을 맡아 했는데 통을 도면과 다르게 달아 걱정을 하고 있었다. 일주일간 발판작업을 하고 일주일간 달았다는 그 통들이 높은 천장에 강처럼 구불거리며 위태롭게 매달려 있었다. 그게 잘못 달렸다는 말에 현기증이 일어나 건물이 비틀리며 휘청하는 느낌을 받았다.

백화점 내부 공사는 닥트가 중심이 될 정도로 역할과 비중이 크다. 그 무거운 통들이 천장을 가득 채워갈 무렵이면 아래로 다니기가 겁이 날 정도다. 천장에 매달려 있는 게 힘들어 그것들이 포기하고 무너져 내릴 것 같기 때문이다. 아마도 천장을 가리지 않는다면 일반 사람들은 다리가 떨려 감히 그 아래로 다닐 엄두도 내지 못할 것이다.

그 형은 자기 일을 걱정하면서도 내게 충고를 하나 해 주었다. 조장 오씨를 조심하라는 것이다. 이 현장에서 혼자 돈을 챙기는 사람은 오씨밖에 없다고 했다. 회사에 찍혀 눈 밖에 났으니 너희 팀은 오래 못갈 거라고 했다. 그 말을 듣자 잘못 달았다는 통을 본 순간부터 괴물로 느껴지던 닥트들과 아래로 철거되다 만 족히 10미터 이상은 되는 발판 사이를 훑고 다니는 바람이 가슴 깊이 쓸쓸하게 느껴졌다. 경남이 형과 상의해 봤지만 곧 명절이 다가오고 오씨와 한 약속 때문에라도 그냥 있기로 하고 함석을 한 장이라도 죽이기 위해 열심히 일을 했다.

흔들리는 현장

일이 다 되어갈수록 다른 조와 알게 모르게 갈등이 싹터갔다. 남아 있는 층이 별로 되지 않아 일을 잡기 위해 신경을 곤두세우며 눈치를 봐야 했다. 이런 경우 소장의 권한이 막강하여 얼마나 소장과 친한가에 따라 돈이 되는 일이 결정나는데, 소장 눈 밖에 난 우리 조는 그런 점에서 불리했다.

조장은 부지런히 일을 재촉하며 다음 일을 따내기 위해 머리를 굴렸다. 그런데 뜻하지 않은 일이 발생해 우리 조가 더 일을 하기 어려운 지경에 빠졌다. 우리가 속한 회사는 설비회사로 하청에 하청을 맡은 곳이었는데, 하청을 준 회사 감독과 싸움이 붙은 것이다.

싸움의 시작은 그 성질머리 더러운 최씨 아주머니 때문에 일어났다. 감독은 닥트 보온이 잘못된 점을 지적했는데 최씨 아주머니가 거칠게 반발을 했다. 일꾼이 욕을 하며 반발을 하자 젊은 감독이 아주머니에게 맞받아 욕을 한 것이 화근이 되었다.

욕을 먹은 아주머니가 입에 게거품을 물고 악다구니를 쓰는데, 당시 애인이 아니냐는 소문이 돌 정도로 친한 사이였던 조장이 가만 있지 않았다. 조장이 사람들에게 연장을 놓고 모이라고 손짓을 했다. 나는 바로 옆에서 방망이질을 하고 있었다. 아주머니에게 욕지거리를 했다는 말에 내가 화를 참지 못하고 눈앞에 보이는 빨간 페인트 통을 발로 걷어찼다. 페인트 통이 나뒹굴며 페인트가 바닥으로 쏟아졌다. 사실 젊은 혈기에 자제력이 부족한 행동이었다. 나중에 오씨와 다른 경험 많은 선배들도 페인트 통을 걷어차는 것은 지나쳤다는 말을 했다. 싸움의 해결점을 넘어선 행동이었던 것이다. 그나마 거기까지는 봐줄 만했는데 아주머니가 페인트 묻은 솔을 감독을 향해 휘저어버린 것이다. 놀란 감독은 기겁을 하고 피하더니 걸음아 나 살려라 하고 현장을 한참 가로질러 구불구불한 닥트 통 사이를 달려 계단

쪽으로 도망쳤다. 그 뒤를 아주머니가 페인트 솔을 들고 쫓아가는, 짜기도 힘든 코미디가 순간적으로 연출되었다.

우리는 당장 잘릴 줄도 모르고 배를 움켜잡고 웃었다. 눕혀져 있는 닥트 통 사이로 페인트가 흘러들어가고 있었다. 그날 이후로 일이 더뎌지기 시작했다. 다른 감독들이 하루에도 몇 번씩 올라와 조그마한 흠이라도 잡아 일을 중단시켰다. 하루라도 빨리 통을 달아야 되는데 감독들이 대책 없이 우리 조의 목을 졸라대며 자신의 동료를 망신시킨 책임을 묻고 있었다.

모작을 하는 우리는 무척이나 마음이 급했다. 원청 건설회사가 일을 맡게 되면 전문업체인 설비업체로 하청이 떨어진다. 그 설비업체에서 다시 닥트회사로 넘어오고 또 우리에게 모작으로 떨어진다. 각 하청 단위에 떨어지는 이윤은 기본이 10퍼센트라던데 말대로라면 최하 30퍼센트가 없어진 상태에서 공사를 하자니 단가가 맞겠는가. 단가를 맞추려면 그만큼 일을 빨리할 수밖에 없고 일에 무리가 따르게 된다. 여기서 관리 감독을 정상적으로 한다는 것은 일을 그만두고 나가라는 것이다.

장비를 쓰는 문제에다 다른 조와 심한 말싸움까지 겹쳐 갈수록 현장이 힘해졌다. 그렇게 3일 정도 지난 후, 안전교육이 있어 내가 가장 싫어하는 반대쪽 건물로 가는 다리에 모였다. 날씨가 너무 맑아 눈이 부셨다. 안전교육을 하는 동안 사람들과 관리자들은 난간에 붙어 이야기를 하고 있었다. 맨 뒤 한쪽에선 카드놀이를 하고 있었다. 교육 내용이 무슨 말이었는지 기억나진 않지만 아마도 안전사고를 주의해가며 일도 열심히 하라는 내용이었을 것이다. 하루에 두 명 꼴로 죽어가는 게 모두 부주의해서 그렇다고 말을 하지만 하도급에 쫓기면서 일을 하는데 어떻게 몸 생각을 한단 말인가. 곡예와 같은 일이 일상적으로 일어나는 곳이 현장이었다. 조장은 뒤에서 인상을 쓰고 있었다. 이 시간에 일을 해야 하는데 무슨 얼어 죽을 교육이냐는 것이다. 하청을 준 소장은 신경을 쓸 일이 없다. 한쪽에서 기사들과 희희덕거리고 있다.

그날 오후, 지하에서 재단을 하고 있는데 조립을 하던 쪽의 형들 목소리가 커지면서 연장을 내던지고 내 쪽으로 다가와서 일을 멈추라고 했다. 다른 조와 일이 겹쳐 일을 못한다는 것이다. 그것까지는 좋았는데 들리는 말에 따르면 새로 온 기사가 일부러 일을 그렇게 시켜 우리를 골탕먹이고 있다는 것이었다. 감독 외에 또다른 적이 생긴 셈이다.

우리는 조장이 있는 지상 층으로 올라갔다. 작업은 중단되었다. 다른 날보다 이른 시간에 술 심부름을 하게 되었다. 닥트 설비 소장은 경주에 있는 힐튼호텔 현장에 출장을 나가 있었고 반장이 올라와 일을 다그치는데 이미 술이 얼큰하게 몇 바퀴를 돌아 일어날 기분이 아니었다. 더구나 기사에게 유감이 많은 우리가 말을 들을 턱이 없었다. 조장도 분위기를 파악하고 일단 현장 분위기도 그러니 연장 치우고 나가서 술이나 한잔 하자고 했다.

햇살이 아직 기세등등하게 살아 있는 가을 오후, 우린 취한 얼굴로 갈비집으로 들어갔다. 그날 난 얼마나 취했는지 지갑까지 잃어버리고 집에 어떻게 들어갔는지 모를 정도였다. 조장은 지금 그만두면 다음 달까지 기다렸다 돈을 받아야 한다며, 계산을 할 때 일당만 받고 도급으로 한 것이 무효가 될 수 있으니 참자고 사람들을 달랬다. 그럼에도 다음 날 우리 조는 다시 일을 할 수가 없었다. 감독이 올라와 통을 달지 못하게 했기 때문이다. 페인트가 부실하게 칠해졌다는 것이었다. 칠하고 또 칠해도 이상하게 부실한 곳이 생겼다. 워낙 통도 많은 데다 거의 한 층 전부에 널려 있었다.

우리도 더 이상 참을 수 없어 일손을 놓고 모여 많은 이야기를 주고받았다. 결론은 더 이상 할 수가 없다는 것이었다. 지하에서 일을 하던 나도 불려 올라가 그 틈에 끼어들어 말을 듣고 있었다. 더 이상 일을 진행하다가는

맡은 단가보다 일당이 많이 나와 까진다는 결론에 따라 여기서 현장을 정
리하는데, 문제는 어떻게 하면 우리 쪽에 조금이라도 유리하게 결산을 할
것인가였다.

소장도 보통내기가 아니라 그냥 고분고분 우리에게 유리하게 돈을 줄 리
가 없었다. 일을 하다 말고 그만두는 사람들에게 잘해 주지 않을 것은 눈에
불 보듯 뻔했다. 그래서 소장과 싸울 수 있는 근거를 마련해야 했는데, 우
리를 계속 난처하게 만든 닥트기사에게 책임을 돌리기로 했다. 두어 시간
이야기한 끝에 기사에게 잘못을 넘기면 기사가 따지고 들 테고, 그때 기사
를 상대로 나와 경남이 형, 그리고 또다른 형까지 셋이서 싸움을 하고 다른
사람은 말리면서 조장이 소장과 일 이야기를 유리하게 해나가는 것으로 약
속을 하고 사무실로 내려갔다.

난 전투력을 돋우기 위해 식당으로 가서 막걸리 한 병을 혼자 마시고 사
무실로 내려가 고래고래 소리를 질렀다. 하지만 들어야 할 소장은 자리에
없었고 기사와 반장은 사무실에 얼씬도 하지 못했다. 얼마간 그러고 있으
니 기사가 와서 조장을 따로 보자고 했다. 우리가 각자 한마디씩 거칠게 내
뱉자 조장은 따로 나가지 못하고 기사도 꼬리를 내리고 나가서는 돌아오지
않았다. 급하게 연락된 소장이 일을 처리해 주겠다며 내일 아침에 보자고
했다.

다음 날은 각본대로 충실하게 진행이 되었다. 사무실 안에 모여 일에 대
한 잘잘못을 따지게 되었다. 감독과 싸운 사건은 가급적 피하고 기사만 물
고 늘어졌다. 기사가 조금이라도 변명을 하면 역할대로 당장 기사를 끌고
나가 죽일 듯이 날뛰고, 나머지 사람들은 이를 말렸다. 그러기를 몇십 분,
소장은 우리가 요구하는 대로 계산을 해 주기로 하고 일을 마무리지었다.

내가 그 현장에 와서 벌어들인 돈을 끝나는 날까지 계산해 보니 일당 외

에 생각보다 많지 않았다. 결과적으로 목까지 삐어가며 죽어라 일만 한 결과가 되었다. 남아서 자기들과 합류를 하자는 다른 조의 제의를 거절하고 교대역 그 현장을 떠났다. 그리고 그 현장과 형님, 아주머니들은 기억 속에서 사라져갔다. 그런 종류의 현장은 어디에서나 쉽게 만날 수 있었다.

무너진 것

그러다 5년이 흐른 어느 날, 이화여대 앞에 있는 해우빌딩에서 일을 할 때였다. 사람들과 술을 한잔 걸치고 이대역으로 올라가는데, 전자대리점 진열장 앞에 사람들이 모여 있었다. 모두 텔레비전을 보고 있었다. 술 취한 우리가 들어가니 자리를 비켜 주었다. 무슨 대형사고가 났는지 사이렌이 울리고 리포터가 잔뜩 흥분이 되어 있었다. 그때는 술에 취해 잘 이해되지 않았다.

그날 밤 집에 들어와 옷도 안 갈아입고 잠에 떨어졌다. 얼마를 잤을까? 텔레비전 소리가 시끄러워 잠에서 깨었다. 전날 밤에 취해 형광등과 텔레비전을 켜고 잤는지 방 안이 훤했다. 텔레비전에서는 어제 이대에서 본 그 사고 현장 소식을 새벽까지 생중계하고 있었다. 무심결에 들리는 소리에 귀에 익은 말이 있어 집중해 보니 사고 현장은 다름 아닌 내가 오씨 팀을 따라 모작을 했던 그 삼풍백화점이었다. 가슴이 뜨끔했다. 한쪽 건물 앞면이 흉측하게 무너져 내려 가루가 나 있었다.

페인트를 뒤집어 쓸까 봐 도망치던 감독, 보온하던 아줌마, 일을 그만둔 경남이 형, 그리고 일 자체를 즐거워했던 양씨 아저씨와 그 착한 아저씨, 지하실에서 장비들을 사이에 두고 죽일 듯이 소리치며 몸싸움을 벌였던 사람들, 그들 모두가 어디서든 그 장면을 보고 있을 것이다.

죽어서 실려 나오는 사람들, 무너져 내린 콘크리트 조각, 부풀어 일어나는 연기와 사이렌 소리, 비명과 신음 소리, 갈수록 단단해지는 것이 콘크리트라고 배웠는데 어떻게 무너질 수가 있단 말인가?

돈의 마법이리라. 안전교육을 하는데 동료들 돈을 따기 위해 그 틈에서 카드를 하던 노동자들, 몇 년 후면 무너져 내릴 건물을 뒤로 하고 자기 현장에 자부심을 가지고 일에 최선을 다하자며 잔뜩 어깨에 힘을 주던 관리자들, 교육에 관계없이 뒤에서 말을 주고받으며 이죽이고 있던 하도급업체 관리자들, 그 하도급에 재하도급을 받고 일을 하는 관리자와 그 하도급에 또 하도급을 받아 모작이라고 목숨 걸고 달려들어 일을 하는, 오직 어떻게든 일당보다는 나아야지 하고 고민하던 우리들.

그 현장에 한두 번 와 보기는 했을까 싶은 건설회사 고급 간부와 삼풍백화점 주인님들은 그 무너질 건물을 보고 무슨 생각을 했고, 무너지는 그 시간에 어디서 무엇을 하고 있었을까?

벌써 삼풍백화점 붕괴사고가 난 지 오랜 시간이 지났다. 노동조합과 건설업체, 정부에서는 건설특별법을 만든다고 열을 올렸다. 건설노동자가 생기기 시작한 지 100년이 되어서야 그들을 위해, 아니 일하는 노동자가 아니라 대형 참사에 따른 경제적 비용을 방지하기 위해 법을 만든다고 한다. 지금 일하고 있는 현장인 의회 의사당을 100억 이상을 들여 지으면서도 이 나라 모든 건축물을 만들고 있는 200만 건설노동자를 위해 회관 하나 지어주지 않는 정부가 얼마 전 산재비용이 너무 많이 나가니 산재보상을 줄이자는 법까지 추진한다는 말을 들었다.

사람이 넋이 나가면 머리에 똥을 바르고 미쳐서 때와 장소 구분 없이 날뛴다더니 지금 이 세상이 그런 것이 아닌가 한다. 무너져 내리지 못하고 자기 짝이 참담하게 무너지는 것을 보던 다른 쪽의 삼풍 건물은 세상을 향해 무슨 말을 하고 싶은 것일까?

　여전히 사람들은 자신의 발판이 무너져 내릴 때까지 돈을 부여잡기 위해 애를 태울 것이다. 돈을 위해서라면 자기 피붙이라도 팔아넘기는 세상. 오늘도 언제고 무너질 현장, 그 그늘 아래 우리 노동자들이 힘겨운 삶을 좇아 보다 나아지는 세상을 염원하며 앞서 나아가리라.

약 먹는 일꾼들

하루에 두 명꼴로 죽는 곳이 현장이다. 믿기 힘들지만 사실이고 더 믿기 어려운 것은 그 수치가 해가 갈수록 늘어나고 있다는 것이다. 그보다 더 믿기 어려운 것은 그렇게 죽는다는 것 자체에 무감각하다는 것이다. 듣는 사람도, 말하는 사람도, 당하는 사람도.

현장 생활을 하면 죽을 고비를 몇 번은 넘기게 된다. 10년 이상 일한 사람끼리 앉아서 사고를 당하거나 본 것을 이야기할 때면 무슨 영웅담같이 끝도 없이 나온다. 죽음으로 귀결되는 숱한 사고의 모습들이 얼마나 많은가! 건설현장 사망사고의 공식적인 수치가 매년 7백을 넘는다.

현장 사람들에게 그림자처럼 붙어 다니는 것이 사고며 죽음이다. 죽음은 가족과의 이별이며 얽히고설킨 감정의 마지막 장이다. 돈 내라고 악다구니 쓰는 마누라도, 부모 잘못 만나 빈곤하게 사는 자식 놈과도 이별이다. 매일 쌔빠지게 일해도 별로 나아질 것 없는 노동자의 생활과 안녕이고, 같잖은 일당 때문에 줄기차게 일 나가 난장에서 까발린 채 서서 일할 필요도 없다. 죽음, 죽음만이 지친 몸을 쉬게 하고 달랠 수 있다니.

　작년 여름 광화문 근처 새문안교회 건너편 현장에서 잠깐 일할 때였다. 건물이 꽤 높았다. 건물 밖에 매달린 호이스트를 타고 오르내리면 바로 발 아래 울창한 숲이 보인다. 그 숲 한가운데 깃발이 비쭉 솟아 있는데 성조기였다. 그 숲 앞으로 궁궐이 있는데 바로 덕수궁이다. 성조기를 보니 무슨 미국인들 관사라도 있는 모양이었다. 세상에 자기 나라 옛 궁전 안에 외국 국기가 휘날리는 나라가 몇이나 될까? 아마 없을 것이다. 관사 지붕의 기와가 다른 곳에서는 보기 드물게 반짝거렸다. 한번은 함께 일하는 사람과 그 기와가 플라스틱이니 도자기니 논쟁을 했지만 확인할 수는 없었다. 멀리 전경들이 쉬는 공터도 보였다. 밥을 먹거나 족구를 하곤 했다. 몇몇이 야구도 했다. 아마 근처 경비를 서는 전경인 모양이었다. 우린 그 광경을 하루에도 몇 번씩 볼 수가 있었다. 언젠가 아저씨 한 분이 성조기를 보면서 못마땅한 말씀을 하셨다. "다 나가야 해." 듣는 나도 착잡한 말이었다.

　하루는 부슬비가 오는 날이었는데 미장일꾼 한 사람이 젖은 모래를 호이스트로 나르고 있었다. 점심시간을 마치고 위층으로 올라가기 위해 호이스트를 기다리는데 반대편에서 그 미장일꾼이 리어카를 세우고 있었다. 호이스트와 난잡한 파이프 때문에 그 일꾼은 나를 보지 못했지만 나는 그를 보고 있었다. 그는 시멘트가 잔뜩 묻은 조끼 안쪽에서 약 한 봉지를 꺼내 입에 털어 넣고 작은 약병 하나를 마셨다. 비에 젖은 호이스트 철망 사이로, 그 미장일꾼은 쓴 맛을 본 표정을 지으며 약봉지를 잘 접어 조끼 안주머니에 넣고 병은 쓰레기더미에 던졌다. 바짝 마른 볼이 움푹하고 리어카를 미는 팔뚝은 파란 힘줄이 두드러지고 살 없는 몸에는 뼈가 앙상했다. 그의 혈관을 타고 약물이 돌고 있는 모습이 떠올랐다. 호이스트 철망 밖으로 부슬부슬비가 아무 소리도 없이 내리고 있었다.

　요즘 현장에 가 보면 아침이나 점심을 먹고 난 후 약 봉지를 꺼내들고 고개를 뒤로 젖히는 노동자들이 자주 눈에 띤다. 고된 노동에 하루하루를 약으로 살아가고 있는 것이다. 현장의 노동자들이 약이 아니라 진정 보람을 가지고 일을 할 수 있는 날이 올까? 아니면, 그나마 산재로 죽지 않고 살아가는 걸 다행으로 알아야 할까?

외국인 신부

　지난 2월 말쯤 필리핀 신부를 맞이한 후배의 집들이를 갔다. 건설현장 사람들이 외국 여성과 결혼한 경우는 서너 번 있었지만 집들이는 처음이었다. 조촐한 단칸방에서 후배 혼자 살 때에 비하면 사람 사는 것 같았다. 인형도 있고, 화장대와 그 위에 놓인 여러 화장품들과 향긋한 냄새, 거울도 방도 장롱도 깨끗하게 닦여 있었다. 외국에서 온 신부에게 궁금한 것이 많았지만 안타깝게 신부와 대화가 잘 되지 않았다. 성격이 활달해 보였지만 우리와는 나이 차이가 너무 많이 났다. 20대 중반이면 한창 꿈 많을 나이가 아니던가! 중동을 다녀온 형님과 대학을 나온 한 동료가 짧은 영어로, 부족하면 생활영어책을 펼쳐가면서 필담을 했다. 어렵사리 지금 사는 심정이나 고민을 엿볼 수가 있었다.

　한국의 겨울은 너무 춥다고 했다. 음식도, 생활도 답답해 보였다. 날씨가 곧 풀리니 조금만 참으라고 했다. 우리가 걱정할 문제는 아니었지만 걱정이 되었다. 기혼자인 선배들이 이런저런 배려를 하라고 충고도 하고 이곳 문물을 빨리 익히도록 도와주라고 했지만 잘 될 것 같지는 않았다.

그녀는 찾아온 우리에게 자신이 직접 만든 음식을 내왔다. 집들이치고는 대체로 조용하고 어색하긴 했지만, 후배를 위해선 흐뭇한 일이었다. 그 후에도 잘 사는지 함께 일하는 동료들에게 자주 물어 봤지만 그때마다 대답이 시원치 않았다. 결혼을 해 보니 여자가 집에 와 있다고 다 되는 게 아니라는 것을 뼈저리게 느꼈다. 수가 틀리면 언제든 뛰쳐나갈 요소가 항상 내재되어 있는 것이다.

신길동 근처에 우리 일용공들이 십수 년을 들락거린 한치 횟집이 있었다. 지금은 건물 용도가 바뀌어 문을 닫은 지 몇 년 되었다. 한창 장사를 하고 있을 때, 선배 한 명이 중국 동포와 결혼을 하게 되어 인사를 갔었다. 며칠 후, 그 집에 밥을 먹으러 가게 되었는데 밥을 차리며 주인아주머니께서 하시는 말씀이 그 형이 걱정된다고 했다. 왜냐고 물으니, 신부가 너무 잘생겼다는 것이 첫째 이유였고, 또 하나가 식당을 이용하는 사람들 중에 중국 동포와 결혼한 노동자를 그 형까지 열여섯 쌍이나 보았다는 것이다.

"그래서요?"

"다 실패했지. 결혼은 쉬운 게 아니지. 더구나 국제결혼은 더더욱 그래. 애만 낳는다고 다 아버지가 되는 건 아니라고 봐. 결혼도 마찬가지야. 한국 여성과 결혼한 것보다 더욱 신경을 써야 한단 말이야. 우리 경우도 국제결혼을 해서 미국에 건너간 많은 여성들이 바보가 아니거든."

"그렇기는 하지만."

그 아주머니의 생각은 적중했다. 정확히 두 달만이었다. 어느 날 일을 마치고 집에 들어가 보니 여자가 짐을 쌌다는 것이다. 주민등록증이 나오는 동안만 살았던 것이다. 누구를 탓해야 하나? 우리는 아무도 탓할 수가 없었다. 단지 안타까울 따름이었다. 그 형은 그녀를 찾기 위해 백방으로 노력을 했지만 찾을 수 없었다. 조적 일꾼들이 자주하는 말에 무너지는 벽돌과 떠난 여자는 잡을 수가 없단다. 후에 그 횟집에 가서 몸집이 큰 주인아주머니와 그 선배의 이야기를 나누는데, 아주머니는 담배를 물며 혀를 찼다.

내 주변에서도 여러 명이 외국인 여성과 결혼을 했다. 갈수록 늘어가는 것 같다. 살다가 안면이 있어 만난 것이 아니라, 대부분 한국 여성과 인연이 없어 외국행 비행기에 오른 것이다. 그렇다고 예를 든 것처럼 다 잘못되는 것은 아니다. 아는 이 가운데는 외국인 여성과 결혼을 해서 잘 사는 경우도 많다. 잘못된 경우가 세 쌍 정도 되는데, 그중 두 쌍이 나와 친한 사람들이라는 게 안타까웠다.

우리가 집들이까지 가서 손짓, 발짓으로 대화를 나누었던 여성은 결혼을 하고 얼마 후에 필리핀으로 가 버렸다. 여러 가지 부족한 현실적 조건을 극복하기가 쉽지 않았나 보다. 결국 이 여성은 주민등록증이 나오기 전에 떠나버린 것이다. 잘했다 못했다 이전에 인생이 걸린 문제를 결정하지 않으면 안 되었으리라.

신부는 떠나기도 힘들었겠지만 다시 돌아오기에는 너무 멀리 날아가 버렸다. 우리는 "죽고 싶다!"는 그 친구의 말을 몇 달간 들어야 했다. 옛말에 처가는 멀수록 좋다고 하지만 꼭 그런 것만은 아닌가 보다. 비행기라는 놈이 있으니 마음만 먹으면 휑하니 날아가 버릴 수가 있는 것이다.

헤어지는 집도 있지만 그렇지 않은 경우도 있었다. 필리핀에서 시집 온 그녀와 같은 처지의 여성이 있었다. 남편 되는 친구가 역시 우리와 같이 닥트 일을 하는 노동자였다. 후배가 자신의 경우를 빌어 친구에게 방법을 소개시켜줘서 결혼을 하게 된 것이다. 그녀는 나이가 좀 들어 세상을 헤쳐 나가는 법을 아는 여성이었다. 우리와 두어 번 만났는데 자신이 모르는 한국

말이 있으면 수첩에 적고는 우리에게 직접 그 뜻을 물어 그 자리에서 익히
려고 노력했다. 우리가 말을 하기 이전에 자신이 우리와 소통을 하려고 했
다. 필리핀에 있을 때 광고 일을 했다던 그녀는 매사에 적극적이었다. 지금
은 영어 강사로 일을 하고 있다고 들었다. 그녀의 남편과 명동 현장에서 잠
깐 일을 함께했었는데 이 친구는 항상 기분이 좋아 보였다. 일만 끝나면 예
전에는 술집으로 갔는데 지금은 제일 먼저 집으로 사라진다. 아주 팔자가
피어 보였다. 부모님을 모시고 사는데 시부모와 사이도 좋은 모양이었다.

국내에 여성이 모자라는 것일까? 그 많은 여성들은 다 어디로 갔을까?
외국으로 시집을 가 버렸나? 가난한 노동자와 사느니 차라리 혼자 사는 길
을 택해 버렸나? 돈 있는 양반들이 두셋씩 함께 살고 있나? 결혼은 철저히
개인적인 문제인 것 같으면서도, 어찌 보면 사회적 문제가 아닐까 생각을
해 본다. 결혼 자체도 하나의 경쟁력이 되어버린 세상이다. 확실히 건설 노
동판에는 예전에 보지 못한 하나의 현상이 있다. 현장에 넘치는 이주노동
자들과 외국인 신부들, 내가 가난한 노동자라 자본의 이동은 직접 확인할
길은 없으나 국가를 넘나드는 노동의 이동은 매일 확인하며 살아가고 있
다. 사회 밑바닥인 현장에서 일어나는 일들이다.

왜 그럴까? 10년 째 물가는 오르는데 건설현장의 일당은 오르지 않고 있
다. 하도급이 심화되어 노동 강도는 갈수록 높아지고 있다. 배우는 사람은
없고 부족한 노동인력이 외국인으로 채워지고 있다. 부족한 신부가 외국인
신부로 채워지듯 말이다.

건설 노동을 하는 사람이 한 가정을 끌고 나가기란 여간 버거운 것이 아
니다. 이 사회에서 능력 없는 가장을 믿고 사느니, 여자도 보는 눈이 있고
미래에 대한 구상이 있다면, 나름대로 생각이 있을 것이다. 밑바닥 노동자

와 결혼을 할 거라면 한 번쯤 더 생각을 해볼 테고, 그런 생각을 했다면 모두들 도망을 간다.

사회 특권층들이 과도하게 사회적 부를 흡수해 버려서 밑바닥에는 냄새조차 맡기 힘들 정도로 부가 고갈되어 있다. 단순히 돈의 문제를 넘어 인생 자체가 10여 년 전에 비해 황폐하게 변한 것이다. 그때도 어려웠는데 지금은 더한 꼴이다. 자본은 그들의 부를 채우는 기계의 회전축을 돌리는 핏대가 과열되어 연기가 날 지경이고, 노동자의 배는 부황이 뜨기 직전이다. 노동자들은 바짝 마른 몸에 뼈를 감고 도는 푸른 혈관까지 말라 자기 한 몸 버티기에도 한계에 달해 있다. 그 퀭한 눈알에 핏발이 서고 움켜쥔 연장이 떨리고 있다. 그 그림자가 먼지 날리는 마른 현장 바닥에 넘어져 휘청거리고 있다. 역사를 보면 농민이든 노동자든 그들의 연장이란 것이 꼭 농사나 공사하는 데만 쓰인 것이 아니라는 것을 우리는 알고 있다.

우리 건설노동자들의 결혼에 브로커와 그들의 장삿속이 개입되어 있는 것은 문제다. 불법으로 짝을 지어 주기 이전에 생활의 궁핍이라는 근본적인 문제가 해결되어야 한다. 결혼이란 문제가 외국인이든 내국인이든 사람을 사고파는 것은 정녕 아닐 텐데 말이다. 사회적 양극화가 갈수록 커지니 음성적인 곳에 불법의 꽃이 피어나는가 보다.

달콤한 휴식

점심을 먹고 식당을 나오는데, 겨울 대목에 목청 높이는 유흥업소 전단지와 매일 아침 전철 입구에 쌓여 있는 무료 신문지가 날카로운 찬바람에 몸을 날린다.

나는 목을 잔뜩 움츠리고 김씨를 따라 현장으로 들어간다. 엘리베이터를 타고 일하던 7층으로 올라가는데 김씨가 흔들거리며 내 앞을 걷는다. 굳은 목과 어깨, 겨드랑을 바짝 붙이고 반쯤 석고가 되어 걷고 있다. 그의 오른 손에는 이쑤시개처럼 얇은 담배가 타고 있다. 뒤통수의 떡진 머리와 군데군데 코킹 묻은 등짝, 귀에 걸린 파란 마스크 끈을 보니 남이 내 뒤를 보면 저러겠거니 하는 생각이 든다. 복도에는 꽉 찬 먼지가 수은등 빛에 반짝이고 구석구석 거미줄처럼 걸린 어둠과 마구 잘라 놓은 검은 천 조각 같은 그림자들이 눈길 닿는 곳마다 펼쳐진다.

김씨가 창가에 놓인 간이 소변 통에 서서 담배를 물고 일을 보며 천장을 훑어본다. 내가 소변을 보는 사이 김씨는 지퍼를 올리며 베란다 문을 열고 밖으로 나간다. 점심을 먹고 한 시간 가량 유일하게 쉴 곳은 그곳뿐이다. 점심시간을 이용해 잠시라도 눈을 붙여 몸을 풀어놓지 않으면 오후 일을 하기가 힘들었다. 창고는 너무 작아 두 사람이 서서 옷을 갈아입을 정도의 공간뿐이다. 다른 사람들은 어디서 쉬는지 모르겠다. 김씨를 따라 베란다로 나가니 부평역 근처의 시가지가 한눈에 펼쳐진다. 주변의 비슷비슷한 건물들은 대부분 모텔들이다. 모텔들 이름도 가지가지다. 특히 우리가 베란다에 기대어 앉으면 정면에 '실낙원'이란 곳이 보인다.

'실낙원'이라? 내 책상 책꽂이에는 밀턴의 『실낙원』이 꽂혀 있다. 가끔 중간중간 펴서 읽기는 했지만 읽어 본 페이지는 다 합쳐도 10여 페이지 남짓일 것이다. 그러나 일본 와타나베 준이치의 『실낙원』 상권은 꼼꼼하게 읽어 보았다. 깔끔한 문장과 극도로 절제된 예리한 심리 묘사가 지금도 기억난다. 하권은 읽지 못했다. 애초 헌책방에서 한 권만 샀기 때문이다. 중년 남녀의 '불륜'에 대한 내용인데, 후반에는 죽음으로 그 값을 치른다. 나는 돈이 없어 전반부만 보고, 약을 먹고 죽는 후반부는 인터넷에서 줄거리로만 봤다.

왜 모텔에 저런 이름을 썼을까? 모를 일이다. 저 모텔이 주말이면 왜 밤낮으로 매진이 되는지도. 하지만 저 건물들이 어떻게 지어졌는지는 잘 알고 있다. 지금 내가 일하고 있는 이곳도 맨 위층은 나이트클럽이고, 그 아래 세 개 층은 다중영화관이다. 짓고 나면 첨단일지 몰라도 그 전에는 혹독하고도 비인간적인 작업장이다. 마무리 공사를 하고 물청소를 하면 모든 노동의 과정은 사그리 지워지고 들어간 비용만큼 그럴 듯하게 보일 것이다. 표 끊고 팝콘 씹으며 영화를 보면서, 혹은 모텔 안에서 뭔가를 하면서 굳이 그런 걸 떠올릴 필요는 없지만 말이다.

김씨가 담배 연기를 뿜으니 바람에 흔적도 없이 사라진다.

"오늘은 여기서 쉬기 힘들 것 같은데요."

'그럴 줄 알았다'는 그의 천진스런 웃음에 나는 '우린 죽었다'는 표시로 혀를 쭉 내밀었다. 유일한 휴식공간인 햇볕이 드는 곳을 찬바람이 쓸고 있으니 어디로 가란 말인가? 이 추위를 맨몸으로 버텨야 하다니. 오늘 영하 9도라고 했나? 7도? 잘 모르겠다. 하지만 체감온도는 영하 20도쯤 될 것 같다. 우린 말없이 화장실로 갔다. 아직 타일도 붙이지 않은 곳이지만 바람도 소음도 없다. 두 장의 손바닥만한 스티로폼을 들고 구석에 깔고 앉아서 몸을 최대한 움츠렸다. 햇볕 드는 베란다만은 못하지만 그래도 견딜만하다. 어디선가 종이 타는 냄새가 난다. 다른 일꾼들이 어느 구석에서 종이라도 태워 몸을 녹이고 있는 모양이다.

현장에 나온 지 벌써 일주일이 다 되어 간다. 지난 10월 한 달간 현장에 나갔을 때는 추위에 대한 낌새도 느끼지 못했는데 몇 십 년만의 강추위라니. 날이 추워 이 달까지 쉴까 했는데 경제적 형편도 그렇고 또 그렇게 늘어지는 모습도 싫어 일이 생기자마자 나왔다. 가는 날이 장날이라고 추위에 제대로 걸렸다. 그래도 나는 예전부터 추위에는 그럭저럭 버텨 왔는데 바짝 마른 김씨는 10여 년을 현장에서 굴러다녔으면서도 추위에 여전히 민감하다. 10여 년 전, 말쑥한 양복을 입고 일용노조 사무실로 찾아 온 그를 내 손으로 끌고 현장으로 데리고 나갔었다. 며칠 지나지 않아 곧 나는 사무실로 들어왔고 그는 나 없이 긴 현장 생활을 시작했다. 그 생각만 하면 미안한 마음이 든다. 적응도 하기 전에 무대 뒤 어지러운 세트장 같은 현장에 던져놓고 나 몰라라 했으니.

추운데 문자는 자주도 날아온다. 대부분 비정규직 투쟁 현장에서 실시간으로 펼쳐지는 투쟁 상황이다. 농성 아니면 침탈, 집회와 회의들이다. 공사 중인 화장실에서 두 사내가 휴식을 취하며 몽상에 젖어 있는 순간에도, 세상은 치열하게 투쟁하고 있었다.

구직 낙서

작업이 거의 끝날 시간인 4시쯤 되었을 때였다. 한 시간 반만 일하면 하루 일과를 마치는 시간인데 유리솜이 들어왔다고 연락이 왔다. 함께 일하던 반장이 뛰어 내려가면서 연장을 대충 정리하고 1층 로비로 내려오라고 했다. 반장은 수은등 환한 복도 바닥에 어지럽게 깔린 작업선을 밟으며 안전화 뒤축을 끌고 바쁘게 일꾼들 틈으로 사라졌다.

오늘은 소음기라는 무거운 통을 들고 다니느라고 힘을 썼더니 허리에 무리가 갔는지 오후 쉬는 시간부터 통증이 왔다. 어지간한 허리였으면 요절이 났을 일이다. 그나마 내 허리니까 이 정도였지 하는 마음으로 위안을 하며 버티고 있었다. 반장이 일이 바쁘다고 나보다 더 설치니 따라갈 수밖에. 엘리베이터를 타고 1층 로비에 가 보니 반장이 트럭 운전수에게 배달 용품이 적힌 송장을 써 주고 있었다. 보온을 하는 아주머니 두 분이 이미 내려와서 솜을 엘리베이터 앞으로 나르고 있었다.

자재가 들어오면 보통 6층으로 끌어올린다. 우리가 일하는 현장은 7, 8, 9층인데 이 세 개 층을 벌써 두 달째 끌고 있는 모양이었다. 우리가 온 지도 벌써 한 달이 되어 간다. 벌써 끝났을 현장인데 워낙 환경과 작업 조건이 좋지 않았다. 아마 이런 현장에서는 서너 달을 버티기가 힘들 것이다. 공사 기간도 구정까지라고 말을 하는데 더 걸릴 것 같았다.

둘둘 말린 노란 유리솜은 무겁기도 무거웠다. 전부 서른 롤이 들어왔다. 아주머니는 한 롤씩 비닐 주둥이를 끌고 다니고, 나는 두 롤씩 바닥에 끌고 다녔다. 반장은 어깨에 메고 다니다가 앞으로 들고 다녔다. 아마 반장은 바닥에 끌고 다니면 먼지가 나고, 비닐이 대리석 바닥을 끄는 소리를 듣기 싫어서 그런 모양이다.

엘리베이터는 일곱 대가 있었는데 작업용이 세 개, 나머지는 일반 승객용이었다. 작업용이 아닌 승객용을 타면 관리과장이 나와서 사용을 못하게 했다. 이해가 가는 것이 작업용에는 작업하다 긁히지 않게 내부 보양이 되어 있었고 일반용은 내부 보양이 되어 있지 않았다. 미리 준공이 끝난 맨 위층 나이트클럽 같은 경우 영업을 하고 있어 엘리베이터 안과 밖에 나이트클럽 선전광고지가 붙어 있었다. 10여 명의 가수들이 밤 11시 이후 출연한다는 내용이었다.

작업용 엘리베이터에 싣기 위해 유리솜을 쌓아 놓은 앞에도 포스터가 붙어 있었다. 한 반쯤 날랐을 무렵이다. 어떤 사내 하나가 그 앞에서 낙서를 하고 있었다. 솜 두 개를 끌고 앞으로 당겨서 물건이 나열되어 있는 곳에 세우고 있을 때였다. 사내는 내가 긴 대리석 바닥을 긁으며 엘리베이터 앞으로 꺾어져 들어왔을 때 바로 앞에서 마주치자 겸연쩍은 얼굴로 얼른 포스터에서 손을 떼었다. 포스터 맨 아랫줄에 한때 나름대로 인기를 누렸던,

지금은 중년이 된 가수 얼굴에 검은 사인펜으로 깨알만한 것이 어지럽게 그려져 있었다.

사내의 몸은 바짝 말라 있었고, 긴 반코트 잠바를 입었다. 얼굴은 중국의 유명한 〈심사관〉의 배우 주성치 그대로였다. 장난치다 들키고 시치미를 뗀 채 먼 곳을 바라보는 모습이 그 아니면 누굴 닮았을까! 무안한 것은 그뿐만 아니라 나도 그랬다. 못 본 척하고 하던 일을 하면서 속으로 '참 싱거운 사람이다. 그 나이에 무슨 낙서람!' 하며 또 물건을 들고 그 자리에 갔는데, 그는 막 낙서를 끝내고 돌아가고 있었다. 쓸데없는 수염이나 안경을 그렸겠거니 했는데 옆에서 벽돌을 나르던 젊은 청년이 가까이 와서 그 낙서를 보고 소리 내서 웃었다. 나도 다가서서 보니 내가 생각했던 낙서가 아니었다.

"뭐야?"

반장이 내게 물으며 다가서서 바라보고는 말없이 자기 하던 일을 하러 갔다. 반장과 내가 본 것은 중년가수 얼굴에 바쁘게 휘갈긴 구직광고였다. '일용잡부 한 사람 쓰실 분 연락 주세요' 라고 씌어 있었다. 전화번호가 적혀 있었고, 아래에는 '열심히 일하겠습니다' 라고 토가 달려 있었다. 나는 웃었지만 반장은 웃지 않았다.

"그만큼 일이 없으니까!"

유리솜을 싣고 6층으로 올라가 엘리베이터 안에서 반장은 그렇게 지나가는 말을 했다. 반장의 말이 귀에서 뇌로 가는 것이 아니라 가슴으로 내려와 지렁이처럼 살아 꿈틀거렸다.

어려운 시기다. 내가 생각하는 것 이상으로. 사실 나도 웃기는 했지만 나도 한때 저런 때가 있었다. 20대 중반에 일을 구하기 위해 이 현장 저 현장으로 돌아다닌 적이 있었다. 남의 사진에 전화번호를 써서 알리지는 않았지만. 그가 비록 이 현장은 아니지만 꼭 일을 구했으리라 믿는다.

도둑이 들다

지난주 토요일, 6층에서 일을 하고 있는데 허름한 옷을 입은 사내 하나가 닥트 반장을 애타게 찾았다. 금방 함께 있었기에 잠깐만 기다리라고 말을 했는데 사내는 바쁘게 움직이며 자기발로 찾아다녔다. 다른 사람 말을 들어보니 다른 층에도 올라와 반장을 찾았다고 한다. 뒷모습을 보면서 함께 현장 생활을 했던 친구쯤 되는가 보다 생각을 했다.

나중에 알고 보니 둘은 친구 사이도 아니었고, 그렇다고 안면이 있는 사람도 아니었다. 전혀 다른 뜻밖의 용무가 있었던 것이다. 사내가 반장을 찾아 여기저기 기웃거릴 때쯤 둘은 엘리베이터 안에서 만났다고 한다. 그 사내가 건물에 대하여 이것저것을 물어보기에 간단하게 대답을 해주었다고 한다. 사내도 그가 반장인 것을 몰랐다고 한다.

결국 둘이 다시 만난 것은 송풍기를 옮길 때였다. 반장의 지시로 몇 사람이 송풍기를 짐차에서 내리고 있는데 현관에 그 사내가 모습을 드러냈다.

"반장님 좀 봅시다!"

그 사내가 반장을 불렀다.

"아까부터 찾던 사람인데."

사내는 쑥스러운 표정으로 주머니에 손을 집어넣고 반장에게 손짓을 했다.

"왜요?"

대답하는 걸 보아 모르는 사이였다. 그걸 보고 나는 다른 직종의 책임자거니 했다. 일 때문에 협의하러 왔나 하는 생각도 했다. 잠시 후 둘은 무슨 말을 나누더니 헤어졌다. 사내는 시무룩한 얼굴로 고개를 끄덕이더니 뒷모습을 보이며 총총히 걸어가 버렸다. 반장은 우리에게 어이없다는 듯 그 사내와 했던 이야기를 들려주었다.

근처 건달인 모양인데 용돈을 좀 달라는 것이었다고 한다. 반장은 자기 옷을 가리키면서 나도 똑같이 일하는 사람이니 오히려 댁이 나를 좀 도와 달라고 했고, 정 안 되겠으면 사장이 오거든 말을 해 보라고 했단다.

언제였던가? 오래전 일이다. 강남 어느 현장에서 일을 하는데 현장 사무실이 시끄러워 쳐다보니 고물장수 하나가 현장 사무실 앞에서 행패를 부리고 있었다. 나중에 알고 보니 현장의 고물을 가져가려고 했는데 경비가 말렸던 모양이다. 그날 이후 현장의 고물은 그 사내가 독차지하게 되었다. 현장 사무실에서 귀찮으니까 그 사내에게 맡겨버린 것이다. 고물장수도 그런 배짱이 있어야 고물다운 고물을 챙길 수가 있는 것이다. 그게 다 호랑이 어금니와 같은 것이다. 누구나 먹고살아가는 자기만의 방식이 있는 것이다.

아프가니스탄에 가서 봉사활동을 한 선배 이야기를 들어보니, 숙소에서 잘 때 윗주머니에 돈을 조금씩 넣어 놓고 잔다고 한다. 자신은 겪어보지 못했지만 그 돈의 용도는 다른 데 있는 것이 아니고 총을 가지고 들어오는 강도를 위한 것이라고 한다. 한마디로 목숨 값인 것이다. 람보나 황비홍이 아니고는 우리 같은 사람들이 부당한 것에 대응하는 또 하나의 방법이었다. 그 이야기를 들려주던 형의 말인즉, 총을 들고 털러 들어온 수고비라는 것이다. 그것도 다 예의라나.

　어쨌든 반장은 어이없게 웃으며 거절을 했다. 사실 줄래야 줄 돈도 없었을 것이다. 그 반장의 형편이야 내가 너무나 잘 알고 있다. 하루 걸러 우리는 부평역 가기 전 노점에서 어묵꼬치 안주에 소주 한 병을 한 잔씩 잔 두 개에 따라 마시고 퇴근을 하기 때문이다. 그때 꺼내는 돈은 꾸깃거리는 오천 원짜리 한 장이나 천 원짜리 두어 장이다.
　"예전에 가끔 저런 일이 있기는 했지만 근래에는 없었는데."
　"안 주면?"
　"현장 창고를 털어 갔거든. 근데 여기는 힘들어. 보는 눈이 많고 영업을 하는 곳이 있으니까 가져갈 수가 없지. 경비도 있고."
　"그래도 뭔가 있으니까 저렇게 와서 손을 내밀지 않았을까?"
　"뒤가 켕겨?"
　"당연하지. 나는 이런 관계에 대해 조금 알고 있지. 다 수가 있으니까 내미는 거야. 텃세에 대한 세는 내야지. 세상이 다 그렇더라고."
　"그렇게 걱정이 되면 너희 연장은 창고에 갖다 놓고 퇴근해."
　세 개의 조가 현장에서 일하는데, 대부분 일하던 곳에 대충 안 보이도록 연장을 감추어 두고 퇴근을 한다. 현장이 예전과 같지 않아서 남의 연장은 손을 대지 않는다. 지금까지 이 현장에서 연장을 잃어버린 적은 없었다. 흘려서 잃어버린 것은 있지만. 나는 송풍기를 나르고 마감 시간이 되어 연장을 챙겨 창고에 가져다 놓았다. 우리 연장만 그곳에 놓고 퇴근을 했다.

월요일 아침에 출근을 해 보니 현장에 난리가 났다. 다른 두 팀의 연장이 감쪽같이 사라진 것이다. 사실 다 합쳐봐야 얼마 되지는 않지만 당장 연장이 없으니 난감할 수밖에. 우리 연장을 반으로 나누어 다른 팀과 함께 쓰기로 했다. 일하는 곳에 가 보니 더 어처구니없는 일이 생겼다. 우리가 옮겨놓았던 10층의 송풍기 모터가 사라진 것이다. 그 모터는 한 번도 쓰지 않은 것이라 값이 꽤나 나갈 것이다. 토요일 밤에 누가 와서 뜯어간 것이다. 오후에 들어서는 8층에 있던 송풍기 모터까지 없어진 것을 알았다.

누가 가져갔을까? 사실 본 사람은 없다. 봤어도 말을 못했을 것이다. 분노를 느껴야 하나? 나는 분노보다는 어이없는 웃음이 나왔다. 현장에서 어떻게 딱 우리 직종인 닥트 연장만 없어질 수가 있단 말인가! 뒷모습을 보이며 고개를 끄덕이며 알았다고 사라졌던 사내를 의심할 것인가! 글쎄다. 의심은 가지만 어쩌란 말인가! 그저 사라져버린 것이다.

현장에 도둑이 들었을 때 쓰는 현장 격언이 하나 있다. '한번 털린 현장은 또 한번 털린다!' 반장에게 그 말을 해주려고 했으나 차마 하지 못했다. 우리 연장은 꼭 챙겨서 창고에 가져다 놓았다. 다른 팀도 중요한 연장은 확실하게 문을 잠글 수 있는 창고에 가져다 놓았다. 정말 다시 한번 연장이 털릴 것인가! 그런 일이 없기를 바랄 뿐이다. 저녁을 먹으면서 일꾼 하나가 이런 질문을 했다. "그 사내가 다시 올까?" 나는 올 것에 손을 들었다. 반장은 말없이 밥을 먹었고, 몇몇은 오지 않을 것이라는 데 손을 들었다. 며칠 지나면 자연스럽게 알게 될 일이다.

보에 낀 함마드릴

2006년 3월 셋째를 가진 처는 예정일을 일주일 앞두고 있었다. 나는 부천 현장 일을 정리하고 명동 현장으로 옮겨 일을 하고 있었다. 부천 현장에서는 경험이 부족한 하청 사장 밑에서 일하느라 연장도 변변치 못한 것으로 일만 힘들게 하고 돈도 한 달이 지난 뒤에서야 받았는데, 확실히 이름 있는 회사로 들어오니 연장부터 달랐다. 그렇다고 일이 그만큼 편한 것은 아니었다. 이미 건설현장은 하청구조가 더 내려올 수 없을 정도까지 내려와 임금을 갉아먹고 있었다.

현장 소장이 재하청을 맡아 일을 바쁘게 재촉해댔다. 일을 하다 보면 어느 새 뒤에 와서 서 있거나 다른 층에서 보고 있다가 눈이 마주치면 바쁘게 몸을 돌려 다른 곳으로 가곤 했다. 말은 안 하지만 자기 모습을 갑자기 드러냄으로써 일꾼들에게 일 빨리 하라고 채찍질을 하고 있는 것이다. '항상 내가 보고 있으니 어영부영 하지 말고 쉬지 말고 일을 하라' 는 말과 다르지 않았다. 소장은 안전화가 닳도록 바쁘게 돌아다녔다.

그 현장에서는 렌탈이라는 리프트 카로 일을 해서 쇠로 된 우마를 끌고 다니는 것보다는 힘이 덜 들어 좋았다. 대신 몸을 더욱 부지런히 놀려야 했다. 노조 출신이라는 것을 아는 동료들이 몇 있어서 요령을 피울 수도 없었다. 노조 간부 출신은 생기는 것 없는 공인인 셈이었다. 뭐든 조금이라도 잘못을 하면 노조를 싸잡아서 싼값에 팔곤 한다. 가입도 안 하면서 말이다.

3월 3일 오전, 그날도 바쁘게 움직이며 렌탈을 끌고 다니면서 일을 처리해 나가는데 문득 렌탈 아래서 함께 일하던 전형이 하던 일을 잠깐 멈추라고 했다. 장소를 옮기자고 했다. 통을 다는 위치를 뒤로 조금 빼자는 것이었다. 나는 그냥 하자고 하려다가 그의 말에 일리가 있어 그렇게 하기로 하고 렌탈을 내려 뒤로 뺐다. 함마드릴을 발판 아래로 내려놓을까 말까 하다가 위치를 조금 바꾸는 것인데 어떠랴 싶어 난간 위에 아슬아슬하게 걸쳐 놓았다.

확실히 우리는 일을 서두르고 있었다. 부천에서 셋이 명동으로 옮겨왔는데 한 사람이 일이 있어 며칠 쉬게 되었다. 둘이 할 일이 아니라서 두 사람을 더 지원받았는데 손발이 맞지 않았다. 첫날이라 더욱 그랬다. 일이 전날보다 더디게 되어 더 부지런하게 일을 해야 했다.

장소를 이동하여 렌탈을 올리는 레버를 잡아당겼다. 마치 게임기의 조이스틱과 같은 장치다. 당기면 올라가고 밀면 내려가게 되어 있었다. 다른 렌탈에는 발로 밟는 스위치도 있어 발을 떼게 되면 손잡이를 잡아당겨도 작동이 되지 않게끔 이중으로 안전장치가 되어 있었으나, 그날 내가 쓴 렌탈은 그런 장치가 없었다.

안전모를 벗어 가려운 이마를 긁고 다시 고쳐 쓰고는 렌탈 레버를 잡아당겼다. 그때 갑자기 안전모 뒷덜미를 묵직한 것이 내려치는 것 같더니 몸이 앞으로 고꾸라지며 당기고 있던 레버 위로 몸을 덮쳤다. 렌탈이 올라갈 때 몸을 낮추고 위를 확인했어야 했는데 가장 기본적인 안전수칙을 지키지 않은 것이다. 바로 머리 위에 있는 것을 보지 못하고 아래만 보고 렌탈을 조종한 것이다. 마음이 조급했기 때문이다. 그 대가는 감당하기 힘든 것이었다.

철골빔인 천장 보와 렌탈의 난간에 내가 낀 것이다. 몸을 빼내려고 했지만 눌린 가슴이 렌탈을 올리는 레버를 더욱 세게 누를 뿐이었다. 밑에서 쳐다보던 전형이 비명을 질렀다. 나는 무의식 중에 머리를 빼내려고 했지만 이미 어찌 해볼 수 없을 정도로 끼어버린 상태였다. 가로 5cm 정도의 사각 파이프인 난간은 거침없이 밀려 올라와 턱을 누르기 시작했다. 안전모는 찌그러지고 안경은 힘없이 코끝으로 비틀려 미끄러져 내려왔다. 재차 빼내려 했지만 머리와 왼손은 난간에 끼어 있고 오른손은 레버를 잡은 채 가슴에 눌려 있었다. 눈알과 버티려는 턱에 힘이 바짝 들어갔다. 목이 빠지도록 힘을 주어 고개를 빼 보았지만 목이 빠지면 빠졌지 머리는 꼼짝없이 끼어 있었다. 아래서 봤다면 볼 만했을 것이다. 덫에 머리가 걸린 짐승처럼 꼼짝을 못하고 있었으니 영화의 한 장면이었다면 다들 웃었을 것이다.

1초, 2초, 3초, 그 짧은 시간이 눈앞으로 지나가는 것이 느껴졌다. 스티로폼 부서지듯이 두개골이 박살날 차례였다. 안경이 코끝에 걸려 코끝으로 예민하게 신경이 곤두서 있었으며 비틀린 입에서는 뜨거운 내장의 기운이 올라왔다. 빌어먹을, 노란 페인트가 벗겨져 거지같은 철재 난간 옆으로 얼굴을 뉘여 입에 꽉 물고 있는 꼴이었다. 볼에 찬 철재의 느낌이 그대로 전달되었고 난간으로 침이 흘러내렸다. 곧 이빨이 와삭하고 부서지고 그 다음에 광대뼈가 깨질 것이고 목이 부러질 것이란 생각이 들었다. 내 입이나 이, 코나 볼이 그렇게 스스로에게 가깝게 느껴지기는 처음이었다. 이게 내

몸이었구나 싶었다. 쇠와 보의 좁은 공간 안에 협착되어 내가 고스란히 거기에 있었던 것이다.

나는 계속해서 몸을 비틀어 봤지만 전혀 틈이 없이 꽉 끼어 있었다. 누군가 작동키를 멈추라고 소리를 질렀지만, 전형은 기계를 만지지 말라고 급하게 소리쳤다. 기계 고장일지 모른다고 했다. 몇은 렌탈에 뛰어올라와 힘을 써 보고는 다시 내려가기를 거듭했다. 죽는구나 하는 생각이 온몸을 휘감자 나도 모르게 살려 달라는 소리가 목까지 치밀어 올라왔다. 하지만 그 소리는 나오지 않았다. 소리를 질러 봐야 별 수 없었다. 살아가면서 '불가피하다'란 말이 떠오르는 경우가 종종 있다. 생의 탈출구가 없는, 있다면 유일한 것은 죽음인, 핏대의 한계를 넘어선 모터의 회전수, 말뚝에 묶인 총살 직전의 사형수, 브레이크가 파열된 자동차. 내가 처한 모습이 그런 경우였다. 머리가 내 목에서 너저분하게 매달리기 전에 심장이 멎을 것 같았다.

나보다 더 놀랐던 전형이 며칠이 지나 내게 물었다. "그때 렌탈이 세 번은 들썩거렸는데 왜 그런 거야?" 그 무거운 렌탈이 세 번을 들썩거리다니. 그랬구나! 렌탈은 내 목을 절단 내고 싶어 안달을 했던 것이다. 움찔거리며 그렇게 되지 못해 어쩔 줄 모르고 있었던 것이다. 분명 뭔가가 방해를 하고 있었다.

렌탈의 힘은 유압으로 작동하기 때문에 이미 내 머리는 떨어져 나갔어야 했다. 그런데 아직 매달려 발버둥을 치고 있었던 것이다. 이상하단 생각에 손짓 발짓을 멈추고 보니 바로 한 30cm 앞에 노동자들의 손때가 묻은 빨간 힐티 함마드릴이 나와 함께 나란히 끼어 있었다. 그때서야 갑자기 멈춘 듯한 심장이 다시 뛰기 시작하며 혈관으로 피를 돌리는 듯했다. 힐티 함마드릴이 몸을 바쳐 나를 구하고 있었다니.

나는 힐티 함마드릴을 보면 항상 후배들에게 하는 말이 있다. 언젠가 현장에 갔을 때 힐티 함마드릴의 머리가 변한 것을 보았다. 나사산이 하나만 있었는데 십자로 만들어져 있었던 것이다. 콘크리트 벽에 대고 뚫어보니 빨리듯 파고들어갔다. 나는 감탄하여 그 대단한 기능에 대해 최고의 찬사를 했다. '자, 보란 말이다. 이 함마드릴 대가리를. 이게 바로 진화라는 것이다. 대가리가 십자로 발전할 것을 누가 상상이나 했겠는가! 세상에 누구도 더 이상의 발전은 없을 것이다 했을 때, 힐티는 이런 것을 만들어 냈던 것이다. 세상의 누가 이런 생각을 했겠는가 말이다. 이게 바로 진화란 말이다.' 그 십자 나사산을 보고 나는 충격을 받았다. 그 함마드릴이 난간 끝에 삼손처럼 양 벽을 붙들고 버티고 있었던 것이다. 그러나 함마드릴 손잡이가 버티는 것도 잠시, 천정 보에 뿌려진 부식방지용 암면이 금이 가며 벌어지기 시작했다.

　나는 내게 주어진 행운의 시간 동안 살기 위해 호흡을 가다듬고 가까스로 오른손을 펴 레버와 가슴 사이에서 빼냈다. 손을 빼내자마자 조종기 아래 전선 뭉치를 비틀어 뺐다. 혹 안 빠지면 어떡하나 했는데 툭하고 빠졌다. 그것으로 더 이상 기계는 작동을 안 한다는 생각이 들자 비로소 사람들과 대화를 하기 시작했다. 그때까지도 그들은 자신들이 지금 무엇을 해야 하는지 모르고 있었다. 매일 아침 이른 새벽부터 체조를 하고 안전교육을 받았지만 사고 대처에 대한 교육은 받지 않았던 것이다.

　팔은 빼고 기계는 멈췄지만 아직 내 머리는 악어 아가리에 물려 있듯 끼어 있었다. 쉽게 놓아줄 의사가 없는 듯했다. 이것도 내 스스로 빼내야 했다. 나는 사람을 올라오게 하고 지렛대를 이용해 틈을 벌리라고 발 아래 있던 반도를 집어주었다. 그제서야 동료들은 활기차게 움직이기 시작했다. 반도 두세 개가 내 머리 주변에 끼워지니 머리에 조여드는 고통을 줄여주었다.

전형은 힘을 쓸 수 없으니 다른 렌탈을 가져오라고 울부짖듯 소리를 질렀다. 나보다 더 놀란 사람은 바로 그였을 것이다. 나야 죽으면 그만이지만 십수 년을 하루같이 노조 활동을 함께해 온 동료가 눈앞에서 머리가 떨어져 죽는 것을 보는 것은 감당하기 힘든 일일 것이다. 누군가 안전모와 안경을 벗겼고 잠시 후 지렛대의 힘으로 머리를 빼낼 수가 있었다. 머리를 빼고 나니 눌린 손의 고통이 느껴졌다. 참기 힘든 고통이었다. 신음 소리도 나기 시작했다. 머리가 끼었을 때는 팔에는 신경도 쓰이지 않더니 머리를 해결하고 나니까 팔이 그토록 아프다니.

렌탈 아래에 많은 사람이 모여들어 구경을 하고 있었다. 각기 여러 가지 방안을 내놨지만 당장에 쓸 만한 제안은 없었다. 결국 현장 안전 관리가 와서 조종기를 꺼내 선을 연결한 다음 내 눈앞에 내밀었다. 주변의 사람들이 작동이 거꾸로 될지 모른다며 말리며 산소로 자르자고 하자 결정을 내게 맡긴 것이다. 사람들은 기계고장인 줄 알았던 모양이다. 난 방향을 일러 주었고 그는 재차 확인한 다음 조종기를 눌렀다. 발판은 내려갔고 사람들은 안도의 숨을 쉬었다. 10여분 만에 다시 땅을 내딛게 되었다. 나는 두어 걸음 걷다가 옆으로 넘어졌다. 너무 놀랐는지 다리와 팔에 아무 힘이 없었던 것이다.

그날 병원을 들러 집으로 돌아왔다. 처에게는 팔을 다쳐 일찍 들어왔다고 했다. 머릿속에 오전의 그 상황이 떠나지를 않았다. 그렇게 황망한 가슴을 안고 자고 일어났는데 이른 아침 처는 아기가 나올 것 같다고 했다.

나는 아픈 팔로 처의 짐을 들고 신정동에 있는 산부인과로 처를 데리고 갔다. 처의 산통은 병원을 간 후 두세 시간 지속되었다. 나는 팔을 주물럭거리며 둘째와 함께 분만실 건너편에 있는 회복실에서 기다리고 있었다.

둘째는 만화영화를 보고 있었고 나는 둘째를 바라보고 있었다. 둘째를 낳을 때는 분만실에 함께 들어갔었다. 처는 내 손을 잡고 아이를 출산했다. 둘째가 세상에 첫 모습을 드러낼 때 양수에 흠뻑 젖어 있던 녀석을 볼 수가 있었다. 막 태어난 아이는 검붉은 색이었다. 간호사는 그 바쁜 와중에 손가락 발가락을 세어 내게 보여 주었다.

  셋째는 딸이었다. 대충 알고는 있었지만 처를 위해서 다행이란 생각이 들었다. 낳기 전 의사가 뱃속의 아이가 작다며 더 기다려보자고 해서 작은 줄 알았는데 낳고 보니 생각보다 아이가 컸다. 3.5킬로그램이 나갔다. 생긴 것이 첫째와 똑같았다. 다음날부터 처가 식구들이 몰려들었다. 첫째, 둘째는 그렇게까지 축하를 보내주지 않았지만 귀한 늦둥이라 그런지 꽤나 처와 아이에게 애정을 표했다.

  만약 내가 렌탈에 절단났다면 이 자리가 어떻게 되었을까? 하마터면 그 축하의 자리가 비극의 자리가 될 뻔했다. 그때 다친 손이 아직도 완쾌가 되지 않았다. 전기를 만진 듯 감각이 둔하고 얼얼하다. 발을 다쳐 깁스를 하고 팔을 다치고 죽을 뻔함으로써 간만에 현장에 나온 값을 톡톡히 치르게 되었다.

  그 사고의 순간을 테이프가 끊어지도록 되풀이하며 생각해 보았다. '왜 렌탈에 끼었을까? 어찌하여 그 자리에 함마드릴이 있었을까?' 하는. '내가 살아난 이유는 무엇이고, 죽었으면 어찌 되었을까?' 아무리 생각을 해도 명확한 답은 없었다. 그저 사고였을 뿐이다. 병원에 다녀오니 모두 그런 일이 없었던 것처럼 일을 하고 있었다. 함께 일하는 아저씨 한 분은 내 얼굴을 보자 손을 잡고 기적이라고 말했다. 그저 사고였고, 운이 좋았던 것뿐이다.

하청

셋째를 낳았다. 분만실 문 밖에 서 있을 때까지 실감이 나지 않았다. 처의 비명에 가까운 산통이 극에 달한 듯하더니, 곧 산통소리가 빠져나가고 간호사들이 주고받는 급한 목소리만 공백 속에 남았다. 잠깐의 공백이 있은 후 곧 아이의 울음소리가 났다. 팽팽하게 굳었던 어깨의 근육이 풀리고 한 가지 부담스런 과제가 풀린 듯 마음이 가벼워졌다. 분만실 앞을 오락가락하는 내 발자국 소리도 들렸다. 셋째의 탄생이다.

확실히 아이 둘이 있는 것과 셋이 있는 것은 차이가 났다. 마치 아홉과 열의 차이 같다. 하나와 둘의 차이 이상인 것이다. 셋째는 계획에 없었지만, 셋째가 우리의 몸을 빌어 세상 구경 한번 해 보겠다는 것을 어찌 할 수가 없었다. 뗄 고민을 안 한 것은 아니지만 처도 나도 심각하게 받아들이지 않았다. 편하게 생각하기로 했다. 어차피 아이 둘이 있으나 셋이 있으나 형편이 더 나빠질 것 같지는 않았다.

이런저런 이유로 생긴 놈을 강제한다는 것도 그렇고, 팔자거니 하기로 했다. 그러려고 그랬는지 몰라도, 작년 늦여름 영등포 산업선교회에서 주점을 했을 때 통일운동을 하는 한 형님을 만났는데 우리 부부를 앉혀놓고 하시는 말씀이 셋째는 절대 가지지 말라는 거였다. 자신의 딸이 이제 커서 공무원 시험을 볼 정도가 되었는데 너무 편하더라는 것이다. 형 부부가 자신의 의지대로 통일운동을 충분히 할 수 있는 것이 양육의 부담을 덜어서 그렇다는 것이다. 간절한 얼굴로 왜 그런 말을 들려주시나 했는데, 아마 우리 부부가 분명 셋째를 가질 것이라는 느낌을 받았나 보다. 그 형님의 충고는 현실이 되어 버렸다. 미쳤다고 하는 운송노조의 오씨나 자본의 자원을 하나 더 늘려 주었다고 말하는 서부의 김 위원장, 참 잘했다고 하는 경기도의 광일이 형, 주변의 인사가 그 나름대로 다 의미가 있었다.

어쨌든 그렇게 셋째를 얻은 것이다. 처는 딸을 얻었다고 좋아했지만 나는 먹여 살릴 장구한 세월 속에 내 나이와 딸의 나이가 어떻게 비례해 나가는지를 계산해 보고 암담함을 느꼈다. 내가 환갑일 때 딸은 열다섯이다. 내스스로 자초한 일이다. 아이는 반품이 없다.

내 몸값이 어느 정도 할까? 결혼을 하고 아이가 생기자 '혹시 내가 잘못되면?' 이란 생각이 들었다. 나를 가장이라고 따르는 가족을 위해 뭔가 남겨야 하는데, 내가 가진 것이라고는 몸뚱이 하나밖에 없어 상해보험 하나와 생명보험을 가장 낮은 가격으로 들어 둔 게 다다. 나 하나 믿고 만들어진 가족이 아니던가! 이 무한착취 시대에 생존력이 거의 제로에 가까운 나와 가족을 위해서다.

다행히 현장에서 죽는다면 산재보상은 나올 것이다. 하지만 그것도 모르는 법이다. 설사 현장에서 사망했다 해도 회사에서 일명 '시체 치우기'를 하지 말란 법이 있는가! 현장에서 갑자기 사람이 없어졌는데 다음날 보니 현장 담 밖에 죽어 있더라 하는 경우가 있다. 산재보상은 꿈도 꾸지 못한다. 분명 냄새가 나는데 물증이 없다. 2005년 여름 부천지역 건설노조가 '두산중공업' 아파트 현장 안에서 사망한 사람을 두고 몇 개월을 싸워 결국은 산재 승인을 받았다. 부천지역 건설노조의 질긴 조합원들만이 가능한 일이었다. 그냥 넘어갔으면 꼼짝없이 현장에서 피를 흘리고 죽었음에도 개인 질병으로 인한 사망으로 정리될 뻔한 사건이었다. 그 산재 승인 싸움으로 노조 간부 하나가 구속되었다. 경찰도, 회사도, 노동부도 노동자 편이 아니었다.

건설현장은 안전에 관한 한은 어쩌지 못하는 경우가 태반이다. 뿌리 깊은 다단계 하도급이 현장의 안전사고율을 터무니없이 높인다. 사고 처리를 범죄시하지 않는 한 다단계 하도급은 계속될 것이고, 사고 또한 누구든 원치 않지만 계속될 것이다. 그것은 안전에 있어서 최고라 자부하는 메이저급 회사라도 어쩔 수 없는 것이다. 건설 자본가들은 현장 노동자들 이야기에 귀를 기울일 필요가 있다. 현장의 사고는 누구를 탓할 문제가 아니다. 동정이나 구호도 아니고, 보험으로 해결할 일도 아니다. 일하는 사람이나 시키는 사람의 정신 자세 문제가 아닌, 건설현장의 다단계 하도급이란 구조적 문제이며 법 제도의 문제다. 만약 현장의 사고를 살인 사건 문제와 같이 다루면 하루에 두 명 죽는 현장의 사고가 일 년에 두 명 죽는 것으로 줄어들 수 있음을 장담할 수 있다.

노동자가 죽음에 노출되는 확률이 높은 것이니 감수할 수밖에 없지 않는가 하는 게 아니라면, 산재 사망 사고도 일종의 살인이나 마찬가지다. 다단계 하도급을 용인하는 이상 사업주들은 살인 가해자와 다르지 않다. 사망 확률을 운에 맡기며 일을 하는 것은 언젠가는 반드시 일어나게 될 사망사고를 안고 일하는 것이나 마찬가지다. 그 책임은 일하는 사람이 아닌 다단계 하도급을 통해 위험을 높이고 있는 원청회사가 책임을 져야 할 것이다. 내 말이 100퍼센트 맞지는 않을 테지만 일하면서 경험을 해 보니 그런 것이다. 죽음을 느끼는 경우를 종종 맞이하니 그렇다. 누가 뭐래도 하도급은 없어져야 한다. 분명 모든 문제는 하도급, 그곳에서 발생된다.

언젠가 원청업체인 건영건설에서 체불이 발생하여 여의도에 있는 본사에 들어가 싸운 적이 있다. 건영에서 하청을 받은 하청 사장이 있었는데 돈을 해결해 주지 못한 것이다. 노조에서는 원청관리 책임을 묻고 쳐들어 간 것이다. 한창 싸움을 하는데 경찰들도 끼어들어 옥신각신했다. 그러다 나이든 한 경찰이 목소리 높여 한마디 했는데 정답이었다. "모든 문제가 하청에서 생기는 거야. 모든 문제가! 무슨 일이고 하청만 안 하면 돼. 그럼 아무 문제없어." 이렇게 정확하게 사물을 본 경찰은 처음이었다.

어쨌든 셋째가 태어났고, 딸이 커서 사회생활을 할 때는 하청 없는 세상이 되었으면 좋겠다.

체불이라니, 쪽팔려서, 안 그래요?

이른 아침, 저린 팔을 주물러가며 영등포시장에서 363번 버스를 갈아탔다. 국회의사당을 지나 여의도 순복음교회 건물을 끼고 돌아가면 일하는 현장이 있다. 이곳 여의도 현장에서 일한 지 3주째 접어들었다. 명동에 있는 현장에서 팔과 머리가 렌탈에 끼는 사고를 당한 후 집에서 쉬고 있을 때, 동료들이 여의도로 현장을 옮긴 것이다. 아직 팔이 다 낫지 않았지만 일을 하고 있다. 팔을 렌탈에 얼마나 세게 눌렸는지 벌써 6주째 접어드는데도 피가 돌지 않아 손가락 끝이 저리다. 첫날에는 장갑을 끼거나 안전화 끈도 매지 못했다. 아직 힘을 제대로 쓰지 못하고 있지만, 그때에 비하면 많이 나아졌다.

내 팔만큼이나 골치 아픈 일이 하나 더 있었다. 얼마 전 부평 현장에서 받은 월급 문제다. 일을 마친 지 한달이 넘었는데도 돈이 해결되지 않다가 3월 말에서야 가까스로 돈을 받았다. 공사를 마치고 일당을 달라고 하니,

사장이 들고 있던 드릴로 바닥을 치면서 버럭 화를 냈다. 왜 자꾸 채근하느냐는 것이었다. 서로 언성이 높아지자 결국 우리가 양보를 했다. 사장에게 돈이 없는 것이 분명해 보였기 때문이다. 하청업자에게 돈을 받아야 월급을 줄 수 있을 것 같았다. 우리는 며칠 더 기다려 보기로 하고 현장을 명동으로 옮겼다. 그러나 며칠 있다가 돈을 주겠다던 사장의 말은 공수표로 끝났다. 한 번도 아니라 몇 번을 그랬다.

사장은 특이한 말버릇이 있었다. 말끝마다 '쪽팔려서, 안 그래요?' 하고 되묻는 버릇이 있었다. 우리도 말끝마다 그 말을 흉내냈다. 특히 동료 한 명은 사장과 말을 할 때, 의도적으로 자기가 먼저 그 말을 쓰기도 했다. '안 그래요, 사장님? 쪽팔려서!' 그럼 사장도 자기가 한 말에 동의를 얻으려고 '쪽팔려서, 안 그래요?' 하고 되물었다.

나이는 40대 후반은 되어 보였는데, 정말 말하는 투가 쪽팔리기 그지없었다. 또 하나 쪽팔리는 게 있었는데, 돈을 몇 번 미루기에 항의를 했더니 하는 말이 군대 이야기였다. 하청을 준 업체 사장이 해병대 동기란다. 자기는 동기를 믿으며 절대 안 떼먹는다고 했다. 그러니 기다리라고 했다. 자꾸 재촉하면 더 안 준단다. 아무리 그래도 무작정 기다릴 수만은 없었다. 우리는 정확한 날짜를 요구했고, 사장은 2월 말에는 해결해 준다고 못을 박았다.

하지만 돈은 2월 말이 지나고, 3월 초가 지나고, 중순이 지나도 나오지 않았다. 각 조의 대표들이 모며 서너 번 사장에게 찾아갔다. 하청에 재하청에 또 하청을 했으니, 돈이 온전히 나오기 힘들었다. 가끔 사장이 돈을 떼먹고 도망갈지 모른다는 생각에 막막하기만 했다. 하청업체들은 서로 책임을 떠넘기다가, 결국은 사장에게 해결하라는 식이었다. 우리는 하는 수 없이 3월을 넘기면 한바탕 난리를 치기로 다짐을 했다. 그런데 딱 말일이 되어 돈이 들어왔다.

우린 안도의 한숨을 쉬었다. 그러나 돈을 받아 확인해 보니 두세 공수씩 덜 들어왔다. 사장에게 항의 전화를 하니 자기 공사비가 너무 많이 까졌다는 것이다. 그래서 일꾼들도 부담을 해 주었으면 한다는 것이다. 사장다운 생각이었지만 일꾼들 입장에서는 정당한 대가를 받지 못한 것이다. 나잇살이나 먹은 사람들끼리 거침없는 욕이 오고갔다.

몇 단계의 하청에 하청을 거쳐서 공사도 부실할뿐더러, 손도 대지 않고 코를 풀겠다는 업체가 두 개나 더 있었으니 무슨 공사비가 남겠는가. 우리는 나머지 공수를 해결해 주지 않으면 노동부에 진정을 하기로 하고, 일단 신경 쓰지 않기로 했다.

공사가 마무리되어 시운전을 할 무렵, 영화관에서는 개관기념으로 〈홀리데이〉를 무료상영하고 있었다. 우리 조는 일을 마치기 전에 영화 보자고 이야기를 했으나 결국 보지 못하고 나오고 말았다. 영화는 한 편도 보지 못했지만 텅 빈 상영관에서 낮잠은 자 봤다. 나는 의자에서 나오는 냄새 때문에 딱 한 번 자고 질렸지만, 다른 친구들은 용케도 잘만 잤다.

영화 〈홀리데이〉의 '지강헌'이 최후를 맞이했던 곳은 내가 어린 시절을 보냈던 동네다. 북가좌동에 철거민이 살던 가난한 시절이었다. 그곳 뚝방에는 70년대 중반쯤 전기가 들어온 기억이 있다. 탈옥수 지강헌의 말처럼 도둑이나 노동자, 돈 없는 자들에게는 하루를 살아가기가 여러모로 쪽팔리기만 하다. 그때나 지금이나 그것은 마찬가지다.

이제는 다 지난 일이 되고 말았다. 가끔 사장은 '사업하는 사람의 명예를 걸고'라는 말로 약속을 하곤 했다. 사장의 말대로 사업하는 사람으로서 떼돈을 벌든 못 벌든 나와는 상관없는 일이지만, 말해놓고 되묻는 말버릇과 노동자 임금 잘라먹는 못된 버릇은 꼭 버렸으면 좋겠다. 진짜 쪽팔리지 않으려면 말이다. 안 그래요?

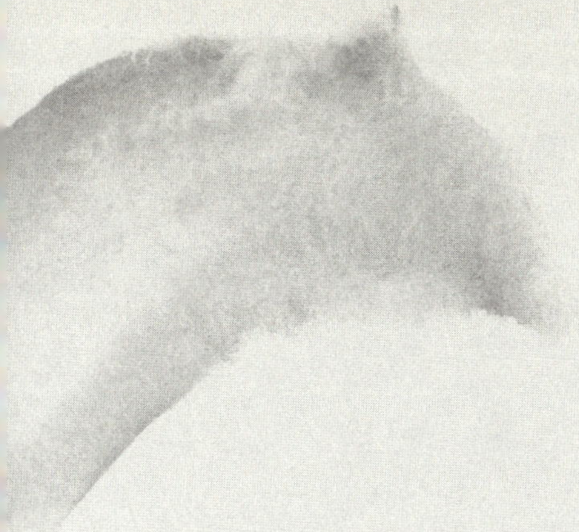

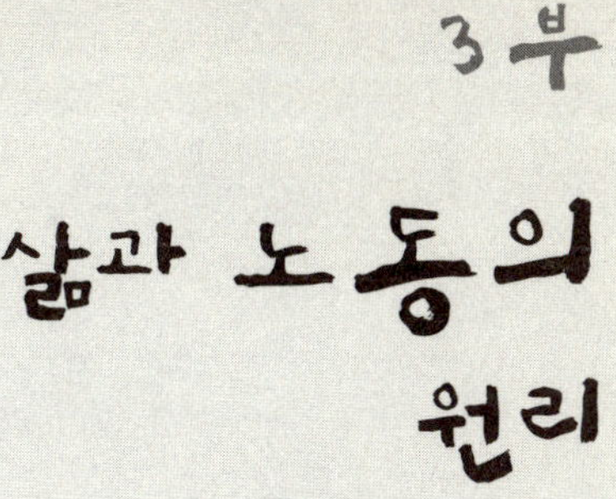

3부

삶과 노동의 원리

셔터가 올라가 아침볕이 들고 있는 공장 안에는
찬 기운 속에 흐르는 야릇한 기름 냄새가 났다.
공장 안에는 비딩기, 절단기, 절곡기, 현장 시스템을 바꾼 제살꺾기,
지금은 현장에서 보기 힘든 로라가 닥트공장임을 말해 주고 있었다.
한쪽에 함석이 치수대로 쌓여 있는 것을 보니
피부세포 하나하나가 꿈틀대며
현장의 여러 소리들이 꾸물거리며 되살아났다.

전력질주

1

도장 일을 하는 친구가 하나 있다. 그가 살던 동네는 지금이야 많이 변했지만 산비탈을 타고 형성된, 서울에서 산동네로 꽤나 알려진 동네였다. 동네에는 공중변소가 있고, 루핑을 얹은 낮은 판잣집이 층층이 산기슭을 따라 지어졌다. 골목이 좁아 둘이 지나갈 수 없고 오물이 방치되어 야채 썩은 냄새가 늘 나는 그런 동네였다.

내가 평화시장과 제화점을 거쳐 건설현장에서 막 일당 노동자로 자리를 잡을 때까지 그는 동네의 낮은 판잣집 지붕 그늘을 누비며 주먹질을 하고 다녔다. 그는 선천적으로 삵처럼 빠르고 강한 몸을 가지고 있었다. 주먹질을 잘해서 그 거친 동네에서도 건드리는 또래가 없었다고 한다. 그런 친구였지만 성품은 깨끗하여 건달의 삶을 살기보다, 고되지만 깨끗한 노동일을 택했다.

세월이 흘러 마흔이 넘은 어느 날, 후배가 사고로 죽어 옛 동네 빈소에 갔더니 옛 친구들을 만날 수가 있었다고 한다. 당시 함께 짝을 이루어 꽤나 싸돌아다니던 친구 하나가 그 구내에서 우두머리가 되어 있었다고 한다. 그 친구가 자기와 함께 건달이 되었더라면 환상적이었을 텐데 하며 아쉬워했다고 한다.

당시 이 친구 사는 것은 동네 건달들 사는 일상 그 자체였다고 한다. 이를 테면, 하루는 동네 친구와 둘이서 롤러스케이트장에 갔다고 한다. 의자에 앉아서 건들대며 사람들이 즐기는 것을 구경하고 있는데, 한 떼의 아이들이 자신의 주변을 감싸더라는 것이다. 동네 근처의 아이들이라면 대부분 얼굴을 알아볼 텐데 처음 보는 아이들이었다고 한다. 덩치가 워낙 좋아 그들이 원하는 대로 자리에서 일어나 골목으로 끌려갔다고 한다. 아마 흰 얼굴에 논다는 아이들치고 왜소해 보이는 몸집이라 그랬을 거라 했다. 단단하고 다부진 몸매에 이목구비가 뚜렷한 깨끗한 얼굴이라 싸움을 할 거라고 생각하기 힘든 친구다. 덩치만 믿고 돌아다니는 친구들이 만만하게 보는 것은 당연한 일이었다.

덩치들이 그를 막다른 골목으로 데려가서는 벽을 보게 했다. 그러고는 흠씬 두들겨 패려는 찰나, 이 친구가 벽을 짚는 척하면서 순간적으로 몸을 돌려 주먹을 날렸다. 덩치들이 기겁을 하고 놀라는 사이, 일단 도망쳐 온 이 친구는 다른 친구들을 불러 롤러스케이트장을 샅샅이 뒤졌다. 그 덩치들을 만난 것은 두어 시간 후 윗동네 산기슭에서였다. 어디서 데려왔는지 여학생 서넛에게 몽둥이찜을 하고 있었다고 한다. 그들에게 다가가 말을 주고받기도 전에 기습적으로 주먹을 날리자 그 커다란 덩치들이 스프링 튀듯이 도망가더란다. 어찌나 빨리 도망을 가던지 도저히 잡을 수가 없었다고 한다. 먼 훗날, 그렇게 그때 함께 싸움을 하러 다녔던 친구들은 사채나

오락실, 이권 개입 등 주먹의 세계로 갔고, 이 친구는 노동판으로 가서 싸우던 손으로 페인트 붓을 잡은 것이다. 그 이후 그들의 인생은 전혀 다른 모양새로 엮이어 갔다. 싸움을 했을지언정 마약이나 갈취, 이권 개입 같은 일은 손에 대지 않았던 이 친구가 집 안에서 노는 것이 눈치가 보일 즈음 그에게 인생의 갈림길이 될 만한 사건이 하나 터졌다.

　때는 그 유명한 전두환 각하께서 정권을 잡은 1980년대 중반이었다. 군벌의 기세가 여포의 창끝같이 날카롭게 한 시절을 휩쓸던 시기였다. 광주 벌판에 피바람이 불고 삼청교육대의 살벌한 폭력이 남한 사회를 공포와 억압으로 한바탕 쓸고 간 후였다. 연수를 따지면 아득해 보이지만 정서상으로는 그리 먼 이야기가 아니다. 청와대가 군부대 사령관실이었던 그 시기에 젊은 민중들은 젊은 날의 고뇌와 낭만에 싸여 땡볕이 내리쬐는 현장과 뒷골목에 있었다. 그 골목길에 많은 노동자와 노점상들, 그리고 천진난만한 아이들과 우울한 청년들이 있었다. 나도 그도 그중 하나였다. 사람들 사이사이를 방범과 경찰들도 눈을 부릅뜨고 둘러보고 있었다.

2

　그의 전설적인 도망에 관한 이야기는 평범한 하루에 자기도 모르게 시작되었다. 하루는 친구가 똘마니들이 자주 모이는 다방을 가기 위해 골목을 지나가다 윗동네 동생들을 만났다. 놈들의 눈빛이 수상한 것이 뭔가 한바탕 사고라도 낼 분위기였다. 인사를 받고 그런가 보다 하고 디스코가 울려 대는 다방에 들어갔다. 그곳에서 친구들과 잡담을 하고 밤늦게 집에 들어갔다. 다음 날 인사를 했던 동생 중 하나가 살해되었다는 소문이 파다하게 퍼졌다.

곧 파출소에 수사본부가 만들어지고 형사들이 차를 끌고 다니면서 동네 '노는 놈'들을 잡아들여 족치기 시작했다. 그때까지만 해도 그런가 보다 했는데, 잡혀 갔던 동생 하나가 그의 이름을 댄 것이다. 나중에 그 동생을 만나서 왜 이름을 댔냐고 물었더니 하도 맞다가 그냥 말이 나왔다고 했다. 당연히 그 친구는 경찰의 표적이 되었다.

친구는 집에 있다가 영문도 모른 채 끌려가 파출소에서 자백을 할 때까지 두드려 맞았다. 3일째 도저히 버티지 못하고 자신이 했다고 거짓 자백을 했다. 턱에다 베개 같은 것을 괴고 커다란 덩치가 '날개꺾기'를 했는데 어찌나 고통스럽던지 얼굴이 까맣게 탔다고 한다. 그는 버틸 재간이 없었다. 그는 될 대로 되라는 심정으로 거짓 자백을 한 것이다. 그 당시 나라의 최고 원수부터 말단 공무원까지 거친 업무를 보는 곳에서는 폭력을 좀 쓸 줄 알았고, 그게 통했던 시절이었으니.

그곳 파출소에서 이런 일도 있었다고 한다. 그 친구가 파출소 2층에 묶여 있었는데 한 젊은 형사가 여자를 한 명 데리고 들어오더란다. 성추행을 당한 여자였는데 조사를 하다가 위층으로 데리고 온 것이다. 그 친구에게 자고 있으라며 이불을 씌워 주고는 한쪽 구석으로 여자를 몰더란다. 무슨 일이 있었는지 모르지만 반항하는 여자의 목소리가 들렸다고 한다. 아마 추행을 한 것 같다고 했다. 지금도 그 친구는 경찰에 대한 극단적인 불신을 가지고 있다.

그 친구의 자백을 받아 내고 사건은 일단락되는 듯했다. 곧 파출소 안에서 담당 형사에게 금일봉이 전해지고 수사본부 형사와 방범들은 우레와 같은 박수를 쳤다고 한다. 눈에 보이는 일이다. 얼마나 좋아했겠는가. 거기까지는 좋았는데, 친구는 다시 형사들에게 고난을 당했다. 혼자 했을 리 없으니 공범을 불라고 했단다. 아무리 그래도 하지 않은 일이라 달리 말할 사람이 없었다. 그때 형사가 도움을 주었다고 했다. 혹시 누가 하지 않았는가 하고. 친구 이름이었단다. 아니라고 했지만 형사는 그를 데리고 친구 집까지 데려가서 불러내라고 다그쳤다. 형사들은 그를 데리고 자신들이 지정한 다른 친구 집에 데리고 갔다. 그는 어쩔 수 없이 형사들에게 끌려 친구 집 앞에서 친구를 불렀으나 집에서는 아무 소리도 나지 않았다. 형사는 그를 집 안에 들어가 보고 오라고 했지만 집 안에는 아무도 없었다. 텅 비어 있는 집. '어쩌다가 이렇게 되었지.' 의리로 산다는 자신인데 친구 집까지 형사들을 데리고 오다니. 그는 뒤를 돌아보았다. 낮은 판잣집 뒤로 드넓은 푸른 하늘에 구름이 흘러가고 단단하게 생긴 형사 하나가 서서 담배를 피며 그를 재촉하고 있었다. 그는 깊은 숨을 들이마셨다 뱉었다.

낮고 끝이 떨어져 나간 지붕과 금 간 벽과 너덜거리는 벽지, 버려도 손 안 댈 가구들, 그저 그냥 살아있기에 사는 방을 보면서, 순간적으로 여러 생각이 들었다. 살인으로 감옥에 가면 얼마나 살까? 친구들을 만날 수 없고, 이 판자촌에 다시 올 수 없을지도 모른다는 생각이 들었다. 수많은 생각들이 그의 머리에서 소용돌이쳤다. 초등학교와 중학교에 다닐 때의 모든 기억과 신나는 쌈질을 생각했다. 그리고 유일한 취미인 음악을 들을 수 없다고 생각하니 정신이 아득해졌다. 그는 빈 방을 둘러보고 나오다가 멈칫했다. 녹슬어 기우뚱한 철문 앞에는 형사 하나가 있고, 둘이 지나갈 수 없는 골목 끝에는 덜덜거리는 승용차와 한 무리 형사들이 있었다. 그는 착잡한 마음으로 밖으로 나왔다. 한 발 한 발이 저승 가는 길처럼 무거웠다.

형사가 앞장서고 그는 뒤따라갔다. 발을 뗄 때마다 골목길이 좌우로 흔들거렸다. 그때였다. 옆집의 문이 열리면서 아주머니 한 분이 쓰레기통에 쓰레기를 쏟았다. 그걸 보는 순간 그의 머리에 뭔가 번쩍였다.

"뭐해? 안 오고!"

앞서 가던 덩치 큰 형사가 뒤돌아보고 톡 쏘았다. 딴 생각하면 반쯤 죽일
듯한 눈빛이다. 그러나 그는 형사의 바람대로 움직이지 않았다.

"이따가 나가봐야 되는데, 빨리 끝내고 돌집 가봐야 돼. 빨리 와! 어서!"

그래도 그는 그 자리에 우뚝 서서 고개를 숙이고 움직이지 않았다. 머리
에서 뇌가 움직이느라고 과부하가 걸릴 정도로 수많은 생각이 들었다. 형
사는 화가 났는지 다가오며 주먹을 휘두를 자세를 취하였다. 그는 곧 번개
처럼 빠르게 몸을 돌려 친구의 집 안으로 뛰어들어갔다.

형사는 화가 치밀어 악을 쓰며 따라 들어가려는데 철대문이 튕기듯 닫혔
다. 형사는 외마디 비명을 지르며 물러섰다. 얼굴이 빨갛게 달아올랐다. 그
리고 뭔가 뒤틀린 것을 깨달았다. 하마터면 형사 손이 문틈에 끼어 부러질
뻔했다. 그는 반동으로 되열린 문을 발로 차고 마당으로 뛰어들었다. 형사
뒤에서 서성이던 한 무리 형사들이 사태를 알아차리고 골목으로 뛰어들어
왔다.

"저기다!"

형사가 가리킨 쪽으로 산비탈을 따라 층층이 지어진 집 지붕 위에 그가
드넓은 하늘을 배경으로 몸을 드러내었다. 형사들이 집 안으로 들어가니
친구는 뒷모습만 보이고 까만 지붕들 너머로 사라졌다. 담 아래 있던 쓰레
기통을 밟고 담으로 지붕으로 올라선 것이다.

"밖으로."

형사들은 밖으로 몰려갔다. 친구는 루핑으로 덮은 지붕을 밟으며 아래로
혹은 옆으로 이리저리 지붕을 타고 넘으며 뛰어갔다. 뒤쪽에서 형사들이
고함치는 소리가 들렸다. 오직 감각으로 균형을 잡았다. 평형이란 없었다.
보이는 사물 모두가 비스듬한 왼쪽 오른쪽 앞뒤로 기울어진 사선이었다.
발은 마치 스펀지를 밟고 뛰는 것 같았다. 동네사람까지 무슨 일인가 나와

봤다. 그는 동네의 길을 형사들보다 잘 알고 있었다. 시간상으로 1, 2분간의 일이었으나 한없이 길게 느껴졌다. 얼마만큼 와서 지붕에서 내리려고 했다. 지붕 끝에서 막 뛰어내릴 때, 그는 멈추었다. 조그만 공터였는데, 그곳에도 형사들이 있었던 것이다. 그는 지붕 끝에서 기우뚱하던 몸에 균형을 잡았다.

"야! 이 새끼야. 네가 도망칠 수 있을 것 같아!"

달려온 형사들이 어둠을 등지고 지붕 위에 서 있는 그를 보며 소리쳤다.

그는 주변을 둘러보았다. 그가 지나온 집들이 빼곡히 산비탈을 덮고 산등성이까지 펼쳐 있었다. 산은 어둠이 내려 검은 산처럼 보였다. 저 루핑 아래 빽빽한 집들에서 사람이 살고 있었다. 작은 방과 불규칙한 좁은 골목들, 가난한 사람들. 중간 오른쪽에 민중교회가 보였다. 교회 마당에 젊은 사내 몇이 서성이고 있었다. 산 위에서 찬 초가을 바람이 싸하게 불어왔다.

"내려와! 도망치면, 더 큰 거 몰라!"

그는 핏대를 올리는 형사를 내려다보았다. 그의 얼굴은 분노로 벌겋게 상기되어 있었다. 그는 잠깐 멈칫하더니 미련 없이 위쪽으로 달려 올라가기 시작했다. 형사는 이를 악물며 주먹을 꽉 쥐었다. 멀리 산 쪽으로 마을이 어둠 속에 묻히고 있었다.

"야이! 개새끼야! 도망치면 어떻게 해? 잡히면 넌 죽어!"

그는 사라지고 황망해 하는 형사와 속옷을 입은 동네 주민들이 무슨 일인지 몰라 이런저런 소리를 내었다. 형사들이 공터로 몰려들었다. 숨을 몰아쉬는 얼굴이 굳어져 갔다. 범죄자를 놓치다니. 살인용의자를 말이다. 후에 그가 듣기로 파출소에 난리가 났었다고 한다. 담당 형사가 옷을 벗을 뻔했다고 한다.

3

그는 그 길로 친구 몇 명과 강원도로 도망갈 계획을 짰다. 그러기 위해서
는 식량이 필요했다. 친구 서넛과 돌아다니면서 부식을 만들었다. 쌀이고
반찬이고 손에 집히는 대로 훔쳤다. 그야말로 제정신이 아니었다. 들리는
소문에는 형사들이 꼭지가 돌대로 돌아 그를 잡기 위해 온 동네를 다 쓸고
다녔다고 한다.

그들은 짐을 짊어지고 기차를 탔다. 어쩌다 이렇게 되었을까? 앞으로 어
떻게 할 것인가? 하지만 아무리 생각을 해도 별 뾰족한 수가 생각나지 않
았다. 일단 소나기는 피하고 보자는 생각이 유일한 답이었다. 그러나 그것
도 만만치 않았다. 그들이 무조건 깊고 먼 곳으로 간다는 것이 강원도 화천
댐 근처였다. 산 속에서 한 일주일 정도 지났나 싶은데, 물 건너 동네 사람
들이 배를 타고 건너왔다. 동네에서 온 주민들이 험상궂은 얼굴로 몽둥이
며 낫을 들고 에워쌌다. 여차하면 산 속에서 변사체가 될 순간이었다.

"왜 그래요?"

"여기서 떠나라!"

그들의 요구는 단순했다.

"왜요?"

"무조건 떠나라. 동네 사람들이 불안하게 생각한다."

"……."

달리 방법이 없었다. 이제 막 스물인 친구들이었다. 동네에서 놀기만 했
지 이렇다 할 생존 기술을 배워본 적이 없었다. 동네 사람들이 지켜보는 가
운데 짐을 싸들고 산을 내려올 수밖에 없었다. 동네 사람들은 몽둥이를 꼬
나들고 그들이 사라지는 것을 끝까지 지켜보고 발길을 돌렸다.

그들은 달리 갈 곳이 없었다. 결국 다시 찾은 두 번째 은신처는 자기 동

네가 보이는 산 속이었다. 텐트를 치고 버티기로 했다. 친구들이 하나씩 집으로 빠져나가고 자신만 남았다. 애초 동네로 오는 것이 아니었다. 그 대신 그 텐트가 아지트가 되어 밤마다 친구들이 먹을 것을 가지고 왔다. 친구들은 혹시 몰라 동네 동생들이나 형들을 만나면 그가 도봉산에 들어가 있다고 말을 흘리고 다녔다. 그래서 그런지 겨울이 다 지나가도록 경찰들은 그가 그곳에 있을 줄 꿈에도 몰랐다.

텐트에 남자 친구들만 온 것은 아니었다. 간혹 집 나온 여고생들도 들락거렸다. 그중에 한 여학생이 있었는데, 자기 학교에서 짱이라는 아이였다. 자기 학교에서 원하는 어떤 아이도 데려올 수 있다고 장담했다. 그 아이는 그를 위해서라면 무슨 일이든 할 아이였지만, 그는 지저분한 것을 싫어했다. 그는 여자고 남자고 며칠씩 아이들이 와서 자고 가는 것은 인정했지만, 누구도 텐트에서 남녀가 엉키어 그런 짓을 하지 못하게 했다. 지금도 그는 잡다한 것보다 호젓한 것을 좋아한다. 차를 몰 때면 기본 속도 이하로 몰고 다닌다. 속도가 아니라 차창 밖의 세상이 너무도 좋다는 것이다. 뒤 차가 아무리 재촉을 해도 상관하지 않고 앞질러 가라고 손짓만 할 뿐이다. 그는 술도, 담배도 하지 않는다.

하여튼 산에서 그가 할 수 있는 일은 그리 많지 않았다. 운동하고, 자고, 가끔 산행을 하고, 밤마다 추위와 지겨운 싸움을 했다. 그의 몸은 초췌해 갔지만, 형사들에게 날개꺾기를 당해 얻은 검게 탄 얼굴이 서서히 껍질이 벗겨지고 하얀 제 얼굴로 찾아왔다. 그러던 와중에 그를 따르는 여학생이 산을 내려가 바람을 쐬자고 졸라댔다. 결국 그 여학생에게 지고 말았다.

젊음이 끓어오르는 그가 간만에 산을 내려가자 시간이 지날수록 긴장감이 떨어졌다. 하루 종일 둘이 먹고 마시고 거리를 돌아다녔다. 눈 덮인 산 속에서 씻지도 못하고, 벌벌 떨며 두 달을 보낸 것이다. 사람들 틈으로 돌아오자 휘황한 거리의 불들처럼 자신도 들뜨기 시작했다. 그러다 그는 동네에 너무 깊숙이 들어온 것을 깨달았다.

이상한 느낌이 들어 뒤를 돌아보았다. 승용차가 서는 소리를 듣고 뒤를 보니 네 개의 문이 쾅하고 동시에 열리면서 낯익은 얼굴들이 늘어진 테이프처럼 서서히 나타났다. 흥분된 얼굴로.

"어이! 도바리 아닌가?"

형사들이 돌아다니다가 그를 본 것이다. 그는 팔짱 낀 여자의 손을 빼고 그들에게 여자를 던지듯 밀었다. 형사들이 여자를 피하며 주춤했고 그녀는 비명을 지르며 넘어졌다.

"잡아!"

형사들이 일시에 몸을 날려 그를 덮쳤으나 그는 몇 발자국 더 빠르게 움직여 빠져나갔다. 그는 뒤도 돌아보지 않고 앞으로 쭉 뻗은 인도로 달리기 시작했다. 그가 아는 상식으로 형사들은 살기를 작정하고 도망치는 그를 잡을 수 없었다. 그는 그것을 너무도 잘 알고 있었다. 특별한 일이 일어나지 않는 한 말이다.

그의 친구 넷이 삼청교육대에 끌려갔다 왔다. 넷 모두 20이 채 안 되었으나, 무자비하게 끌려간 것이다. 한 친구는 아버지 담배 심부름 갔다 오는 길에 군인들에게 걸렸다. 팔뚝에 문신이 있었다. 다른 친구가 무슨 일이냐고 묻다가 덩달아 딸려갔다. 다른 친구 하나는 군인에게 쫓겨 도망가다가 막다른 골목에 머리를 박고서 잡혀갔고, 또 다른 친구 하나는 도망치다가 골목에 세워진 리어카에 걸려 넘어져 잡혀갔다. 이유는 없었다. 물을 필요도 없고, 대답할 무엇도 없었다. 그저 삼청교육대였다. 누구든 잡히면 끌려가야 했다. 빽 있는 사람이면 그럴 일이 없겠지만, 빈민의 동네는 달리 방법이 없었다. 끌려가서 죽도록 맞고 오면 끝인 것이다. 다행히 잘만 도망치

면 천하 없는 군인이라도 어쩌지 못한다. '대통령 빽보다 좋은 것이 도망'
이라고 하지 않는가! 그는 삼청교육대에 다녀온 친구들의 온몸에 딱지가
더덕더덕 진 걸 보았다. 달리다 걸리면 어떻게 되는지를 그때 배웠다. 일단
도망쳐야 한다. 항상 그가 내세우는 지론이다.

그는 미친 듯이 달렸다. 다리가 그의 뜻대로 있는 힘을 다해 가동되었다.
모터를 단 듯 말이다. 절대로 잡히지 않을 것 같았다. 그러나 그건 그의 생
각이었다. 형사 중 하나가 비슷한 속도로 도로 쪽에서 달라붙은 것이다. 막
상 막하의 속도였다. 거의 100미터가 지나도록 형사는 처지지 않았다. 이
를 악물고 달렸다.

겨우 10여 초를 사이에 두고 일어난 일이었다. 두 사람이 전력으로 달려
나가는 것을 다른 형사와 여자는 넘어진 채 쳐다만 보았다. 형사와 범인이
아니라 마치 달리기 경주를 하는 사람들 같았다. 형사들이 그들의 뒷모습
을 보면서 주먹을 쥐고 "조금만 더" 하고 외쳤다. 150미터 쯤 달리자 아랫
배가 당기고 다리에 서서히 힘이 빠졌다. 전력질주의 한계가 온 것이다. 형
사는 지친 기색이 없었다. 아마 조금이라도 속도를 늦추면 놈은 몸을 날릴
것이다.

시간이 길게 느껴졌다. 사실 20여 초 지났을 따름인데, 사람들이 뒤로 스
쳐지나가고 놀라 비키고, 차들은 앞질러 달려갔다. 어느 순간 그는 포기할
마음이 생겼다. 더 뛸 수가 없었다. 몸에 한계가 온 것을 느꼈다. 한 200미
터 쯤 달렸을 때, '그래, 더 이상 안 돼. 포기하자' 는 생각이 들었다. 그는
포기하는 심정으로 마지막 승부를 걸어보기로 했다. 그는 어느 순간 갑자기
속도를 늦추며 형사를 간발의 차이로 앞질러 보냈다. 그가 1미터 정도 앞으
로 가는 것을 보고 방향을 틀었다. 그는 직각으로 형사 쪽으로 방향을 틀어
형사 뒷등을 스치듯 비켜 양방향으로 달리는 차들 속으로 뛰어들었다.

형사는 '아차' 싶었지만 달리던 걸음을 멈출 수가 없었다. 같은 방향으로 꺾었을 때는 버스가 자신의 앞을 지나치며 도망가는 그를 형사의 눈앞에서 가렸다. 도망치는 친구를 보고 형사는 터질 듯한 심장을 감싸쥐고 아스팔트 위에 무릎을 굽히고 말았다.

"개자식 같으니!"

형사는 급하게 펌프질하는 심장을 껴안고 뒤로 누워 인도에 반쯤 걸쳤다. 하늘에 흐릿한 몇 개의 별이 반짝이며 조롱하는 듯했다.

"지독한 놈. 저렇게 빠른 놈은 처음 봐."

형사들은 그가 동네 뒷산인 관악산에 있는 줄 모르고 도봉산을 겨울 내내 뒤졌다고 한다. 형사들이 관악산을 뒤졌을 때는 빈 텐트만 있었다. 그는 산에 있는 텐트는 버려두고 부산으로 내려갔다.

그는 부산에서 한 달 동안 가구공장에 취직하여 날을 보냈다. 난생 처음으로 공장 생활을 해 보았다. 때맞추어 일어나서 일을 해야 했으니 적응하기가 쉽지 않았다. 그런 생활을 해 보지 않았기 때문이다. 가난하지만 친구들이 삥을 뜯어오거나 후배가 소매치기를 해오거나 여자들이 주는 돈으로 생활을 해왔는데, 바보처럼 남이 시키는 대로 몸을 굴려서 일을 해야 한다니, 자신의 처지에 어이가 없었다. 친구들이 보면 뭐라고 할 것인가? 공돌이 짓이라니.

그곳에서 그는 페인트칠을 했다. 몇 사람의 동료들과 생활을 하면서 그들도 나름대로 살아가는 방식이 있다는 것을 알았다. 말을 들어보면 세상에서 가장 순수하고 순진한 사람들이었다. 그러니 이렇게 몸을 굴려 먹고 살지 하는 생각이 들었다. 동네 번화가 어느 술집을 봐도 이 정도 돈은 놀아가면서 벌 돈이었다. 불가피한 선택이니 참자고 자신을 다스렸으나, 갈수록 견디기 힘들었다. 친구들이 너무도 보고 싶었던 것이다. 무슨 짓이든 할 수 있을 것 같은 친구들 말이다. 나를 높여주는 후배와 친구들이 있는 곳에 가고 싶어 밤에 잠을 잘 수가 없었다. 불쌍한 노동자들은 자기 생활이 없었다. 친구도 없는 것 같았다. 노동자들을 따르는 여자도 없었다. 되지도 않는 연속극이나 스포츠, 그리고 푼돈 걱정에 인생을 허비하고 있었다. 쉬는 날도 한 달에 두 번이었다. 매일 어떻게 기계처럼 미래도 없이 말도 되지 않는 사사로운 이야기나 하면서 고되게 일을 한단 말인가? 이들은 무슨 생각을 하고 사는가?

어느 날 따뜻한 봄기운 도는 눈부신 거리를 향해 공장 문을 넘어섰다. 결국 그는 붓을 집어던지고 말았다.

"무슨 재미가 있어야지."

자신의 동네에 나타나서 친구에게 전화를 걸어 한 말이다. 친구는 지나치게 우려를 하고 있었다. 그도 뒤가 켕기는 것은 없잖아 있었지만, 잠깐 동네에 들른 것이라고 했다. 곧 동네를 빠져 나갈 것이라고 했다. 잠깐인데 무슨 일이 있겠는가 싶었던 것이다. 그러나 그가 전화를 끊고 공중전화 부스를 열고 나오려는데 문이 열리지 않았다. 문 밖에서 형사 하나가 오른 손을 들어 반갑다는 인사를 하며 활짝 웃고 있었다. 형사는 여유 있게 박카스를 마시며 곁눈질로 너무도 즐거운 듯 부스 안의 그를 쳐다보았다. 감기약을 사 가지고 나오는데, 약국 앞 부스에서 전화를 걸고 있는 그를 본 것이다. 형사는 두 주먹을 쥐고 '아싸' 하고 쾌재를 불렀다. 진급이 눈에 보였다.

그는 방 안에 던져졌다. 파출소 근처의 여관에 이번 살인사건 수사본부를 차리고 형사들이 묵고 있었던 것이다. 훈훈한 방 안에는 형사 다섯 정도가 고스톱을 치고 있었다. 방 안에 던져진 그를 보자 금세 열광적인 환호가 넘쳐났다. 그리고 거친 발길질이 시작되었다. 얼마나 두들겨 맞았나? 그들은 그를 일으켜 앉혔다.

"네가 그렇게 빠르냐?"

"다리 몽뎅이를 부러뜨려."

"씨발, 그냥 여기서 묻어버리지. 살인을 했으니 죗값을 치러야지. 하마터면 포기할 뻔했네."

다시 발길과 주먹이 원없이 날아들었다. 그를 둘러싸고 한참 동안을 패더니, 어떤 형사 하나가 말리더니 그들이 잊고 있는 것을 상기시켜 주었다.

"근데 화투 안 쳐. 내 돈 다 먹고 말자는 거야. 하던 일은 해야지."

"그렇지. 일단 하던 일은 가뿐한 마음으로 해야지. 응. 푸하하! 어쩐지 어제 꿈에 요상한 계집이 나오더라니. 이제 집에 가는 거야. 응."

형사들은 그를 문 반대편 안쪽에 앉혀 놓고 방 중간에서 화투를 치기 시작했다. 열띠고 치열한 화투판이었다. 친구는 울퉁불퉁 터진 입술과 코피를 닦으며 벽에 기대어 앉았다. 아무 생각도 들지 않았다. 이제 끝인가 싶었다. 어두운 창 밖에서 술 취한 남자가 여자에게 치근덕거리는 소리가 들렸다. 여관에 들어오기 싫다는 여자를 어떻게 해서든 데리고 들어오려고 졸라대는 소리가 뚜렷이 들렸다. 그는 그 와중에 애원하는 남자의 애절한 소리를 들으면서 웃음이 나왔다.

"웃음이 나오냐?"

그는 얼굴을 숙이고 못들은 척했다.

"야! 도바리!"

형사는 그를 불렀다.

"너, 돈 좀 있냐?"

"아! 예. 조금."

"얼마나?"

"한 5만 원요."

“조금 꿔 줘.”

“예. 여기.”

그는 오른쪽 바지 주머니를 쳐다보며 그곳에 있다고 했다. 다른 형사들이 뭐라고 했으나 그 형사는 다가와 그의 주머니에서 돈을 꺼내었다.

“따서 갚아 줄게.”

“안 그래도 돼요. 근데요. 화장실 좀?”

“알았어.”

형사는 인심 쓰듯 말을 하고 주머니에서 돈을 꺼내더니, 그를 뒤에 세우고 문 입구에 있는 곳까지 데리고 가서 화장실 문을 열어 주었다.

“큰 건데요.”

“그래서?”

“이것 좀.”

그는 수갑 찬 손을 내밀었다. 형사는 잠시 주춤하는데, 다른 형사가 화장실에 창문도 없다면서 잠깐 풀어 주라고 했다.

“빨리 해. 다음 판 들어가게.”

“예.”

그는 수갑을 풀고 안으로 들어가 일을 보았다. 그를 화장실에 들여보내고 화투를 구경하던 형사가 책임자 격인 사내에게 물었다.

“검거된 용의자가 둘이나 되는데 어떡하지?”

“저 놈에게 책임지라 그래야지. 없으면 몰라도. 잡혔는데, 그냥 내보낼 수는 없잖아. 빨리 끝내자고.”

일을 대충 보고 나오자 형사는 그를 창 아래 있던 자리에 밀고 판에 끼어들었다. 수갑을 채우지 않았다. 수갑을 채웠다면 그런 생각이 들지 않았겠지만, 수갑이 없는 상태에서 창 앞에 서니, 담배 연기가 빠지게 조금 열어 논 문틈이 눈에 들어왔다. 바깥세상의 공기다. 이 공기를 또 맡을 수 있을까? 정말 우울한 청춘이었다. 문틈을 보니 건너편 건물 사이에서 두 남녀가 승용차에서 내려 실랑이를 벌이는 모습이 보였다. 청색 양복을 입은 마른 사내가 승용차를 세워두고 하얀 투피스 정장을 한 여인의 마음을 움직이려고 시도하고 있었다. 좀처럼 포기할 것 같지는 않았다. 여자도 난처한 표정을 지으면서 이러지 말자고 버티며 발을 구르고 있었다.

그때 사내의 머리 위에서 3층 창문이 열렸다. 고함소리와 함께. 사내가 올려봤을 때, 위에서 검은 표범 같은 짐승이 서서히 뛰어내리는 것이 보였다. 여자는 놀라 비명을 질렀다. 3층에서 젊은 청년이 맨발로 그들의 차 지붕으로 둔탁한 소리와 함께 떨어진 것이다. 창에서 몇 명의 얼굴이 나타나고 욕설이 날아왔다.

"이게 뭐야! 씨발, 새 찬데."

사내가 차 지붕을 보니 움푹 찌그러져 있었다. 사내는 맨발로 뒷모습을 보이며 달아나는 청년을 향해 욕을 퍼부었다. 여자는 얼굴이 사색이 되어 그대로 서 있었다. 그가 어둠 속으로 사라질 쯤 두 남녀를 밀치며 거친 사내 몇몇이 쿵쿵거리며 그가 사라진 쪽으로 달려갔다.

그는 이번만큼은 사건이 해결되면 돌아오리라는 다짐으로 오랫동안 숨어 있기로 하고 강원도 태백 탄광으로 내려갔다. 세월이 흐른 후에 그는 시간이 나면 차를 끌고 가족을 데리고 강원도 태백에 다니러 가곤 했다. 이미 과거의 일이 되어버린 태백 썰렁한 탄광촌에서 사진을 찍어 집에 걸어놓았다. 탄광촌에 뜨는 볕과 태백산맥을 쓰는 바람과 산더미처럼 쌓인 탄들, 검은 진탕과 검은 개울, 그늘진 삶들, 그는 거기서 자신이 앞으로 할 신체적 노동 중 가장 힘든 일을 하며 보냈다. 비록 넉 달을 겨우 넘겼을 뿐이지만.

그는 깊은 갱도에 들어가 탄을 캐는 작업을 했다. 갱도에 통나무를 메고 들어갈 때가 제일 힘들었다고 했다. 가느다란 군용 전화선인 '삐삐선'을 나무에 묶어 어깨끈을 만든 다음 그 무거운 나무를 메고 좁은 갱을 기어다 녔다. 신이 어깨를 파고들 때의 아픔은 겪어보지 않은 사람은 감히 상상도 하기 힘든 고통이었다.

　그는 갱도를 오르내리면서 많은 생각을 했다다. 그곳에는 왕년의 주먹도 있었고, 대학생도 있었다. 원래 타고나기를 가난한 자, 일이 꼬여서 온 자, 없는 처지에 한몫 잡으려는 일꾼, 어떻게 하다 보니 직업이 되어버린 사람 들. 그는 세상에서 특별한 존재가 아니라 이들 중 하나일 수밖에 없고, 이 들처럼 살아가야 한다는 것을 느꼈다. 탄광촌과 탄광, 마음은 연약하지만 강한 육체를 가진 사내들, 노동자와 그의 가족들, 그들의 과거와 미래를 보 면서 이 사회의 폭력성과 우리 사회 구성원 다수가 노동자라는 것을 그곳 에서 알았다. 그리고 자신은 조만간 동네 양아치가 되든가, 아니면 노동자 로 살아야 한다는 것을 뼈저리게 깨달았다. 둘 다 마음에 들지 않았지만, 어쩔 수 없는 선택이라는 것을 그곳 노동자들의 삶을 보면서 사무치게 느 꼈다.

　완연하던 봄이 지나가고 초여름이 오자 동네에서 연락이 왔다. 사건이 마무리되었다는 것이다. 그는 무거운 걸음으로 동네로 돌아왔다. 사건은 해결되었지만 형사들의 감정은 여전히 남아 있었다. 수사본부는 해산되고 이제 그 여관방에는 낮 손님이 드나들었지만, 여전히 방범이든 형사든 건 수를 잡아 그를 잡고자 했다.

　살인용의자로 근처 동네 동생이 잡혀 들어갔지만, 그가 진짜 살인을 했 는지 아니면 죄를 뒤집어썼는지는 알 수가 없다. 그 동생은 변호사까지 사 서 무죄를 주장했지만 살인에 대한 확정적 증거 없이 3년을 받았다고 했 다. 그건 한참 후의 일이다.

4

그가 동네에 다시 나타났을 때 동네 술집이나 다방, 당구장, 하다못해 담배 가게에도 그가 나타나면 파출소에 연락을 하라고 망이 깔려 있었다. 그는 으슥한 밤에만 돌아다녔다. 혼자가 아니라 최소한 친구들 넷 이상은 함께 다녔다.

하루는 골목을 나와 친구들과 함께 다방으로 가는데, 골목 맞은편에서 오는 방범 셋과 마주쳤다. 순간 두 무리는 멈칫했지만, 이쪽은 다섯이고 저쪽은 셋이라 함부로 할 것 같지는 않았다. 긴장은 되었지만 도망을 치지는 않았다. 형사들이었다면 달랐겠지만. 두 무리가 마주치며 슥 지나가는데, 친구 하나가 그를 밀치며 "뛰어" 했다. 그냥 지나가던 방범들이 마음이 바뀌어 뒤에서 덮치는 것을 경계하던 그들이 민첩하게 대응을 한 것이다.

골목에서 추격전이 벌어졌다. 하지만 그들은 그를 잡지 못했다. 그중의 하나가 악착같이 붙었지만, 그가 동네 개천에 다다라 축대 위에서 몸을 날렸을 때, 그들은 기겁을 했다. 그의 몸이 축대를 떠나 개천 중간까지 건너뛰어 첨벙거리며 개천 건너편으로 달아난 것이다. 방범들이 밤에 그만한 용기를 갖기란 쉽지가 않았다. 더구나 그는 이미 살인 혐의를 벗은 상태였다. 그럴 필요까지 못 느끼는 것은 당연하다. 건너편에서 그는 옷깃을 여미고 유유히 가던 길을 갔다. 방범들은 욕을 하며 그를 보낼 수밖에 없었다.

그의 친구나 동생들은 그의 이름을 부르지 않았다. 다방에 앉아 있을 때도, 길을 갈 때도, 전화를 할 때도. 방범하고 한바탕 일을 치르고 그들의 아지트인 다방에 들어갔는데, 디제이 박스에서 동생들이 남모르는 청년 하나를 조지고 있었다.

"쟤네들 뭐하는 거야? 영업집에서."

"뭘 하겠어? 삥이나 뜯겠지."

그는 동생 하나를 불러 자초지종을 물어 보았다.

"이 동네 이사 온 지 얼마 안 되는데, 누구 여동생에게 찝쩍거렸나 봐요."

"근데?"

"그 오빠는 기분 나쁘죠. 공돌이라고 하던데."

"공돌이? 무슨 일하는데?"

"페인트요."

"페인트? 공돌이가 무슨 죄인이냐. 데려와 봐."

불려온 그는 다리가 떨리고 있었다. 그를 앉히고 이것저것 물어보니 나이는 한 살 아래였고, 자신의 집 근처에 살았다. 공장노동자는 아니고 건설현장에 다니고 있었다. 현장의 일당이나 일거리를 세세하게 물어 보았다. 그는 그를 보내주었다.

"너 원래 성격 좀 별나지만 더 변한 것 같다."

또래 중에 그와 더불어 대장 격인 그의 친구가 의심스러운 듯 그를 탓했다.

"이제 우리도 뭔가 해야 되잖아. 언제까지 이렇게 다방만 파고 살 수는 없어."

"일이야 많지. 천지가 일이잖아. 선배들은 항상 너나 나를 기다려. 문제라면 우리가 문제지."

"됐다."

그는 우울한 기분이 들었다. 친구들도 동생들도 그를 못마땅하게 쳐다보았다. 그는 혼자 밖으로 나왔다. 이리저리 바람을 쐬며 돌아다녔다. 찬 겨울이 다가오고 있었다. 산에서 매서운 바람이 불기 시작했다. 그는 옷깃을 세우고 걷다가 문득 뒤에서 느껴지는 인기척에 섬뜩하여 뒤를 돌아봤는데, 형사 하나가 바짝 붙어 서 있었다.

"또 뛰게?"

형사는 허리띠를 잡아 벽에 밀어붙였다. 그의 팔을 뒤로 꺾어 수갑을 채웠다. 꼼짝 못하고 잡힌 것이다. 그는 파출소까지 끌려갔다. 파출소로 끌고 간 형사는 그를 현관 앞 긴 의자 등받이에 수갑을 채웠다. 파출소 1층에는 그와 경찰 한 명, 그리고 형사, 그렇게 셋이 있었다. 그는 포기하는 마음이 들었다. 형사는 담당 형사에게 전화를 해서 검거했으니 빨리 오라고 했다. 그뿐만이 아니라 여기저기 전화를 했는데 신이 나 있었다. 여러 곳에 전화를 하고 난 그는 화장실에 들어가서 한참 후에 나왔다.

"저녁 좀 먹고 올 테니 가만 있어라."

형사는 한마디 하고는 위층으로 올라갔다. 업무 보던 경찰은 그를 빤히 지켜보고 있었다. 그는 이 생각 저 생각하며 이미 해결된 사건인데 별일 있겠는가 싶었지만 그래도 막상 걱정이 되었다. 그는 이리저리 둘러보다 의자 등받이 긴 나무가 삐걱거리는 것을 들었다. 주먹을 쥐고 툭툭 쳐보니 못이 조금씩 빠져나왔다. 비집고 나오는 못을 보니 딴 생각이 나기 시작했다. 눈치를 살피고 있는데, 어떤 사람이 파출소에 들어오며 예비군 소집에 대해 알아보러 왔다고 했다. 업무 보던 경찰이 그를 데리고 뒤로 잠깐 돌아간 사이 그는 의자 등받이를 주먹으로 치기 시작했다.

"무슨 일이야!"

마침 2층에서 내려오던 형사가 기우뚱거리며 계단을 달려 내려왔다. 그가 1층에 내려왔을 때 친구는 떨어져 나온 긴 등받이에서 수갑을 꺼내고 있었다. 형사가 몸을 날려 덮쳤지만 그는 몸을 빼며 형사를 피했다. 형사는 빈 의자와 함께 나뒹굴었다. 파출소 문이 열리며 그가 뛰어나오고 뒤로 형사와 경찰들이 정복을 입은 채 쏟아져 나왔다. 그는 수갑을 흔들며 전력질주를 하며 달아났다.

그는 수갑을 소매에 밀어 넣고 그들이 항상 다니는 루트인 골목길을 돌

아다녔다. 그러다가 처음 부딪친 동생들에게 수갑을 보여 주면서 풀 수 있
는 사람을 알아보라고 했다. 동네에 그가 수갑 차고 도망중이라는 소문이
파다하게 퍼져나갔다. 그 소문을 듣고 친구들이 그를 찾아왔다. 낯선 동생
을 데리고 왔는데 수갑을 풀 수 있다고 했다.

"요즘 수갑은 핀으로 안 돼요. 드라이버와 망치가 있어야 돼요."

그는 손목에 수건을 쑤셔 넣고 망치로 단 한 번에 수갑을 풀어냈다. 그는
그날 밤 많은 생각을 했다. 이렇게 생활할 수는 없다는 생각이 들었다. 그
리고 항상 운이 좋을 리도 없었다.

"무슨 고민 있어?"

함께 자던 친구가 물었다.

"왜 고민이 없겠냐."

"담배 한 대 피워."

"담배는 무슨."

"그런 담배 말고. 대마초."

"됐다. 이제 지겹다. 언제까지 이런 생활을 하겠냐. 언젠가는 진짜 살인
범이 될 수도 있고. 징역을 살게 되겠지."

"너 정도면 조직만 잘 짜면 보스가 될 수도 있어."

"아니, 아니야."

"그럼 공돌이라도 하겠다는 거야?"

"아니, 한다면 노돌이를 해야겠지."

"노돌이? 노가다?"

"이렇게 사는 게 지겨워서."

"네 인생은 네 거니까."

"그래, 고민 좀 더 해 보고. 조직을 짜든가. 현장으로 뜨든가."

그는 모든 생활을 접고 전에 다방에서 만났던 도장장이를 찾아갔다. 그
리고 그를 따라 긴 건설노동의 행렬에 나섰다. 그가 현장을 돌아다니는 동
안 파출소 인원들도 바뀌고 방범도 없어졌다. 동네 친구들은 하우스방을
전전하고, 혹은 사채업을 하기도 했다. 더러는 감옥을 들락거리고 자신과
같이 일당장이 노동일을 하는 친구도 있고, 장사를 하는 친구도 있었다.

그가 노동일을 시작해 몇 개월간 지방 일을 하고 겨울옷 보따리를 싸들
고 집으로 가는데, 동네 중턱에 있던 작은 교회에서 아는 사람을 만났다.
눈이 내리고 있었다. 나이가 서너 살 많은 동네 선배였다. 그는 조적 일을
하고 있었다. 그는 그 민중교회만큼이나 키가 작았다.

"눈 오는데 일하고 오냐?"

"예."

"너, 이제 경찰에 안 쫓기냐?"

"예. 다 옛날 이야기죠. 현장 일 다니잖아요."

"그래, 그렇군. 추운데 들어와 차나 한잔 하고 가라!"

"차요? 저 교회 안 다니는데요."

"야! 누가 너더러 교회 다니라 그랬냐? 차 마시라 그랬지. 나도 안 다녀!"

평소 동네에 노는 부류와 고지식하게 세상의 잘못을 다 짊어진 듯 사는
부류들이 있었는데 이 형은 노는 쪽은 아니었다. 끌리는 듯 들어가 보니 아
는 얼굴들이 몇 있었다. 대부분 건설일을 하는 사람들이었다. 앉아서 차를
마시며 이런저런 말을 들어보니 노동조합 결성을 하기 위해 준비를 하고
있는 것 같았다. 그도 현장에 대한 문제의식이 있어서 금방 그들과 동화가
되었다. 그게 그에게는 인생에 있어 중요한 순간이 되었다. 한 2년 후 이
글을 쓰고 있는 나는 그와 첫 만남을 가졌다. 봉천동 남부시장 근처 사무실
에서 보았는데 무슨 행사가 있었다. 그날 그는 유일한 악기였던 기타를 쳤

는데 기타 치기 전 첫 딸을 낳았다고 기뻐하던 모습이 지금도 기억난다.

　그는 대략 일곱 번 정도 붙들렸고, 또 도망을 쳤다고 한다. 그는 결국 한 형사에게 붙들려 유치장까지 끌려가 조사를 받았다. 사건이 해결된 지 한참 후의 일이었다. 형사들은 그를 꼭 잡고자 했다고 한다. 감정 때문이었다고 했다. 경찰은 조사를 마치고 그를 풀어 주면서 정보원이 되기를 요구했다. 경찰은 당시 사건에 대해 몇 가지 알아봐 달라고 그를 놓아주었으나 그는 그 길로 현장으로 사라졌다. 그리고 세월은 흐르고 그는 변했다. 그는 결혼을 하고 첫 애를 낳고 그 동네를 나왔다. 그 동네도 지금은 재개발되어 아파트가 들어서 있다. 가끔 그의 차를 타고 지나갈 때 여기는 어떤 곳 저기는 어떤 곳 이야기를 들려줄 뿐이다. 나와 둘이 앉아 이야기를 할라치면 항상 그 동네에 대한 향수를 이야기한다. 술 한 잔 안 마시고 서너 시간을 이야기 할 수 있는 유일한 친구다. 그의 집에 가면 당시 마지막 철거되기 직전 아이들을 데리고 가서 찍은 흑백 사진이 몇 장 걸려 있다. 이제는 다 지나간 이야기가 되었다.

명동성당에서

　새벽 6시, 문득 쇠종 때리는 소리에 눈을 떴다. 밤부터 이른 아침까지 농성 텐트를 두드리는 빗소리와 머리맡에 떨어지는 낙숫물 소리에 깊은 잠을 잘 수가 없었다. 몇 십 분을 침낭에서 뭉그적거리다 피로가 쌓인 몸을 일으켜 침낭을 개고 밖으로 나왔다. 두 동료는 아직 깊은 잠에 빠져 있었다. 텐트 앞에는 포개진 그릇과 수저가 음식 얼룩을 비에 씻고 있었다. 간밤에 있었던 작은 술자리의 흔적이다. 설거지를 하기 위해 그릇을 챙겨들고 화장실로 가는데, 명동성당 앞마당에 여성 둘이 갈색 우산을 비스듬하게 들고 이야기를 나누고 있었다. 새벽 미사를 온 모양이다. 이른 새벽 흐리고 습한 공기와 엷은 부슬비, 젖은 붉은 벽돌의 명동성당과 여인의 우산에서 툭툭 떨어지는 빗물. 오늘은 신선한 아침이다.

　오늘로 명동성당 농성 152일째다. 함께 농성 중인 이주노동자들은 서울 근교로 수련회를 떠나 텐트를 지키는 한두 명만 있었다. 어제 오후 올라오며 보니 한 노동자가 전자 기타를 치고 있었다. 텐트 안에서 앰프를 통해 나오는 기타 소리를 들으니, 어렸을 때 마을 천막 교회에서 흘러나오는 풍금 소리가 떠올랐다. 그러고 보니 명동성당으로 오르는 비스듬한 길에 쳐진 텐트는 천막 교회와 비슷하다. 주일을 맞이하여 명동성당으로 오르는 수많은 신자들도 그런 생각인지 모르겠다.

사실 천막 안과 밖에서 서로 마주보는 시선에는 큰 차이가 있다. 수배자로 좁은 텐트에 갇혀 고립된 생활을 한다는 것은 무거운 짐을 지고 있는 것이다. 텐트는 노동과 자본이 격렬하게 부딪친 산물이라는 것을 지나가는 이들이 알기란 쉽지가 않다. 수배자의 모습은 비록 꾀죄죄하지만 그 눈동자에는 이상을 향한 한 세계가 맺혀 있음을 자본의 발밑에서 신음하지 않아 본 자들이 어찌 알겠는가!

지난달 4월 말쯤에 조합 지도위원 한 분의 칠순 잔치가 있었다. 조합 전체의 잔치였기 때문에 당연히 조합원으로서 늦게까지 함께했다. 어른의 칠순 잔치를 마치자 친구 박씨가 우리 가족을 집까지 데려다 주겠다고 하여 그의 차를 탔다. 박씨는 도장공으로 날일을 하고 있었다. 부부가 알뜰한 탓에 돈을 잘 모아 조합에 있는 우리 또래 친구들 중에 비교적 안정적인 생활을 하고 있었다. 지금은 안산에 사는데, 그 전에는 봉천동 토박이였다. 봉천동이 재개발되기 훨씬 전에 그곳을 나왔다.

박씨는 봉천동 살 때를 미치도록 그리워하는 친구다. 일이 없어 쉴 때면 아이들을 데리고 난곡에 가서 사진을 찍는다고 했다. 실제 그의 집에는 난곡을 배경으로 찍은 사진이 많다. 아무리 그래도 빈민생활이 그립다니.

나 또한 어렸을 때 서대문구 북가좌동 뚝방에 살았다. 그 동네는 어린 나에게 공포 그 자체였다. 특히 변이 넘치는 공동 화장실에는 경기가 날 지경이었다. 헤아릴 수 없이 많은 구더기가 꾸물거리는 위에 앉아서 일을 봐야 했다. 항상 물이 부족했고, 좁은 골목과 썩은 냄새는 또 어떤가! 왜 그리 밤마다 가족끼리 싸우는지 온 마을에 짜증과 분노가 들끓었다. 아동 학대 또한 상상을 초월했다. 국수집에 세를 사는 학교 친구 하나가 있었다. 어느 겨울 아침, 무심히 그 집 앞을 지나는데 그 친구가 벌거벗겨진 채 국수 말리는 나무에 양손이 묶여 있었다. 학대받는 예수처럼.

칠순 잔치에서 술을 많이 마셔 차를 타자마자 잠이 들었다. 박씨는 어디론가 차를 몰다가 세웠다. 자기가 힘들 때 가끔 들른다는 동네인데 내려서 거닐어 보자는 것이었다. 잠이 덜 깬 상태에서 둘째 놈을 안고 처와 큰애를 데리고 차 밖으로 나왔다. 동네가 어두워 잘 보이지 않았다. 허름한 동네였다. 좁은 골목을 이리저리 끌고 다니면서 여기는 화장실, 구멍가게, 교회 등 그의 설명은 길처럼 꾸불거리며 계속되었다. 가끔 가슴에 간직하려는 듯 숨도 깊게 들이마셨다. 밭두렁을 따라 걷기도 하고 내려갔다가 올라갔다가 낮은 집들 사이를 돌아 한 곳에서 멈추었다.

"저기를 봐! 묘하지 않냐? 이 상대적인 세계가?"

그가 가리키는 곳을 보고 '아! 여기가 도곡동이구나!' 하고 알 수 있었다. 멀리 타워펠리스가 현란한 빛을 발하며 힘과 자부심이 넘치는 위용으로 우뚝 솟아 있었다. 잠깐이긴 하지만 시간이 멈춘 듯한 기분이 들었다. 박씨 말대로 묘한 생각이 들었다. 대비되는 두 동네가 극을 이루며 이렇게 함께 있다니. 하나는 수평으로 바닥에 붙어 있고, 하나는 수직으로 서서 현실의 좌표를 긋고 있는 듯했다.

"근데, 이상하게 이 동네에 교회가 많다."

그의 말대로 동네를 쓱 훑어보니 당장 눈앞에 몇 개의 십자가가 보였다. 동네에는 규모에 비해 교회가 꽤 많았다. 대충 말뚝을 땅에 박아 놓고 페인트로 쓴 교회 푯말, 얼기설기 걸어 논 무슨무슨 교회 간판, 십자가도 엉성하기 짝이 없었다. 서너 집 건너 하나씩 있는 것 같았다. 흔히 말하는 천막교회들이다. 이상세계는 어디에 있는가? 진짜 주님이 있기나 한지.

　오후쯤 성당을 나왔다. 나와 달리 수배 상태인 텐트 안의 다른 동료는 나오지 못했다. 성당 정문으로 오르는 길 시작쯤에 타일이 한 줄 깔려 있는데 그 타일을 경계로 성당의 권위가 보호받는 곳이다. 그러나 수배자에게는 또다른 구속 지점이기도 하다. 성당을 내려오며 천막을 보니 빈민촌을 그리워하는 박씨가 생각났다. 그곳에는 인간성이 있었다나? 지금 사는 아파트는 적응이 안 된다고 한다. 특히 이웃 간에 대화가 안 된다고 한다. 아파트 평수끼리 모인대나? 무슨 학원이 좋으니, 명품이 어쩌니, 학교는 어디 나왔느니 하며. 박씨는 비록 거칠고 못났지만 일꾼들끼리 모여 뒤섞여 뒹굴며 가슴을 열어놓고 살고 싶은 모양이다. 뭣 같은 놈들끼리 ‘니기미, 씨발’ 찾아가며 대가리도 박아가면서 말이다.
　항상 번잡한 명동에 비까지 내리니 더욱 붐비는 것 같다. 건설노동자들이 많이 쉬는 날이다.

기계실 벽의 그림자

　기계실은 지하 4층에 있다. 주차장을 질러 한참을 걸어가야 모퉁이에 커다란 기계실이 나온다. 아직 돌아가지 않는 먼지 쌓인 기계실에 아저씨와 내가 들어가니, 두 개의 커다란 그림자도 벽을 타고 우물쭈물 따라 들어온다. 천장에 걸린 몇 개의 등이 기계실에 가득 찬 어둠을 밀어내기엔 역부족이다.

　"어이, 왜 이리 어두워. 등 좀 두어 개 더 달지. 자식들 일하는 거 하고는."

　아저씨는 해죽이 웃으며 어디 앉아 쉴 곳이 없나 하고 두리번거린다. 그림자도 주인을 따라 주위를 둘러본다. 문 바로 앞에 넓은 공간이 있어 거기서 쉬기로 한다.

　"같이 쉬자, 경주야."

　아저씨가 알루미늄 사다리를 세우고 자리를 잡자 나도 따라 앉는다. 내 그림자도 덩달아 아저씨 옆에 앉는다. 아저씨의 얼굴은 빼곡한 주름이 깊게 파여 있고, 쌍꺼풀진 둥그런 눈은 충혈되어 있다.

"쉬는 김에 팍 쉬자고. 열나게 한다고 돈 더 주는 것도 아니고. 파~하하."

그림자도 아저씨를 따라 고개를 뒤로하고 입을 쩍 벌려 웃음을 터트린다. 아저씨는 담배 한 대를 꺼내 물더니 또 한 대를 꺼내 나에게 권한다. 담배를 내민 엄지와 검지는 두껍고 메말랐으며 파란 핏줄이 오밀조밀 감싸고 있다. 이날 이때까지 오직 저 손과 발에 의지해 험하게 살아왔을 것이다. 그 손의 거친 주름이 아저씨의 이력서 그 자체이리라. 언젠가 나도 저렇게 되겠지 하는 생각에 훗날의 내 모습이 언뜻 스쳐 지나간다. 어느 날 나이 50을 훌쩍 넘긴 내가 먼지가 반짝거리며 날리는 어두운 기계실에서 20여 년은 족히 차이 나는 후배에게 거친 손으로 담배를 권한다. 그리고는 '쉬었다 하자고' 말하는 내 모습이. 그림자가 그런 생각을 하는 내가 의기소침해 보였든지 따뜻하고 풍성한 모습으로 나를 내려다본다.

"아니요. 저는 감기에 걸려서요. 흡!"

손과 고개를 흔들며 아저씨가 내민 담배를 거절한다. 그러고는 흐르는 콧물을 힘껏 들이킨다. 감기가 벌써 일주일째 계속되고 있는 것이다. 알레르기성 감기다. 매년 봄, 황사가 올 무렵부터 터지는 재채기와 콧물을 꽃가루가 날릴 때까지 훌쩍거리며 안고 살아야 한다.

아저씨는 담배를 납죽 물고는 반쯤 일어난 자세에서 몸 여기저기를 뒤적이더니, 바지 주머니에서 은단을 꺼내 이것 보란 듯이 활짝 웃으며 흔들어 보인다. 은단을 흔들자 벽에서는 아저씨 그림자가 내 그림자의 머리를 마구 때린다.

"그럼 이거라도. 술, 담배를 작년 10월에 끊었다가 다시 피우는고만. 파~하하."

아저씨는 담배를 피우면서도 은단을 가지고 다닌다. 담배를 끊고 싶은데 그러지 못하는 것이다.

"아, 예. 고맙습니다."

아저씨가 은단통의 뚜껑을 열고 흔들자 은빛 알맹이 몇 알이 손바닥에 굴러 떨어진다. 은단은 온몸으로 흐릿한 전등 빛을 받아 자기 색을 드러내고 있다.

나는 약하게 빛을 내는 이 작은 은단 알만 보면, 돌아가신 아버지 생각이 난다. 어렸을 때 아버지 주머니에서 몰래 꺼내먹던 기억이 있어서 그럴 것이다. 별 맛도 없었는데, 훔쳐 먹는 재미가 쏠쏠했던 것이다. 먹을 게 별로 없던 시절이기도 했다. 시멘트가루 떨어질 날 없는 꾀죄죄한 운동화와, 씻어도 씻어도 거뭇한 살 거죽을 보면 아버지는 팔자에 타고난 노동꾼이었다. 어린 나이에는 자랑하고 싶지 않은 아버지였지만, 철이 들어서는 가끔 보고 싶은 마음이 간절했다. 부자지간이란 어쩔 수 없는 천륜이기 때문일 것이다. 언제가 될지 모르지만 저 세상에서 아버지를 만나면 어릴 적 은단 몇 알 슬쩍 한 것을 탓하지는 않으시려는지.

"내, 딸을 셋 낳고 아들을 하나 낳았는데, 이놈이 걸작이라. 파~하하."

아저씨는 말끝마다 습관처럼 '파~하하' 하는 최불암 웃음을 터트렸다. 이런저런 이야기 끝에 집안 이야기가 나왔는데 아저씨는 또 웃음을 터트린다.

"학생인가요? 팽! 이놈의 콧물."

"아니, 지금은 놀고 있어. 고등학교 나오고 대학에 떨어졌어. 파~하하. 놈 신발이 어찌나 크던지. 파~하하."

아저씨는 웃음 끝에 느닷없이 신발 얘기를 꺼낸다. 나는 아저씨를 정면으로 바라봤지만 아저씨는 옆으로 돌아앉아 웃음과 함께 궁둥이를 들썩거린다. 스스로 하시는 말씀이 즐거우신 모양이다. 난 별로 즐겁지 않았지만 그렇다고 아저씨의 웃음이 사라지지는 않을 것이다. 즐거운 듯, 씁쓸한 듯,

알 듯 모를 듯한 웃음은 이미 아저씨 일부가 되어 있는 것이다. 아저씨가
턱을 들고 웃는 모습이 기계실 벽 위에 우스꽝스럽게 그려진다. 마치 이 커
다란 기계실에 흑백 무성영화가 돌아가고 있는 것 같다는 생각을 한다. 스
크린 안에서 아저씨는 과장된 연기를 하는 코믹배우처럼 웃으신다. 아저씨
의 웃음 때문인지 노동 후에 찾아오는 소외감이 조금은 덜하다.

"그럼, 학원에 다니겠네요? 다시 대학 시험을 보려면."

"시험은 무슨 얼어 죽을. 머리가 따라 줘야지. 내가 일 나오면 지 에미하
고 집에서 잠 퍼질러 자다가, 일 끝나고 집에 가면 나간다니까. 파~하하.
밤새도록 춤추고 술 마시고 새벽에 들어온다니까. 제에미 시벌. 애비는 노
가다 뛰는데……. 이게 뭔 꼴인지. 파~하하."

아저씨 말을 들으며 은단을 우물거리자 입 안이 화하게 밝아진다. 문득
속이 뜨끔해 벽을 보니 내 그림자가 손가락질하며 '너도 그랬어, 임마!' 하
고 말하는 것 같다. 또 돌아가신 아버지가 습기 찬 현장 구석에서 오야지
눈을 피해 담배를 피우는 아들을 걱정하는 모습이 눈에 선하게 떠오른다.

"요즘 고학력 실업자도 많은데, 아예 공부를 잘하지 못할 바에야 기술이
나 확실한 거 하나 배우는 편이 낫겠네요."

"글쎄, 나도 그랬으면 하는데 놈이 싫다는구먼. 뭐 특전대에 지원을 한다
나. 덩치는 어찌나 좋은지. 파~하하."

아저씨가 특전대라는 말에 힘을 준다. 아마도 제대 후, 세상에 특전대 명
함이라도 내밀라는 부모로서의 바람이 있는 것 같다. 말끝에 또 자식이 덩치
가 크다는 말을 덧붙인다. 최소한 어디 가도 맞아 죽지 않을 것이라는 원초
적인 만족감에서일까. 조금 전의 신발 얘기도 아마 그런 맥락일지 모른다.

"녀석 친구 놈들 몸이 좋아서 해병대니 공수부대니 지원을 해 갔거든. 녀
석도 빨리 군대나 다녀와서 정신이나 차렸으면 좋겠는데. 그래도 지금은

사고 안 치니 다행이지."

"사고 치나요?"

"지금은 아니고. 고1 때부터 경찰서에 들락거렸지. 요즘은 걸렸다 하면 사정없이 경찰서로 넘기데. 내 한두 번 쫓아다녔어야지. 파~하하. 내 참 부끄러워서. 나중에는 사위가 가고 동생이 가고, 아주 정신이 없는 놈이라니까. 파~하하."

"맞아야겠네요."

"지금은 안 돼. 놈이 팔목을 잡으면 꼼짝 못하겠거든. 파~하하. 다 뜻대로 안 되더라고. 파~하하."

다 뜻대로 안 되더라는 아저씨의 말이 온 기계실을 휘감아친다. 나도 아저씨를 따라 웃고 그림자들도 입을 헤 벌리고 따라 웃는다.

"하하. 다 아저씨 뜻대로 되면 자식이 아니죠."

"그런가! 파~하하."

웃을 때마다 들썩이는 엉덩이 뒤로 아저씨의 그림자가 춤을 추고, 내 머리가 사라졌다 다시 나타났다 방아를 찧는다.

"놈 때문에 생돈 꽤 들어갔지. 파~하하."

"그런 말씀하시고도 웃으시니 좋네요. 하하."

"이게 웃는 걸로 보이나? 하기야 이렇게 안 웃었으면 벌써 뒤로 자빠졌지. 파~하하."

아저씨를 따라 웃다가 재채기가 나오면서 콧물이 흘렀다. 아저씨의 말을 들으니 다시, 아버지에 대한 기억들이 스쳐간다. 아버지가 돌아가신 후, 언젠가 어머니는 "아버지가 니놈 때문에 속이 썩었어" 하고 나를 탓하셨다. 세월이 흘러 지금은 그때 내가 무슨 잘못을 했는지 아무런 기억도 없다. 하지만 언젠가 내 자식이 그 업보를 뒤집어씌울 때, 하나하나 생각이 날 것이다. 자식이란 삶에서 무엇일까? 석가모니가 자식을 안고 말한 첫 마디가 '나의 업보여!' 라는 말이었다고 한다. 그림자가 팔로 무릎을 감고 앉아 나에게 '정말?' 하고 묻는다. 그래, 그럴 것이다. 자식이란 내가 아버지에게 지은 업보의 거울일 것이다.

"……."

한바탕 놀이가 끝난 빈 공터처럼 기계실 안은 먼지만 날린다. 내가 휴지를 꺼내 콧물을 닦는 동안 아저씨는 아무 말도 없으셨다. 괜히 부질없는 말을 했다고 후회를 하고 있는지 모른다. 그 텅 빈 마음을 누가 메워주랴. 오직 그러려니 하는 소탈한 마음이나 조금은 달래줄 수 있을는지. 아저씨도 자신의 아버지를 생각하고 있는지 모른다.

아저씨가 담배를 한 모금 빨고 입을 다물자 코에서 서서히 담배 연기가 빠져 나온다. 건너편 벽에는 아저씨 옆모습과 내 앞모습 그림자가 서로 엉겨붙어 있다. 죽으나 사나 어쩌지 못하고 노동판을 떠날 수 없는 것처럼.

"일 해야지. 푸~."

담배 연기와 긴 한숨이 함께 뿜어져 나온다.

"잘리면 이 IMF에 갈 데도 없어. 파~하하."

아저씨가 또 웃는다. 그림자도 벌떡 일어나 따라 웃고, 먼지가 화들짝 놀라며 흩어진다. 어두운 등이 휘청휘청 더 밝아지면서 내 마음도 일순간 가벼워진다.

아저씨는 웃음으로 우울한 마음을 털어 버리고는 우두둑 소리 나는 무릎을 힘겹게 편다. 사다리를 들고 문 쪽으로 걸어 나가는 아저씨를 따라, 흥얼거리는 콧노래가 기계실에서 멀어져 간다. 나도 콧물을 훌쩍이며 연장통을 들고 일어서는데 무릎에서 우두둑 소리가 난다.

"……."

그림자가 말없이 웃는다.

그래, 나도 웃음을 배워야겠다. 어차피 오랫동안 현장 생활을 하려면 웃음보다 더한 명약이 없을 테니까. 기계실에서 퇴장하는 내 뒤로 꾸부정한 그림자가 내 발자국을 밟으며 사뿐사뿐 따라온다. 문을 빠져나가는데 누군가 부르는 소리가 들려 뒤를 돌아보니 검은 그림자가 어둠에 묻히고 있다.

풍운아 허씨

풍운아 허씨

내 나이보다는 한 살 위지만 얼핏 보면 서너 살은 더 어려 보이는 허씨는 팔뚝에 징검다리처럼 담뱃불을 지진 자국 때문에 한여름에도 긴팔을 입고 다녔다. 전선이 늘어지고 벽돌무더기 쌓인 틈을 비집고 몸 팔아먹고 살기에는, 그나 나나 잡초 같은 처지였지만 살아온 것만큼 살아가는 법도 달랐다.

그를 마주보고 있으면 반항아의 전형을 보는 것 같았다. 짧은 머리에 진한 눈썹을 가졌고 양미간에는 항상 불만이 꿈틀대고 있었다. 그의 날카로운 눈은 딱 두 가지만 보았다. '돈이 되는가' 와 아니면 '안 되는가.' 그에게는 그것이 생존의 방식이었다.

허씨를 만난 곳은 잠실 올림픽경기장 뒤 오피스텔 신축 현장이었다. 당시 그는 닥트 후렌지를 전문으로 만드는 용접사였다. 후렌지 용접은 정통 용접이라고 말하기에는 조금 떨어지는 어정쩡한 기술이다. 닥트가 현장 제작에서 공장 제작으로 시스템이 바뀌면서 그런 부분 용접기술은 현장에서 사라져갔다. 지금은 구경할 수 없는 옛날 풍경이 되어 버렸다. 그는 나이에 비해 결혼을 일찍 한 상태라 어린 딸도 하나 있었다. 그때 그의 나이가 서른둘 쯤 되었을 것이다.

허씨에게는 닥트 용접기술 이외에 멋진 기술 하나가 더 있었는데, 바로 일본어를 유창하게 할 줄 아는 것이었다. 내가 보기에 대단한 기술로 보였다. 그가 일본어를 어느 정도로 잘하는지 나로서는 정확히 알 수 없었지만 꽤나 열심히 학원에 다녔다. 학원 연구반이라고 했다. 여행가이드가 목표였다. 그런데 허씨가 목적을 이루기는 쉬워 보이지 않았다. 그의 최종학력은 중학교 졸업이었다. 허씨 스스로도 자기 학력으로 취직이 될 것인가에 의문을 가졌다.

우리 시대에 초등학교 졸업이 최종학력이면 정서적으로 뭔가 의심스럽고, 중학교 졸업이면 집안에 무슨 문제가 있지 않았을까 짐작을 하게 되고, 고등학교 졸업이면 대충 기본으로 받아들이는 사회다. 그런데 우리는 둘 다 중졸이었다. 대충 방정식이 뭔지 들어봤고 어렵다는 것을 알며 이름을 한자로 쓸 수 있을 정도의 학력이다. 중졸이면 학력이라고 내세우기 민망한 약력이다. 허씨는 여행가이드의 목표에 다가가면 갈수록 버거워했다.

내가 현장에서 하는 일은 마킹과 재단이었다. 나 이외에 재단사가 하나 있었는데, 기능이 조금 떨어졌다. 그의 부족한 기능을 끌어올리기 위해 몇 가지 가르쳤는데, 옆에서 허씨가 따라 배운 것이다. 재단은 단순하지만, 누가 가르쳐 주지 않으면 배우기 힘들다. 허씨는 재단을 배우면서 재미가 들었는지, 학원을 그만두었다. 나중에는 아예 여행가이드의 꿈마저 접어버렸다. 허씨는 내게 재단을 배워 현장에서 몇 년은 더 버틸 수가 있었다. 그러나 몇 년 후에 재단 기술마저 현장에서 공장으로 옮겨가기 시작했다.

이 얼마나 슬픈 일인가? 내 자존심이며 자부심이었던 기술이 축사를 개조한, 비좁고 환기도 제대로 안 되는 공장에 처박혀야 하다니. 공장 일이란 제작만 하는 일이라, 찰칵대는 기계를 따라 미친 듯이 손을 놀려야 한다. 공장이 크고 깨끗하다고 해서 일이 쉽거나 편한 것은 아니다. 말로만 듣던 컨베이어 작업을 해야 하는 것이다. 현장에서 일만 할 줄 알았지, 우리의 기술을 뭉개버릴 기계화가 이렇게 빨리 올 줄 몰랐다. 내 옆구리를 파고드는 기계화가 진척될 때, 나는 데모질을 하며 세월을 보냈고, 허씨는 고스톱과 카드로 날이 새는 줄 몰랐다. 허씨도 다시 여행가이드 공부를 하기에는 늦은 나이가 되어 버렸다. 나로 인해 그의 인생이 바뀐 것이다. 나나 그는 그야말로 현장 한쪽에 버려져 비 맞고 있는 종이박스와 같은 신세가 되었다.

둘이 만나면 같은 처지와 조건에도 서로 다른 말을 했다.

"우린, 아니 나는 다른 길을 찾아야 해. 다른 길을. 적어도 데모는 아닌 것 같다. 지금 난 돈이 필요하단 말이야. 돈이 되는 일을 해야 돼, 돈. 집도 사고, 먹을 것도 사고, 친척에게 찾아다니면서 사람 노릇 하고, 바람도 피울 수 있는 돈, 돈 말이야. 돈 없이는 할 수 있는 일이 아무것도 없어. 최씨는 돈을 모르는 거야, 관심이 없는 거야? 노조 깃발만 쳐다보고 있으면 돈이 나오나, 쌀이 나오나!"

돈에 관해서라면 그의 말이 백 번 맞는 말이었다.

허씨에게 다른 한 가지 기술이 더 있다면, 그것은 카드였다. 일하다 말고 은행에 가면 카드 하면서 꾼 돈을 갚으러 가는 것이었다. 월급 타면 달려가는 곳이 카드판이었다. 카드를 같이 하는 동료 몇 명이 한 달에 한두 번 밤이 새도록 카드를 즐겼다. 판돈이 많을 때는 몇 백만 원씩 되었다.

"피땀 흘려 번 돈을 까먹어? 집에는 어떡하고? 그게 말이나 돼?"

내가 아무리 떠들어도 그 손버릇을 버리지 못했다. 그는 마치 병적으로 매달리는 도박에 미래가 있다고 생각하는 듯했다.

결국 허씨와 나는 헤어졌다. 일에 신경 쓰지 않고 조합 일에 매달리는 나를 의지해 먹고살기가 쉽지 않았던 모양이다. 그에게는 생활비가 필요했다. 카드를 할 돈도. 팀장인 나는 그걸 채워주질 못했다. 그때 나는 총각이었고, 그는 가정이 있었다. 내 작은 눈에는 생계를 위해 일을 해야 한다는 것이 작아 보일 때였다. 지금은 조금 달라졌다. 두 아이가 있는 가장이니 생각이 총각 때와 같을 수는 없지 않은가.

불법과 합법 사이

독립한 허씨는 한 2년 현장을 스스로 돌아다니더니, 어느 날 조합을 방문했다. 그의 조합비가 꽤나 밀려 있을 때였다. 그가 조합에 온 날, 나는 지방에 가고 없었다. 서울에 올라와 보니 그는 닥트 일을 그만두고 1톤 트럭을 개조해 비디오를 팔러 다니고 있었다. 조합 목수들이 일당을 받고 비디오 틀을 짜 주었다고 했다. 그는 불법 비디오를 파는 장사꾼이 된 것이다.

바람직한 변신은 아니었다. 일당으로 하루하루 벌어 차곡차곡 돈 만들어 살아가기가 너무 갑갑했다고 한다. 어느 날 새벽에 일어나 현장에 나가는 것을 포기하고 다른 길을 찾기로 한 것이다.

1년쯤 지나 허씨가 이사를 한다고 하여 가 보니, 허름한 단칸방에서 방 두 개짜리 어엿한 전세방을 얻어 살고 있었다. 비디오 장사가 짭짤했나 보다. 닥트를 했으면 어림도 없는 일이다. 아직도 어둡고 습기 찬 벌방 비슷한 집에서 아이들과 함께 살고 있었을 것이다.

허씨의 말에 의하면 불법 비디오 판매사업의 핵심은 자리를 잘 잡아야 한단다. 그는 이곳저곳을 옮겨 다니다 최종적으로 청계산 입구 도로 옆에 자리를 잡았다고 했다. 비디오를 팔 때 제일 중요한 것은 손님을 파악해야 한다는 것이다. 일반 비디오는 원가에 팔고 야한 포르노 비디오를 팔아야 돈이 되는데, 만약 사복경찰이 왔을 때 팔게 되면 현행범으로 걸린다고 했다. 하루에 많게는 수십 개도 파는, 돈 되는 그 비디오를 거래할 때마다 온 신경이 곤두선다고 했다. 경찰인가 아닌가를 단숨에 읽어야 하는데, 항상 그렇게 운이 좋은 것만은 아니질 않는가.

결국 그는 잡히고 말았다. 집행유예로 나왔지만 3개월 가량 옥살이를 했고, 변호사비로 몇 백이 들어갔다고 했다. 허씨는 곧바로 그 일을 그만두고 한 두어 달 방황을 하더니 나를 찾아왔다. 닥트 일을 하겠다면서 근래 일당이며 현장 상황을 물었다. 나는 닥트를 하겠다는 말을 믿지 않았다. 역시 생각해 보겠다고 하고 가더니 한동안 연락이 끊어졌다. 고민이야 하겠지만 일당 일을 잘 아는 그였다. 돌아올 리가 없다. 도박 기질이 강한 그는 다른 사람들과 달랐다.

풍운아 허씨가 다음으로 선택한 일은 하우스방을 운영하는 것이었다. 사업 밑천은 단칸 월세방과 둥그런 탁자 하나, 의자 몇 개와 카드 몇 벌만 있으면 되었다. 더구나 일주일에 3일만 일을 하면 되었다. 그만 만나면 카드를 치기 위해 사는 인간들에 대한 이야기를 세세하게 들을 수 있었다. 자신의 방에서 굴러가는 판돈이 한 2천만 원 정도 된다고 했다. 가끔 만나는 전문 카드 기사들에 대한 이야기도 들려주었다. 자신은 특별한 경우 아니고는 카드에 손을 대지 않고 임대료만 받는다고 했다. 그 일 또한 합법은 아니었다. 늘 긴장 속에 일을 한다고 했다.

그런 불법 일 그만하고 닥트 일을 해 보지 않겠느냐고 했을 때, 그는 닥트 일을 하려고 생각만 하면 마음이 답답해지고 앞날이 두껍게 쳐진 장막 같다고 했다. 무슨 일이든 미친 듯이 일해서 돈을 왕창 벌고 싶은데, 닥트로 일당을 뛰면서는 가능하지가 않다고 했다. 맞는 말이다.

허씨의 전화는 자주 바뀌었다. 그가 먼저 연락을 하기 전에는 내가 먼저 전화를 할 수가 없었다. 언젠가 조합에 들어오니 총무가 허씨에게 연락이 왔다고 하며 받아 놓은 전화번호를 주었다. 하우스방을 때려치운 상태였다. 집 주인 아주머니가 세 사는 사람이 하는 짓이 하도 이상해서 신고를 한 것이다. 아마 간첩인 줄 알았나 보다. 주말이면 몇 명의 사내들이 집에 들어와 밤을 새고 사라지니 이상할 수밖에.

그가 다음에 택한 일은 택시운전이었다.

허씨는 술을 못해서 둘이 만나면 그의 차를 타고 한강 고수부지에 가서 커피 한두 잔 하며 두어 시간 사는 이야기를 하다 오곤 했다.

"이제 그만 타락하고, 깨끗한 일당이나 뛰지?"

고수부지에 앉아 한강을 보면서 왕년의 사부로서 점잖은 충고를 한마디 했다.

"일당은 답이 없어서 그래. 알잖아?"

"그래도 그게 뭐야. 꼴이 아니잖아. 형수도 싫어하잖아. 뭐를 해도 살 수 있는데 꼭 그런 일을 찾아서 하는 건 뭐야?"

"내가 할 수 있는 일이 뭐가 있냐? 무턱대고 알지 못하는 일에 뛰어들 수도 없고. 사실 내가 이렇게 사는 게, 다 너 때문이야!"

"뭐라고? 왜 나를 탓하시나."

"내가 여행가이드 하게 내버려 두었으면 지금 이렇게 되었겠냐?"

"중졸에 무슨 여행가이드야. 아무리 실력이 있어도 어느 놈이 인정을 하겠어. 기술 가르쳐 준 사부에게 고작 한다는 말하고는. 다른 닥트쟁이들 자기 가족 안 굶기고 다 먹고살아. 집도 사고, 대학도 보내잖아."

"그렇지. 새벽부터 일어나 노예처럼 일하고, 푼돈 모으지. 평생을 그러다

마는 거야. 살 만하면 인생 종치는 거지. 그게 전부야. 그건 자네 운명이야.
내 운명은 아니야. 넌 노조 깃발이나 들고 있어.”

“그래, 그건 그렇다 치고, 택시는 또 뭐야? 혹시 운전은 부업이고, 본업
은 카드 아니야?”

“카드에서 손뗐어. 지금은 다른 것을 고민하고 있어. 사업다운 사업.”

“뭔데?”

“용품! 앞으로 전망이 있다고 하데. 감옥 갈 일 없고. 뒷문 열리는 봉고
하나 사서 개조할까 생각해.”

“용품. 거, 뭐 하는 거? 하는 짓 하고는.”

양미간이 오므라든 그는 말이 없고 한강 물은 찰랑거렸다.

황무지에 핀 꽃

그걸 끝으로 허씨는 2, 3년째 연락이 없다. 지금도 그가 그런 가게를 하
는지는 알 수 없다. 영등포역 근처에 그런 가게가 있다. 지나면서 볼 때마
다 그의 다부진 얼굴이 생각난다. 허씨의 입장에서 보면 달리 길이 없을 테
니. 미래를 볼 수 없다는 것, 내일이 없다는 것. 그는 조합원으로 한 2년 있
었지만 조합 지붕 위에 세워진 깃발을 한 번도 보지 못했던 것 같다. 봤어
도 별반 달라질 것은 없었겠지만.

“난 이렇게 사는 네가 존경스럽다. 하지만 난 못한다.”

“달리 길이 없잖아. 그렇다고 내가 카드를 할 수는 없잖아.”

“이 한국사회에서 돈을 벌려면 불법에 한쪽 발을 담가야 돼. 깨끗하면 돈
못 벌어. 평생 일당이지. 불법과 합법 사이만이 살 길이야.”

“불법이야 나도 가끔 하지. 돈은 안 되지만.”

현장에 허씨 같은 사람이 얼마나 될까? 극히 드문 경우다. 내가 아는 딱 하나의 경우니. 하지만 허씨와 같이 답답한 심정으로 일당을 뛰는 사람은 적지 않을 것이다.

조합 지붕에 휘날리는 고지식하고 고집스런 노조 깃발. 마치 황무지에 핀 꽃 같다. 그 깃발을 볼 수 있는 사람이 얼마나 될까? 내 유일한 믿음은 흐르는 세월과 우직하게 펄럭이는 저 깃발이다. 전국에 한 개, 두 개씩 펄럭이더니, 이제 수십 개가 되었다. 저 깃발을 보면 부자처럼 배가 부르다.

횡성 벗들

올해는 다른 어느 때보다 교도소에 면회를 자주 간 것 같다. 서울구치소에 몇 번, 천안에 한 번, 대전에 두 번, 앞으로 남은 한 달 안에 한 번 정도 광주교도소에 다녀올 예정이다. 면회를 다니면서 인상적이었던 곳은 가을께 다녀 온 경주다. 지난 8월 플랜트협의회 파업 건으로 구속되어 있던 포항 건설일용노조 위원장 면회였다.

경주라는 도시는 귀에 박히도록 들었지만 직접 가 본 것은 처음이었다. 경주역에 내려 택시를 타고 교도소까지 가는데, 거대한 왕릉이 길 양 옆으로 즐비했다. 나도 모르게 그만 사명감은 잊고 천년고도에 연신 감탄사만 남발했다. 면회를 마치고 거닐었던 교도소 앞길 가로수나 단풍나무, 주변 동네 어귀의 감나무에 빼곡히 매달린 감은 가을의 흥을 돋우었다. '아니, 남한 땅에 이런 곳이 있었단 말인가?' 내 안에 갇힌 좁은 세상을 생각하니 한탄이 절로 나왔다. 죄 아닌 죄로 철창 너머에 있는 사람을 만나고 오면서 일부러 시간을 만들어 즐길 처지가 되지 못해 아쉽지만 맛만 보고 서울로 올라왔다.

경주를 다녀온 지 한 달쯤 지난 후, 상도동 철거투쟁으로 꼭 300일을 서울구치소에 수감되어 있던 친구가 나왔다. 올해 초 들어갈 때는 55킬로그램이었던 그의 몸이 나올 때는 80킬로그램이 될 정도로 쪄 있었다. 보는 사람마다 살찐 것이 아니라 사육되었다고 놀려댔다.

그 친구는 나오자마자 여기저기 돌아다니더니, 횡성에 있는 친구들에게 가고 싶다고 했다. 횡성에는 비슷한 또래의 전 조합원 네 식구가 모여 살고 있었다. 내친김에 동년배 넷이서 횡성으로 달려갔다. 토요일 오전에 출발하여 하룻밤도 자지 않고 올라온 횡성행이지만, 간만에 본 옛 동료들은 서리 맞은 가을 홍시만큼이나 반가웠다. 일찍 도착해 이씨 집 마당에서 마른 나무를 모아 모닥불을 피워 불을 쬐며 고기를 구워 먹었다. 저녁에 최근 창간한 모 영화 잡지사에서 수련회를 온다고 하여 성이 도씨인 친구네 집으로 옮겨 저녁을 먹었다.

그 집으로 옮겼을 때 생각지 못한 손님이 막 도착해 있었다. 괴산에 귀농하여 농사를 짓던 선배가 우리를 반겼다. 마치 약속이나 한 듯 이렇게 만날 수가 있다니. 건설일용노조 초기 서산에서 노조를 만들어 운영한 적이 있는데 그때 사무장을 했던 선배였다. 서산 노조가 문을 닫고 서울로 올라와 한 10년 생활하다 귀농을 했다. 그런데 횡성에서 만날 줄이야. 횡성에 잔치가 벌어졌다.

밥상에 큼직한 탕이 하나 올라왔다. 영양탕이었다. 족보 있는 거시기라는 것이었다. 족보는 태워 버리고 몸만 잡았다고 한다. 아는 사람에게 얻어왔는데 짖지를 않는다는 것이었다. 끓일 수밖에 없는 이유가 그럴 듯했다.

아무래도 주인을 잘못 만난 것이 분명했다. 덕분에 객들은 포식을 했지만. 그 자리에서 숱한 옛이야기들이 나왔다. 그래서 옛 벗이 좋은 것이 아닌가! 나와 선배, 그리고 송, 도, 천, 박, 허, 이, 황씨와 그 가족들. 천씨는 말이 없었다. 술이 과하지만 않으면 샌님 같은 친구다.

천씨와 도형, 내가 어느 해 늦은 봄에 함께 일을 한 적이 있었다. 어느 날 함께 일한 도형은 5미터 이상 높이의 지붕에서 떨어져 꽤나 오랫동안 치료를 받았다. 새끼손가락 골절에 허리와 목을 다쳤었다.

당시, 혈기왕성한 나는 옛 조합 앞 주차장에서 밤새 술을 마시고 있었다. 지금은 엄두도 못 낼 일이다. 밤새 술을 마시다 보니 노량진 쪽 하늘에서 하얗고 붉게 동이 트고 있었다. 가방을 메고 출근한 도형은 조합에 와서 내게 일을 나가자고 일렀다. 간밤에 약속을 해 놓고 밤새 술을 마신 것이다. 어쩔 수 없이 술자리에서 일어나 한 잠도 못자고 따라 나섰다.

나와 도형, 그리고 천씨는 지금은 상계동에서 인테리어 일을 하고 있는 후배 이씨와 함께 넷이 한 조가 되어 일을 나갔다. 현장에 도착해 보니 서두른다면 서너 시쯤에 끝날 일이었다. 우리 넷은 빨리 끝내고 술 한잔 하자며 힘차게 일을 시작했다. 비계를 2단으로 설치하고 듬성듬성 걸어 놓은 C형강 위로 슬레이트를 올렸다.

개인적으로 천씨와 일을 처음 해 봤는데, 그도 나도 지붕 덮는 일은 전문이 아니었지만, 그는 딱 보기에 평소 늘 하던 숙련공처럼 일을 잘했다. 보기와 다르게 타고난 일꾼임을 그때 알았다. 사실 지붕을 덮는 일이 큰 기술을 필요로 하는 일은 아니었지만, 그래도 현장 일을 해 보지 않은 사람에게는 힘든 일이었다.

손발이 척척 맞아 돌아가자 일이 순조롭게 잘 되었다. 우리는 슬레이트를 어느 정도 올려놓고 지붕을 덮어 엮어 나가기 시작했다. 한 반쯤 했을까. 일이 정말 너무나도 잘되었다. 불필요한 틈이 하나도 없이, 슬레이트를 이씨가 들어주면 셋이 돌아가면서 날라다 능청능청 흔들리는 슬레이트를 들고 척척 덮어갔다. 그야말로 신들린 듯이 일을 했다. 사고가 나기 직전까지 말이다. 사람이라는 것이 단 1초 앞을 알 수가 있나? 당연히 알 수가 없다.

이런 릴레이식 작업을 하다 보면 가끔 순서가 엉키는 수가 있다. 조금이라도 빠른 손이 있어 일손이 늦는 쪽으로 몰리다가 한 무더기가 된다. 어떻게 하다 보니 셋이 한 자리에 슬레이트 지붕 하나씩 들고 서게 되었다. 슬레이트를 들고 있는 내 자세가 그들과 반대였다. 무의식 중에 우리는 자세를 가다듬기 위해 멈추어 섰다. 그때 도형이 쓱 나서더니 슬레이트를 놓기 위해 나섰다. 나는 천씨에게 "네가 먼저 해라!" 하고 다음 순서를 그에게 내주었다. 내 자세가 거꾸로 되어 있었기 때문이다. 그때 천씨가 소리쳤다. "뒤에!", "뭐?" 돌아보니 작고 검은 구멍 하나만 있고, 도형이 지붕 위에서 사라지고 찬바람만 휑 하니 불었다. 나는 놀라 천씨를 바라보았다. 1초도 안 되는 시간에 일어난 일 같았다. 그 어깨 너머로 지붕 끝에 후배 이씨가 파랗게 질려 그대로 굳어 서 있었다. "형! 어떻게 해?" 나는 도저히 그 작은 구멍을 볼 수가 없었다. "네가 봐!" 하고 천씨에게 비켜 주었다. 그는 슬레이트를 내려놓고 검은 구멍을 내려다보더니 당연한 한마디를 했다. "빨리 내려가 봐야 할 것 같은데"였다. 나는 소리쳤다. "빨리 내려가!" 셋은 황급히 지붕을 내려갔다. 바닥에 떨어진 도형은 새우처럼 구부리고 떨고 있었다. 새끼손가락 뼈가 부러져 밖으로 삐져나와 있었다. 응급차가 올 때까지 건들지 못하고 그대로 지켜보기만 했다. 내 머릿속에 수많은 불행한 생각들이 휘몰아쳤다.

우리 머리 위로 뚫린 작은 구멍과 덮다 만 지붕은 누가 처리했는지 모르겠다. 아마 누가 해도 했을 것이다. 후에 우리에게 일을 시킨 하청업자는 하루를 채우지 못한 일당을 주었다. 도형은 손에 깁스를 하고, 휠체어를 타고 몇 달을 보냈다.

지금 그때와 변한 것이 있다면 그날 이후 나는 지붕 덮는 일을 한 번도 하지 않았고 그 장소에 있던 넷은 다른 지역에서 각기 다른 삶을 살고 있다는 것이다. 변함없는 것은 다들 아직도 노동 일을 하고 있다는 것이다.

산재사고는 현장 생활을 하다 보면 누구나 겪는 일이다. 그런 일이 터졌을 때, 가장 힘든 일 중 하나가 가족에게 연락하는 것이다. 가장은 일을 하러 나간 것이지, 전쟁터에 나간 것은 아니니까. 갑자기 때 아닌 전화로 '다쳤습니다', 혹은 '죽었습니다' 라고 해야 한다니 그보다 못할 말이 또 있겠는가? 올해도 몇 번 그런 전화를 했고, 받기도 했다.

우리는 횡성 도형의 넓은 집에서 거나하게 저녁을 먹고 소파에 기대 앉아 단체사진도 찍었다. 그 시절을 그리워하며 긴 이야기도 나누고, 태평농법으로 지었다는 고구마도 깎아 먹었다. 농부 1년 차인 송은 "처음에는 손으로 피를 뽑다가 나중에는 발로 차게 되더라"고 농사의 고됨을 이야기해 주었다. 그 말이 어찌나 우습던지.

오는 길에 횡성읍에 사는 오여사 댁에서 뜨거운 찻물에 띄워 마신 작고 푸른 허브잎 향기가 지금도 코끝에 찡하게 남아 있다. 허브 농장에 갔다가 땄다는 그 허브차 한 잔을 나는 평생 잊지 못할 것이다. 횡성에서 나는 살아오면서 가장 멋진 접대를 받았다. 건강하게 살아가는 옛 친구들이 한없이 고맙다.

삶과 노동의 원리

2월 초입에 한 이틀 일을 해 달란 부탁을 받고 모처럼 연장을 챙겼다. 노동조합 사무실 책상 아래에 벌겋게 녹슨 함석가위가 이리저리 발밑에서 굴러다닌 지 몇 년 만인가! 항상 현장에 가야 한다는 마음에서인지, 내게 함석가위는 녹슬어 있을지언정 단순히 돈 만 원 주고 산 연장이 아니다. 가위가 마음 한구석에 현장을 향한 좌표로 남아 있기에 쉽게 버리지 못했던 것이다. 가위는 둔해진 내 기술처럼 녹이 슬어 있었다. 천장을 향해 들고 헛가위질을 해 보니 날의 날카로운 느낌이 손바닥을 통해 전해온다. 천으로 녹을 닦으니 빗질같이 쓸린 하얀 쇠가 드러나며 불빛에 번쩍거렸다. 현장에 얽힌 숱한 사연이 엮이어 떠올랐다. 밤늦게까지 난해한 공기조화 이론서와 씨름을 하며 대략 도면을 그렸다.

다음 날 아침, 겨울 찬바람을 맞으며 미리 다짐해 놓은 조합 건너편 함석가게에 갔다. 셔터가 올라가 아침볕이 들고 있는 공장 안에는 찬 기운 속에 흐르는 야릇한 기름 냄새가 났다. 공장 안에는 비딩기, 절단기, 절곡기, 현장 시스템을 바꾼 제살꺾기, 지금은 현장에서 보기 힘든 로라가 닥트공장임을 말해 주고 있었다. 한쪽에 함석이 치수대로 쌓여 있는 것을 보니 피부 세포 하나하나가 꿈틀대며 현장의 여러 소리들이 꾸물거리며 되살아났다.

함석을 펼쳐 놓고 밟고 올라서 자질을 하고 가윗날을 벌려 함석을 물었다. 한 입 물고 사인펜 줄을 따라 0.6mm 함석을 씹고 나가니 은색 도금된 철판이 서걱서걱 잘려 나갔다. 통 두어 개 제작을 하니 손바닥이 쓰렸다. 그래봐야 두 시간 조금 넘은 것 같은데 말이다. 붉은 반코팅 장갑을 벗어 보니 가운데 손가락에 물집이 부르튼 밥풀마냥 탱탱하게 잡혀 있었다. 몇 년 만에 손가락에 붙어 있던 굳은살이 완전히 빠져 있었던 것이다.

함석가게 사장은 환갑이 넘었을 것이다. 가게에 통을 제작하겠다는 말을 하러 갔다가 노인의 옛날 기술 자랑을 한 시간 이상 들었다. 처음 영등포시장에서 가게를 열어 놓고 일을 제대로 처리 못해 전전긍긍할 때, 선배 한 분이 찾아와 닥트의 원리를 가르쳐주어 깨쳤다 한다. 노인은 닥트의 원리에 대해, 간간이 욕과 침을 튀기며 어깨를 들썩이고 박수를 쳐가며 많은 말을 했지만 정작 그 원리가 뭔지는 말해 주지 않았다.

설계사무소에서 그려진 도면만 들고 일했던 내가 도면 없이 일을 하기란 쉽지가 않았다. 혹시 환기라도 되지 않으면 어쩌나 하는 마음을 노인은 꿰뚫어 보고 있었다. 노인은 긴 사설 끝에 내가 그려간 도면의 치수를 이리저리 변경해 주었다.

"누구나 기술자라고 말을 하지만 다 같은 게 아니야. 기술에 대한 자신이 없으면 일하는 것이 마치 사자에게 끌려가는 기분이지만, 원리를 깨우치면 무슨 일이 와도 자신이 있지. 그게 기술이야. 일을 내가 원하는 대로 가지고 놀 수가 있거든."

그 나름대로 터득한 현장 철학 강의였다.

제작을 마치고 이런저런 생각이 들어, 두어 달 전 10여 년 만에 연락이 된 선배를 찾아가 보았다. 선배는 부산 삼성자동차 공장 일을 마지막으로 현장을 떠나 봉천동에 작은 함석가게를 열어놓고 있었다. 혹시 작은 일이 또 들어오면 가게를 빌려 쓸 생각으로 간 것이다. 전에는 이런 짧은 하루 이틀짜리 일이 오면 쳐다보지도 않았는데, 설날이 바로 앞에 있었고, 올해 첫째 놈이 초등학교 취학통지서를 받고 보니 돈 되는 일이 예사로 보이지 않았다.

선배는 내년이면 50인데 아직도 결혼을 못하고 있었다. 경기가 어려워 이런 작은 가게도 운영하기 힘들어 보였다. 어려워서 절곡기를 팔았다고 호탕하게 웃으며 하는 말에, 나는 웃음이 나오지 않았다. 기술로 먹고사는 사람이 장비를 늘리지 못할망정 팔다니. 그간의 이야기를 들어보니 번 돈을 싸움질에 다 까먹은 모양이다. 예전에도 늘 그랬다. 근래 마음잡고 술을 끊고 산다고 한다.

10여 년 만에 만나 볕이 잘 드는 가게 앞에서 줄곧 서서 이야기를 했다. 어디 식당이라도 가서 고기 굽고 소주를 나누어야 했는데, 선배가 생각보다 어려워 보였다. 가게를 한다기에 돈 좀 버나 했는데. 가게 앞 자판기 앞에서 커피 빼서 한 잔씩 마시고 헤어졌다. 꽤 쓴 커피였다. 한때 선배는 우리에게 기술을 가르치고 생계를 책임졌던 팀장이었다. 불안한 팀이었다. 현장을 가면 한두 달 버티기가 힘들 정도로 거칠었다. 무슨 시빗거리가 그리 많아 싸움을 해 대던지. 그때 한 팀이었던 여섯 중 둘은 나이 30도 밟아보지 못하고 사고로 죽었다. 한 사람은 오야지가 되어 아이들 유학 보낼 정도가 되었고, 또 한 사람은 현장에서 팀장으로 돌아다닌다. 전에도 둘이 만나면 가진 돈이 없어 차 한 잔이 전부였는데, 지금도 별반 달라진 게 없었다.

선배는 담배를 한 대 물고 불을 붙였다. 불을 켜는 손에 중지와 약지가 한마디씩 없다. 현장에서 처음 만났을 때부터 없었다. 어디다 떼어버린 것일까? 이야기를 해 준 것 같은데 기억이 없다. 우린 지난날에 대해 많은 이야기를 했으나 미래에 대한 이야기는 별로 하지 못했다. 서로의 미래에 대해 너무 잘 알고 있다는 듯.

조합으로 오는 버스에 올라타 밖을 보니 선배는 담배를 꺼내 물고 가게 쪽으로 올라가고 있었다. 그는 아직까지 기술이든, 장사든, 삶이든 노인이 말한 그 '원리'를 못 찾고 헤매고 있음이 분명했다.

건설현장은 아직까지도 내게는 무거운 짐이다. 현장은 혹독한 곳이다. 어쩔 수 없이 일에 끌려 다녀서는 안 되는데, 기술자로서 그리고 현장을 변화시켜야 하는 노조원으로서, '어떤 원리를 깨우쳤냐?' 고 누군가 묻는다면 대답을 못할 것 같다. 현장에서 내 마음대로 일을 가지고 놀 만큼 되려면 얼마나 해야 하는가? 그런 원리가 있기는 있는 걸까? 누가 나에게 깨우쳐 줄 것인가? 질문만이 무성한 연초다.

기차에서 뛰어내린 친구

현장에서 만난 눈이 부리부리한, 꽤나 성질 사납게 생긴 친구 하나가 있었다. 간간이 내는 성질이 어찌나 불 같은지 마치 머릿속에 불덩이가 부글거려 자신을 어쩌지 못하고 미친 듯이 날뛸 수밖에는 없는 그런 친구였다. 의지가 강했으나 방향이 틀린, 더 나아가고자 하는데 갈 수가 없는, 이 사회라는 그릇이 자신을 담기에는 너무 답답했었나 보다. 그는 달리는 기차에서 뛰어내렸다.

이른 아침 6시경, 버스나 전철을 타고 출근을 하면서 나와 같은 현장 노동자들을 많이 본다. 혹시나 하고 곁눈질로 그들을 둘러보지만 그 많은 사람 중에 옛 동료들을 발견하기는 쉽지 않다. 간혹 들을 수 있는 소식이라고는 이 현장 저 현장 돌다가 우연히 만난 옛 동료를 통해 안부나 물을 정도다. 그저 지난 현장의 고생담을 안주 삼아 술 한두 잔 건네고 헤어질 뿐이다. 그 친구 소식도 그가 죽은 지 1년쯤 지나 우연히 다른 친구를 통해 들을 수 있었다. 말을 전해 주는 그도 그가 죽었다는 소식을 다른 사람들을 통해 들은 것이다. 그의 짧은 삶은 그렇게 더 부풀려지지도 않고 단 두 마디로 남아 떠돌고 있었다. '기차에서 뛰어내렸대.'

두껍고 진한 눈썹, 화를 낼 때면 상대를 질리게 만드는 커다란 눈과 걸걸한 목소리, 짧고 통통한 팔과 다리, 가슴에 성성한 털, 태어날 때부터 검고 두꺼운 얼굴과 쩍 벌어진 가슴에서 솟은 잘록하고 두꺼운 모가지. 늘 침을 튀며 들떠서 까발리는 두껍고 검붉은 입술은 계집을 농락한 이야기와 동네 뒷골목에서 양아치들과 칼이나 깨진 병을 들고 싸운 이야기뿐이었다.

그와는 몇 개의 현장을 다녔지만 생각나는 것은 마지막으로 헤어진 김해의 전자회사와 신갈의 제약회사, 그리고 현풍의 모터공장뿐이다. 그도 나도 동료들도 대부분 20대 초중반이라 세상을 어떻게 살아가야 하는지 잘 모르고 있었다. 그저 이리저리 부딪쳐 살아가야 할 어떤 정형을 만들어가고 있었다고 봐야 할 것이다. 이미 그 나이에 삶의 목표를 향해 힘차게 나아가는 많은 사람들도 있었겠지만 거친 건설현장에서 만난 우리는 그렇게 생각이 깊지 못했다. 주변에서 일어나는 일도 이해하고 받아들이기 벅찬 시기였다.

첫 만남

우리가 처음 만난 것은 1984년 무렵 전북도청에서였다. 도청 정문에 들어서면 왼쪽으로 첫 번째 건물로 기억된다. 그 현장에서 그는 재단사로, 나는 중간 기술자인 방망이꾼으로 일을 하면서 얼굴을 텄다. 그가 함석을 재단하여 내게 넘기면, 나는 오로다이라는 앵글로 만든 나무틀에 대고 쇠방망이를 휘둘러 함석을 조립할 수 있게끔 절곡을 했다. 그 성격에 세밀한 제단을 어찌 배웠을까 싶었다. 지금 생각해 보면 기술이 뛰어나지는 않았지만 집중력은 있어 오작을 내는 경우는 거의 없었다. 그 정도면 어디 가서 먹고는 살았다. 누군가 데리고 다니면서 써먹으려고 집중적으로 가르친 것이 분명했다.

그는 성격이 어찌나 거친지 자기 수에 틀리기만 하면 상대가 누군지 생각하지 않고 일단 멱살부터 잡았다. 한번은 책임자와 재단 방법을 놓고 실랑이를 벌이다가 싸운 일이 있었다. 그만한 사소한 일도 없을 텐데 멱살이라니. 어디서나 있을 수 있는 기술자의 기술 자랑이었지만, 그는 눈알에 벌건 실핏줄을 세우고 고함을 치며 함석가위를 바닥에 던졌다. 가위는 깔린 함석을 긁으며 미끄러져 나를 지나쳐 뒤 벽에 부딪쳤다. 책임자는 움찔하며 몸을 뒤로 젖히고 어쩔 줄 몰라 했다. 그는 얼굴을 일그러뜨리며 책임자에게 바짝 붙어 멱살을 잡았다.

그는 짐승처럼 울부짖었다. 그게 그렇게 억울했단 말인가! 그냥 조금 참견을 했던 것인데. 현장에 나온 지 얼마 되지 않았던 나는 그의 그런 모습을 이해하기 힘들었지만 한 해 두 해 일을 하면서 그런 류의 친구들이 현장에는 참으로 많은 것을 깨달았다. 어디에 '이것이 내 기술이요' 하고 내놓을 수 있는 별 대단한 것은 아닐지라도, 그 보잘 것 없는 기술이 전부인 사람들에게는 자존심 그 자체였다. 밥을 먹고 있는 자존심인 기술을 뭉개는데 어찌 참을 수가 있겠는가! 긴 노동 일을 하다 보니 나도 가끔 그렇게 변해가는 것을 느낀다.

현장은 당시 여름이었다. 그때나 지금이나 복날이 되면 닭고기나 개고기를 일꾼들에게 먹이는 일이 현장에서는 관례처럼 되어 있었다. 그러나 그놈의 회사에서는 삼복이 다 지나도록 아무런 소식이 없었다. 농담으로 시작된 일꾼들의 불만은 급기야 행동으로 나타났다.

조장 허씨는 30대 중반이었는데 성격이 다혈질이고 충동적이어서 감 잡기가 힘든 사람이었다. 눈은 옆으로 째지고 광대뼈는 툭 하고 나온데다가, 무엇이나 불만스럽게 보는 그의 삐뚤어진 성격이 더해져서 음산하게 느껴지는 얼굴이었다. 허씨는 항상 그 친구와 함께 다녔고 내가 그 친구와 마지막까지 일한 현장에서도 허씨는 조장으로 있었다. 자신은 전과 2범이라고 과거사를 이야기하곤 했다. 둘 다 폭력전과였는데 하나는 설비하는 친구들이 자신의 자존심을 건들자 커터칼을 두 개 사들고 한밤중에 설비 숙소에 들어가 휘두른 대가였다.

말복이 지난 어느 날, 아침밥을 먹고 현장으로 나서려는데 그가 마루에 서서 일을 나가는 우리들의 등에 대고 한마디 던진 것이다. "야! 오늘부터 쉰다!" 우리는 그 말 한마디에 출근을 포기하고 반바지와 셔츠 차림으로 하숙집 마당 곳곳에 널브러져 앞으로 일어날 일에 대해 농담을 주고받았다. 현장을 이끌어가는 10여 명의 기술자가 일을 안 나가니 현장이 중단되고 말았다. 그때는 조장의 말이 곧 법이었던 시절이었다. 나이가 많고 적고를 떠나서. 지금도 다르지 않다.

책임자가 오토바이를 끌고 하숙집으로 왔다. 그는 안전모를 옆구리에 끼고 쓴웃음 지으며 비꼬듯 이유를 물었다. 그러나 누가 '복날 다른 직종은 닭고기나 삼겹살로 회식을 하는데 우리는 그냥 넘어 가냐' 고 따질 수 있겠는가? 허씨도 차마 그 이유를 대지 못하고 마루에 걸터앉아 먼 산을 보며 담배만 피우고 내용 없는 잡다한 말꼬리를 이어갔다. 그때 아주머니가 나선 것이다. 말없이 있는 모습이 답답했나 보다. "왜 남들은 복날이네 하면서 회식을 하는데 거긴 안 하는 거요? 그러니 일꾼들이 서운한 거지." 허씨는 아주머니의 말에 민망스럽게 웃고 책임자는 입술을 깨물었다. 우리는 무슨 소리를 하나 하고 둘을 둘러싸고 있었는데 그때 맹꽁이처럼 생긴 허씨가 통쾌하다는 듯 화통한 웃음을 터트렸다. 눈에 잔뜩 힘을 주며 그를 흘겨보던 책임자는 얼굴이 서서히 붉어졌다. 책임자는 모자를 쓰더니 오토바이에 올라타 뒤도 돌아보지 않고 달아났다. 그의 뒤통수를 허씨의 웃음소리가 길게 쫓아갔다.

책임자도 꽤나 오기가 있는 사람이라 3일 동안 연락이 없더니 다른 현장에서 일하는 일꾼들을 임시방편으로 불러다 썼다. 자기 나름대로 꽤나 고심한 것이었으리라. 그러나 거기까지는 좋았는데 다음 일이 문제였다. 지원 나온 일꾼들에게 점심을 먹인다고 우리 숙소에 불러다 놓고 한 밥상에 앉게 했으니 문제가 안 생긴다면 이상한 일일 것이다.

같이 지방 생활을 하는 사람들이라 뭐라고 말은 못하였으나, 같은 기술자끼리 남의 밥상에 재 뿌리러 온 그들이 반가울 리가 없었다. 처음이라 서먹서먹해도 한 밥상에서 밥 한 그릇씩 먹는 것까지는 좋았는데, 그만 밥통에 밥이 모자랐던 것이다. 아주머니가 그 사람들까지 오는지 몰라 준비를 못했던 것이다. 아주머니는 평소보다 조금씩 밥을 나누어 펐다. 그런데 지원 나온 일꾼들의 조장이 밥 한 그릇을 게 눈 감추듯 핥더니 밥통에 남은 밥 한 주걱을 잽싸게 뜬 것이다. 그게 빌미가 되었다. "이런 개 같은 경우가 있나!" 목소리의 주인공은 은근히 경우를 밝히는 봉천동 그 친구였다. 20여 명의 수저 소리가 일제히 멈추었다. 어리둥절해 있는 저쪽 조장의 얼굴을 향해 욕설이 사정없이 날아갔다. 얼굴이 하얘진 조장은 밥그릇을 들고 그 자리에 얼어붙었다. 그때 주인아주머니가 우리를 달래면서 가까스로 별 탈 없이 넘어갔지만, 그들은 점심시간 이후로 보따리를 싸서 튀고 말았다. 그 일 이후 우리는 책임자의 정중한 사과와 함께 질펀한 회식을 약속받고, 현장의 전주 지역 일꾼들에게 환호를 받으며 들어갔다.

성질이 사나운 그와 함께 일을 하면 누가 건들지 않아 좋기는 한데 한 현장에 오래 붙어서 일을 할 수가 없었다. 그래도 그는 의리가 있어 함께 일하는 같은 조 사람에게는 절대 시비를 걸지 않았다.

그러나 자신의 여자 친구에게는 못되게 굴었다. 신갈 제약회사에서 일을 할 때였는데 밤 11시가 넘어 여자 친구를 부른 적이 있었다. 나와 술을 마시다가 갑자기 자기 여자 친구를 소개시켜 주겠다며 말릴 틈도 없이 밖으로 나가 전화를 한 것이다. "차가 없을 텐데." "아니야. 얘는 오라면 오게 돼 있어." 그는 자정이 넘어 숙소까지 와서 그녀를 기다리고, 나는 술에 취해 자리에 쓰러졌다. 시계를 보며 초까지 재면서 구시렁거리는 그에게 나는 그만 자자고 재촉했다. "아니야, 걔는 내 성질을 알기 때문에 꼭 올 거야. 얘가 오기 전에는 난 안 자! 알지? 내 성질." 설마 했다. 그러나 얼마나 지났을까? 잠결에 대문 밖에서 그를 부르는 여자의 목소리에 잠이 깼다. 그는 자리에서 벌떡 일어서며 주먹을 쥐고 부르르 떨었다. 그의 머리 위에서 천장의 형광등이 차갑게 빛나고 커다란 눈알이 붉게 물들었다. "거 봐! 온다고 그랬잖아." "대단한데." "당연하지, 안 오면 죽는데. 그럼 내일 보자고." 그가 흥분을 감추지 못하고 후다닥 밖으로 나가는 모습을 잠결에 보았다. 나는 부족한 잠을 채우려 곧 깊은 잠이 들었다.

다음날, 그는 숙소로 들어오지 않았다. 일을 마치고 오후에 숙소로 와서야 그를 만날 수가 있었다. 그는 여자 친구와 함께 있었다. 그녀는 앉아서 일을 마치고 들어오는 우리에게 인사를 했다. 너무도 난처한 얼굴로. 우리도 당황해 어쩔 줄 몰랐다. 그녀는 발목에 하얀 석고로 깁스를 하고 있었다. 그는 밤길에 넘어져서 그랬다고 말을 했지만 사실은 그게 아니었다. 그녀는 그날 밤 그에게 늦게 왔다고 혼나다가 논두렁에 빠져 발목을 다친 것이었다.

현풍 현장

대구 근처의 현풍이란 곳에서도 그들과 일을 하게 되었다. 그때도 현장 사정이 좋지 않아 그들을 따라 그쪽까지 갔다. 경운기 동력인 딸딸이를 만드는 회사였는데, 수천 대의 딸딸이가 한꺼번에 돌아가는 소리에 바로 옆 사람의 말도 들리지 않는 시끄러운 현장이었다.

오래간만에 그들과 함께 일하는데 다른 사람 소개로 처음 만난 친구도 함께 내려가게 되었다. 자신은 재단사로, 못하는 것이 없다고 자랑이 끝이 없는 친구였다. 결국 그의 자만이 팀 분위기를 흐려놓는 사건이 발생했다. 작업을 하는 과정에서 팀장과 현장 책임자가 의견을 달리하는데 팀장을 무시하고 현장 책임자의 편을 든 것이다. 키가 작은 팀장 허씨는 얼굴이 굳어졌고 입맛을 다셨다.

그날 밤. 새벽 몇 시나 되었을까? 잠을 깨어보니 팀장 허씨가 잔뜩 취해 들어와 방 안을 공포에 몰아넣고 있었다. 낮에 현장에서 유달리 불거지게 나섰던 그 친구를 장기판으로 장작 패듯 패고 있었다. 내가 잠결에 놀라 어쩔 줄 몰라 할 때 봉천동 친구가 허씨를 말리며 장기판을 뺏었다. 그러자 더욱 화가 난 허씨는 유리창을 빼들고 설쳤다. 그때 그 녀석이 유리창을 마주잡고 소리쳤다. "형! 우리가 깡패야! 먹고살자고 노가다 판에 나와서 이게 뭔 짓이야! 한 식구끼리!" 허씨도 지지 않고 자신을 막는 그에게 소리쳤다. "그럼, 너희들 내일부터 다 쪽박 차! 팀 깨!" 팀장은 그 말을 남기고 밖으로 나갔고, 맞은 놈과 말린 놈은 한쪽 귀퉁이에서 서로 고개를 맞대고 큭큭 거리며 울었다. 어떤 일이 있어도 내일 일을 하기 위해 방을 치우는 나도 우울한 밤이었다. 때린 놈이나, 맞은 놈이나, 말린 놈이나, 구경한 놈이나 죄다 어린 놈들이었다. 지금 그랬다가는 콩밥을 먹을 것이다. 맞을 놈도 없을 테지만.

신갈 제약회사

제약회사 정문 앞에는 다리가 하나 있고, 식당 앞에는 동물의 넋을 기리는 위령비가 있었다. 우리가 일한 곳은 정문 반대편 맨 뒤에 있는 오줌부였다. 거의 20년이 지난 지금도 그런 모습인 지는 모르겠다. 어느 학교에서 오는지 노란 오줌을 담은 하얀 통들이 공장 안으로 들어가고 오줌 냄새는 늘 근처를 맴돌았다. 오줌부에서 조금 더 가면 숲이 있었다. 한번은 숲 근처까지 갔다가 웅덩이 하나를 발견했다. 오줌 냄새와 더불어 무슨 썩는 냄새가 나곤 했는데, 그때 비로소 그 냄새가 커다란 구덩이 안의 검게 썩은 물에서 시작된다는 것을 알았다.

발 아래 붉은 황토는 굴삭기가 금방 갈아엎어 부스스했다. 웅덩이 쪽으로 좀 더 가까이 가 보니 그 웅덩이는 물론 내가 딛고 서 있던 발 밑에도 죽은 쥐로 범벅이 되어 있었다. 흰 쥐의 머리에서 약을 만들 성분을 빼고 거기에 버리는 것이었다. 알코올에 푹 젖은 쥐들이 뇌를 드러내고 통에 가득 담겨 있었다. 그 웅덩이는 하루에도 수백 수천 마리가 버려져 이루어진 쥐들의 묘였던 것이다. 지금까지 얼마나 죽어 자빠졌을까? 인간의 병을 고치려는 의지의 결과로 봐야 할지, 아니면 이윤을 추구하는 인간의 이기심으로 봐야 할지. 뒷덜미에 빨간 상처를 남기고 칼질을 당한 쥐들이 그렇게 인간의 발 아래 서로 엉켜 있었다.

한번은 실험실 근처에서 연구원들이 콜라병으로 실험용 토끼의 머리를 때려 죽이는 것을 보았다. 배를 갈라 장기 속의 기생충을 연구하는 모양이었는데, 죽이는 방법이 너무 원시적인 것을 보고 솔직히 연구원이란 이름이 주는 고상한 품격에 크게 실망을 했다. 하얀 가운을 입은 연구원들이 토끼의 머리를 콜라병으로 쳐 죽이고 시멘트 바닥에서 꿈틀대는 토끼의 배를 갈라 장기를 꺼냈다. 요즈음 유행하는 말로 하면 너무나 엽기적인 일이었다. 놈의 인생처럼, 아니 우리가 처한 인생처럼, 알고 보면 지금 사는 것이 지옥일지 모른다. 저 죄 없는 짐승들처럼.

신갈에서 한 달 동안 우리는 목욕탕에서 서로 때를 밀어주기도 하고, 젊은 기운에 오락실에서 펀칭볼을 치며 힘자랑도 하며 보냈다. 그와 가장 오래 일한 현장이 그곳일 것이다. 그는 노래를 구성지게 잘했다. 비가 오는 어느 날 숙소 처마 아래에 앉아 배를 두드리며 〈첫사랑〉과 〈초우〉를 불렀다. 지독한 음치인 나도 그 두 노래를 부를 수 있는 것은 그 친구 덕분이다. 하지만 그의 박자에는 문제가 있었다. 우리가 자주 가던 호프집에서 노래방 기계를 틀어놓고 불렀을 때 가사는 문제가 없는데 반주가 따로 간 것이다. 노래방이 없던 시절이었다. 그런 기계가 있다는 것이 신기했다. 아저씨는 부산에서 기계를 사 왔다고 했다. 노래에 자신이 있었던 그 친구는 얼씨구나 하고 마이크를 잡았지만 반주하고 맞지 않았다. 몇 번을 해도 적응을 못했다. 보다 못한 주인아저씨가 부른 〈초우〉는 패티김 이상이었다.

늘 엇박자가 나는 삶. 그는 이 사회에 적합하도록 길들여지지 못했다. 그것이 그에게는 불행이었다. 그럴수록 그는 자신을 더욱 거칠게 몰아갔다.

하루는 함께 일하던 경석이 형과 그 친구와 내가 숙소에서 점심을 먹고 현장으로 돌아가던 중이었다. 다리 앞에는 버스정류장이 있었는데, 어떤 아주머니가 그 무더운 한여름에 머리에 스카프를 쓰고 두꺼운 스웨터와 검고 긴 치마를 입고 있었다. 얼핏 보아 정신이상이 아닌가 싶을 정도로 얼굴과 손에 검은 때가 끼어 있었고 지독한 냄새도 났다. "야! 저기 네 누나 있다." 경석이 형이 내게 말하자 놈이 장난끼가 솟았는지 경석이 형의 팔을 끌고 정류소 의자에 고개를 숙이고 앉아 있던 아주머니에게 갔다. 나는 다리에 기대어 서서 "야! 장난하지 마! 죄 받는다" 하며 말렸다.

그가 발끝으로 그녀의 보따리를 툭툭 찼다. "누나, 어디 가? 이건 뭐야?"

놈의 시비가 계속해서 이어지는 동안에도 그녀는 꼼짝도 하지 않았다. 내가 "그냥 오라니까!" 하고 그들에게 다가가 말리려는 순간 그녀가 벌떡 일어섰다. 순식간에 일어난 일이었다. 그녀는 두 손으로 날카로운 손톱을 세워 엉뚱하게 그의 옆에 있는 경석이 형의 얼굴을 좌에서 우로 긁었다.

손톱이 경석이 형의 볼과 코끝을 살짝 긁고 지나가는 장면이 흑백사진처럼 내 눈에 들어왔다. "악!" 하는 비명을 지르며 180의 장신이 뒤로 물러섰다. 여인은 날카로운 욕설과 함께 허리를 굽히더니 아스팔트를 박박 긁었다. 돌을 줍고 있는 것이었다. "도망쳐!" 그가 소리치며 나를 밀고 다리 쪽으로 뛰기 시작했다. 지금 생각해 보면 다리는 길어야 30여 미터 될 텐데 그렇게 길게 느껴질 수가 없었다. 나는 뒤도 돌아보지 않고 달렸다. 오직 돌을 피해야 한다는 생각뿐이었다. 그 돌에 맞아 머리가 깨져도 어디 가서 하소연도 못한다. 달리다 뒤를 보니 얼굴에 핏줄이 그어진 경석이 형이 죽기 살기로 나를 따르고 있었다. 그 뒤로 얼굴이 반쯤 가려진 그녀가 독기 품은 파란 눈으로 머리를 한쪽으로 기울이며 치맛자락을 잡고 이를 악물고 쫓아오고 있었다. 멀리 입구에 경비도 무슨 일인가 싶어 놀라 현관으로 뛰어나오고 있었다. 달리기라면 누구보다 자신 있는 나였지만, 뒤통수에 짱돌을 맞을 수 없다고 미친 듯이 달아나는 그를 따라 잡을 수가 없었다. 더구나 놈은 샌들을 신고 달리고 있었다. 우리는 공장에 들어가서 멈추었다. 경비들이 무슨 일이냐고 물었다. 여자는 다리 중간에 서서 두 손을 들고 깡충거리며 욕을 하고 있었다.

그의 굴절되고 꼬인 인생은 한 편의 짧은 드라마처럼 내 삶 한구석에 점철되어 있다. 그저 현장에서 만난 같은 처지의 일꾼이었지만, 내 기억 속엔 아직도 그가 자리하고 있다. 그는 세상이 원하는 대로 길들여지지 않았을 뿐이다. 힘든 노동과 열악한 환경, 하루 두어 명의 사망자를 내는 곳곳에 널린 위험요소, 그리고 일에 비해 상대적으로 적은 보수와 긴 노동시간, 우울한 현실과 불확실한 미래, 그 속에서 정상적인 정서를 유지한다는 것은 쉬운 일이 아니다. 그의 돌발적인 폭력성 이면에는 따뜻한 정이 흐르고 있다는 것을 나는 너무도 잘 알고 있었다.

지금 현장에는 옛날 같은 그런 거친 팀은 없다. 당시처럼 대책 없이 술을 마시는 경우도 없다. 거칠지도 않고 욕설도 하지 않는다. 대체적으로 현장을 오가는 일꾼들도 젊은 사람보다는 나이든 장년들이 더 많아졌다.

'기차에서 뛰어내리다니. 출구를 잘못 찾았나? 아니면 더 이상 살아갈 자신이 없었나? 그것도 아니면 보이는 모든 것에 대한 역겨움?' 좋은 곳으로 갔기를 빈다. 이 세상은 그에게 어울리지 않는 곳이었다.

깨어나야 한다

그가 사고로 죽지 않았다면

언젠가는 청산가리를 마셨을지도 모른다는 생각이 든다.

희끄무레한 백열전구 아래서

밤늦게까지 안주 하나 없이 소주를 까며,

술집 한구석에 앉아서 음치의 목소리로 젓가락 휘두르며,

피를 토하듯 지난 가요를 불러대며 울부짖는

많은 노동자들이 떠오른다.

어떤 출가

올 여름 태풍 이름이 민들레란다. 태풍에 민들레가 날린다면 그 흔적조차 남지 않을 것이다. 아니다. 혹 더 멀리 날아갈 수 있을지도 모른다. 해체된 자신의 씨앗이 대륙을 넘나들 수 있다니. 태풍은 하나의 씨앗을 멀리 날리기도 하고 가로수를 뿌리째 뽑기도 하지만, 사람의 운명을 바꾸어 놓기도 한다. 내가 아는 박형이 그런 경우다.

출가

형을 만난 지는 꽤나 오래 되었다. 정토포교원이 홍제동에 있을 때였다. 포교원에 놀러 가 여러 법우들과 이야기를 하던 중 그 형이 내게 별 뜻 없는 질문을 했다. 전부터 아는 사이였지만 얼굴만 알고 있었지, 개인적으로 만나 무슨 이야기를 해 본 적은 없는 사이였다.

"어이! 자네는 일하는 것 말고 따로 하는 거 없나? 이를 테면 글을 쓴다거나, 그림을 그린다거나, 낚시, 산행 같은 취미 말이야."

두꺼운 안경이 뭉뚝한 코에 걸려 있는 박형이 느닷없이 내게 말을 건넸다. 긴 탁자에 둘러앉아 이런저런 이야기를 하다 막 말이 끊겨 다른 생각을 하고 있다가 질문을 받은 것이다. 나는 그 말에 무슨 대답을 해 줄까 생각하다가 그림을 그린다고 했다.

"오호! 그림이라 그것 좋지. 그래, 무슨 그림을 그리는데? 뭐? 볼펜 그림이라고? 그래, 그것 좋지. 뭐든 하는 것은 좋아. 볼펜이든 연필이든 뭐든 해야 해. 사람은 일이 전부가 아니거든. 근데 볼펜으로 뭘 그리는데? 뭔가 그릴 것 아냐? 달마를 그린다고? 오호, 그래 그것 좋아. 달마라, 잘 안 된다고? 물론 잘 안 되겠지. 자네는 일하는 사람이지 화가가 아니니까. 하지만 그건 중요한 게 아냐. 달마를 그리고 있는 것 자체가 중요한 거지. 계속 그리라고. 진짜 달마가 될 때까지. 혹시 알아, 달마가 살아날지."

그의 말에 웃음이 나왔다. 나뿐만 아니라 다른 사람들도 함께 웃었다. 달마가 종이에서 나와 살아 움직인다니 얼마나 멋진 말인가! 하지만 그럴 일은 없었다. 몇 장 그려 보지 못했으니까. 달마는 누구나 그릴 수 있는 얼굴이다. 독특한 형상이니 비슷하기만 해도 달마인지 쉽게 알 수가 있는 것이다. 누구나 그린다고 달마는 아니겠지만 무슨 상관이랴.

달마도의 생명은 눈이라고 한다. 영혼을 꿰뚫어 보는 달마의 눈. 제대로 된 그림을 보면, 달마가 당장에 그림에서 뛰쳐나와 내 멱살을 잡아 흔들 것만 같은 얼음장 같은 서슬이 느껴진다.

달마는 그렇다 치고 그 자리에 멋진 여성도 한 명 있었는데, 그 법우를 볼 때마다 혹시 내가 좋아하고 있는 것이 아닐까 하는 의심이 들었다. 흔히 말하는 사랑이 아닐까 했지만, 그 정도는 아니었던 것 같다. 그녀가 다른 남자와 결혼을 한다고 했을 때, 별다른 감정이 들지 않았으니 말이다.

아마도 그녀가 좋았던 것은, 어려서부터 현장 생활을 해서 아는 것이라고는 현장이 전부인 내게 그 여성은 여러 모로 대단해 보여서였을 것이다. 아는 것도 많고, 세상에 대한 열정과 고민도 측정할 수 없을 만큼 깊었다. 더구나 일류대학까지 나왔으니, 감히 똑바로 쳐다보기에도 죄송한 마음이 들었다. 감히 현장 노가다가 어찌 이 아름다운 여성을 똑바로 내려다본단 말인가? 그런 여성과 이야기를 할 수 있었으니 젊은 막노동꾼에게는 과분한 일이었다. 후에 그녀는 일없이 떠도는 내게 신문에 난 건설노조 소식을 스크랩해 주며 가 보라고 권하기도 했다. 내가 지금의 노조에 첫 방문을 했을 때, 그녀가 준 신문쪽지를 가지고 있었다.

당시에는 서울보다는 지방 현장을 다니면서 일을 많이 했다. 간간이 서울로 올라올 때면 불교 집안 친구들을 만나러 갔다. 어느 여름날 오후, 친구 사무실을 갔다가 그 자리에 와 있는 박형과 그녀를 함께 만났다. 이미 그녀는 결혼 후 첫 아이를 낳고 일을 나온 상태였다.

"어이, 최씨. 나 일주일 후면 머리 깎아."

"어! 형, 정말이요? 스님이 된단 말인가요? 정말이야? 뭐야?"

함께 있는 여성 법우에게 물었다.

"정말이에요."

이미 모두 알고 있음이 분명했다.

그 말을 들으니 짧지만 박형에 대한 몇 가지 기억들이 떠올랐다. 언젠가 무슨 일 때문에 유 선배와 나, 그리고 박형이 함께 엘리베이터를 탔는데, 그 안에서 혼잣말처럼 자신의 옛 여인을 만나 근황에 대해 나눈 이야기를 했다. 묻지도 않았는데. 둘은 고개를 끄덕이며 듣고만 있었다. 늙은 연극배우가 어두운 무대 한가운데서 외로움이 극에 달한 독백을 하는 것처럼 보였다. 농담 반 진담 반으로 실실 말을 하는데, 듣고 있던 유 선배와 나는 어떤 말도 할 수가 없었다. 박형은 현대의학으로는 고칠 수 없는 불치병을 몸에 가지고 있었다. 결국 그 병으로 그녀와 헤어지지 않았나 하고 짐작을 했다.

항상 밝고 돌발적인 질문과 거친 논쟁을 하는 형이었지만, 후배들에게는 가슴이 큰 형처럼 따뜻하게 대해 주었다. 그러나 나는 그 박형을 볼 때면 마주앉지 못하고 홀로 돌아앉아 있는, 등을 보고 상대하는 느낌이 들었다. 그 형이 곧 죽을지 모른다는 선입관 때문인지, 말투가 워낙 강해서 그런지, 대할 때면 부담스러웠다. 나만 그랬는지도 모르겠다.

"근데 말이야. 머리를 깎으면 내가 즐겨 먹던 개고기를 먹지 못한단 말이지. 그래서 머리 깎는 날까지 개고기를 마음껏 먹고 싶은데 말이야. 오늘 점심은 개고기와 함께. 어때?"

난 개고기를 먹지 않지만 며칠 후면 머리를 깎는다는데 거절할 상황이 아니라는 생각이 들었다. 친구는 나오지 않고, 나와 박형, 그리고 내 친애하는 여성 법우와 함께 종로구청 근처의 영양탕 집을 찾아갔다.

길 쪽을 향한 전면의 유리창으로 밝은 빛이 들어오고, 점심을 먹기 위해 오가는 사람들이 보였다. 식당 안은 한가했다. 그녀는 신혼살림에 대한 이야기를 틈틈이 했고, 박형은 머리를 깎아 진정한 무차별의 세계인 '공산파'를 만들겠다고 일장 연설을 했다. 기백이 넘치고 막힘이 없는 박형을 보고 나는 그가 얼마나 살 수 있을 것인가를 가늠했다. 검은 얼굴과 반짝이는 눈매, 박형을 볼 때마다 형이 지니고 있는 불치병에 대한 연관이 좀처럼 머릿속에서 떠나지 않았다. 지금도 그 병이 무엇인지 모르겠다. 암이었나? 아니면 조금 더 특별한 뭔가? 얼핏 들은 이야기로는 폐에 관련된 질환이라고 했다.

박형은 공부에 꽤나 소질이 있어, 서울대에 입학을 하고 1년인가 다녔다고 한다. 그리고 일본으로 건너가 동경대에 들어가 유학을 했다고 한다. 금속 도장에 관하여 공부를 했다고 하는데, 가끔 자기 전공이라며 금의 종류와 순도에 대한 이야기를 하곤 했다. 국내에 들어와 직장을 다니다 병 때문에 그만두고, 뭣 때문에 출가를 결정하게 되었는지 모르지만 깊은 자기 고민이 없이는 선택하기 힘든 일인 것은 사실이다. 어찌 내가 그걸 짐작하겠는가!

박형이 출가를 하고 나서 딱 한 번 본 적이 있다. 유 선배가 홍제동에서 안국동으로 사무실을 옮겨 그곳에 놀러 갔는데, 그날 그 사무실에 형이 와 있었다.

"어이, 사이비 왔나?"

2층 계단을 내려오는 것을 보니 알아볼 수 없을 정도로 변해 있었다. 푸르스레 깎은 머리와 승복을 입은 그 형의 모습은 다른 사람이었다.

"어이고. 진짜 머리 깎으셨네?"

형은 나를 보더니 반갑게 웃으며 악수를 청했다. 본래는 합장을 해야 하는데, 형은 내 식으로 인사를 한 것이다. 옆에 있는 유 선배가 한마디 했다.

"진짜라니, 그런데 스님 보고 삼배 안 하나?"

불교 집안에서는 주변 사람이 출가를 하고 오면 삼배를 하는 관습이 있다.

"삼배는 무슨, 사이비에다 우리끼리. 근데 우리 개고기 먹으러 가야지."

"개고기요. 스님이 고기를 드십니까?"

"삼라만상이 불법인데, 못 먹을 음식이 어디 있나?"

바로 그 말이 나오기를 기다렸다는 듯 형은 호쾌하게 말을 받아쳤다. 자주 써먹고 있음이 분명했다.

"말이 그렇다는 거지. 하여튼 스님은 알아줘야 한다니까요."

유 선배는 어이가 없다는 듯 웃으며 고개를 저었다.

"건강은 어떠세요?"

"건강 좋지. 좋아. 아주 좋아. 얼마 전에 산에서 아는 스님에게 '해○단' 이란 환을 두 알 얻었는데, 불치병에 좋다고 하는 귀중한 약이라 그러더라고. 그걸 먹을까 말까 하다가 나와 비슷한 병에 걸린 스님에게 한 알씩 나눠줬는데, 후에 들어보니 많이 좋아졌다고 하더라고."

"스님도 한 알 드시지?"

"죽고 사는 것이 다 인연이 아닌가 하는 생각이 들어. 솔직히 갈등은 좀 했지. 근데 내가 먹는 것보다 그 스님이 먹는 게 더 나을 것 같더라고. 그때 마음이 그랬어."

말이야 그럴 수도 있는 충분한 내용이었다. 그러나 말을 하는 형의 얼굴은 웃고 있었지만 결코 유쾌해 보이지는 않았다. 어떤 깊은 고뇌가, 어쩌지 못하는 인연의 넓고 깊은 강 위에 떠 있는 듯한 그런 인상이었다. 삶에 크게 집착하고 싶지 않는 느낌도 받았다. 집착이 아니라 병에 애걸하고 싶지 않았겠지. 자존심 강하기로 유명한 그 형으로서는 어쩌면 당연한 일이다. 순전히 내 개인적인 생각이긴 하지만.

죽음

그 후, 한 3년쯤 흘렀을까. 오랜만에 친구가 상근을 하는 조계사 뒤 청년회 사무실에 들렀다. 화창한 봄날이었고, 청년회도 사람들도 많은 변화가 있었다. 홍제동에 있던 정토포교원도 서초동으로 옮긴 후였을 것이다. 그때가 1990년도 중반이나 말쯤 되었다.

친구 사무실에서 점심을 먹고 설거지를 했다. 사무실에는 친구와 봉천동에 사는 여성 법우가 상근을 하고 있었다. 차를 한잔 하면서 게시판에 걸린 여러 대자보나 사무실에 보낸 엽서와 편지를 읽다가 낯이 익은 편지가 눈에 띄었다. 절 생활에 대한 이야기가 적힌 편지였는데, 기억이 날 듯 말 듯 한 법우의 이름이었다.

"이 편지 주인을 내가 아나?"

"경주 법우 모르셨구나. 그 법우 잘 알잖아요. 작년에 출가했어요."

성격이 활발한 여성 법우가 차를 들고 다가와 그 친구가 출가한 장소와 때를 이야기해 주었다.

"몇 년 만에 왔더니 많이 변했네."

"벌써 그렇게 됐네요. 자주 오시지. 그러니까 모르잖아. 그럼 그 스님 돌아가신 것도 모르겠네요."

여성 법우 이야기인즉 박형을 두고 하는 말이었다.

"그 사건 이후로 여러 법우들이 출가를 했어요."

"무슨 일이 있었나?"

"큰일이 있었죠. 그 스님 돌아가실 때 신문에 났는데, 그것도 못 보셨구나!"

신문이라니, 모든 게 의아한 이야기뿐이다.

"지난해 여름 태풍 불 때요. 청년회 법우들하고 스님하고 여수에 수련회를 갔었어요. 그런데 태풍이 불던 날, 스님하고 법우 셋이 밤바다를 보러 갔대요. 그때 해일이 덮친 거예요. 다음 날 사람들이 바다에 나가 보니까 넷이 모두 바위 틈에 죽은 채로 걸려 있었대요."

"아!"

나는 차를 마시다 순간적으로 깊은 밤 마왕의 저주처럼 휘몰아치는 태풍 한가운데 있는 나를 보았다. 비명소리, 천둥번개, 거친 바람소리, 삶과 죽음의 무너진 경계, 그리고 불변 속에 소용돌이치는 변화의 절대 진리.

"장례를 치르면서 살아남은 사람들 여섯이 다 출가를 하기로 결심을 했다는 말이 있더니, 한 명씩 출가를 했어요. 오랜만에 와서 몰랐구나."

죽은 사람, 출가한 사람을 하나씩 말해 주는데 반은 아는 사람들이고 반은 모르는 사람들이었다. 해일이 얼마나 큰지 본 적은 없으나, 바위에 걸린 박형과 그들의 모습이 눈에 보이고, 산 사람들의 황망하고도 애절한 신음 소리가 들리는 듯했다.

삶과 죽음의 차이는 다시 어찌 해 볼 수 없는, 면회가 불가능한 지점이라는데 암담함이 있다. 어떤 사상이나 말로 그 차이를 없애거나 더 크게 벌릴 수는 있어도, 한번 죽은 사람은 살릴 수도 살려서도 안 되는 게 자연의 섭리다. 하지만 분명한 것은 산 사람의 뇌리에 생전의 마지막 모습이 그대로 사진 속에 찍혀 있다는 사실이다.

태풍 민들레

내 지금 나이는 박형의 그때 나이보다 많다.

태풍 민들레의 영향으로 비가 오는 지금, 죽은 박형은 그렇다 치고 출가를 한 여섯 스님들은 무엇을 하고 있을는지. 우산을 쓰고 어느 산길을 걸어가고 있을지, 혹 환속을 하고 속세에서 무슨 일을 하고 있을지, 비 오는 선방에 앉아 선 수련을 하고 있을지, 대중을 모아 놓고 법문을 펼치고 있을지 모를 일이다. 혹 가슴에 사무치는 화두 한 개씩 가지고 자신을 극한 상황까지 몰아붙이고 또 몰아붙이고 있는지 모르겠다.

삶이란 일정한 규격이 없어 어찌 보면 만만한 듯 보여도 전혀 그렇지가 않다. 꽉 짜인 사회의 틀 속에서 꼼지락거리며 살아가고 있는 듯하지만, 여러 삶의 관계 속에서 숨 쉬는 영혼은 키나 몸무게를 재듯 쉽지가 않아 그 고민의 폭 또한 어림잡을 수 없다. 누가 내 삶을 재단한단 말인가.

삶이란 무엇일까? 8만 4천 가지의 답이 존재할 것이다. 간단한 화두 하나가 불덩이처럼 뜨겁기도 할 것이다. 가끔 지금의 내 화두에 대해 생각을 해 본다. 한두 가지가 아니어서 정리하기를 포기하기도 하지만, 내가 버린다고 내 화두가 나를 놔두는 것은 아니다.

여전히 노동법이 화석화되어 있는 현장이나, 빠듯한 가정 경제, 틈만 보면 공격해오는 나와 불쾌한 관계의 몇 사람들, 더딘 조직화, 어딘가 무작정 떠나고 싶은 충동, 미친 듯이 뭔가에 집착하고 싶은 욕구들, 같지 않는 것들에게 요구받는 경쟁들, 모두 내 그림자들이다. 해결하기보다는 떨쳐버리는 것이 더 쉬워 보이는 고민들이다.

박형이 이런 나를 보면 뭐라고 할까?

언젠가 홍제동 교육원에서 죽은 박형 등과 밤새 술을 마시고 아침 늦게 일어난 적이 있다. 불상 아래서 여러 남녀가 여러 갈래로 뻗어 해가 뜰 때까지 늦잠을 잔 것이다. 청춘의 시기에 짧은 볕이 들 때만이 가능한 일이다.

홍씨와 나, 박형이 자리에서 일어나 여러 이야기를 하다, 홍씨가 제법 그럴 듯한 말 하나를 했다.

"저 불상 다 거짓이야. 무슨 의미가 있어?"

그때 박형이 한마디 거들었다.

"진짜?"

"그럼요. 잘 알잖아요."

"그럼 부숴버려. 얼른. 그 정도 패기 없어?"

나는 옆에서 정말로 부숴버릴까 봐 마음이 조마조마했다. 부수는 날에는 손해배상은 물론이고 그곳에서 영구 제명이다.

"형이 부숴요."

“······.”

셋에게 조금은 허전한 아침이었다. 그걸 어떻게 부순단 말인가? 지금도 홍씨와 나는 엄두도 못 낼 일이다. 혹 죽은 박형이라면 과감하게 허상이라고 망치 들고 덤빌지 모르겠다.

‘힘을 내, 친구. 하고 싶은 대로 해. 마음껏, 최선을 다해. 죽으면 그것도 못해. 에이, 바보.’

박형이 그렇게 말하는 것 같다. 하고 싶은 말 다 하고 사는 형이었으니.

지금 종로에 가 보면 예전의 그 모습은 아무것도 남아 있지 않다. 조계사도 여러 모습으로 변했다. 간혹 인사동에 있는 〈청강〉이란 주점에나 가면 옛 사람들 소식을 들을 수나 있을까. 비 오는 휴일 날, 박형의 옛 모습을 떠올려 본다. 언제 어디서 있을지 모를 옛 친구들의 우연한 만남을 기대해 보면서.

아프간으로 간 사람

유 선배

성이 유씨인 선배가 있다. 처음 선배를 만났을 때 우리는 그를 유 간사라고 불렀다. 그때는 간사라는 직함이 많을 때였다. 유 선배는 내가 건설노동자 외에 아는 몇 안 되는 사람 중 하나다.

한번은 선배가 어머니 환갑이라고 연락을 해 찾아갔었다. 선배는 검은 두루마기를 입고 있었다. 사회자가 부모 환갑이라고 장남인 선배에게 노래를 부탁했는데, 선배는 자리에 어울리지 않는 노래를 했다. 내가 듣기에는 그랬다. 〈그림자〉란 노래였다. 환갑 잔치에 〈그림자〉라니. 어머니가 평소 좋아하셨나? 하여튼 검은 두루마기에 노래 내용도 검었지만, 노래 하나만큼은 그야말로 멋들어지게 불렀다.

선배의 노래 실력은 전문가급이다. 선배가 즐겨 부르는 노래 중에 〈향수〉가 가장 듣기 좋았다. 선배는 불교사회운동을 하지 않았으면 아마 문화운동을 했을 것이다. 선배는 내 또래들 몇 명과 함께 노래패도 만들었다. 비록 그럴싸한 노래 테이프 하나 만들지 못하고 얼마 가지 않아 헤어졌지만.

선배는 노래뿐만 아니라 피아노도 잘 쳤다. 선배를 알고 몇 년이 지나 지방 현장을 뛰고 서울로 올라와 정토포교원에 놀러 간 적이 있었다. 어두운 법당 안에서 선배는 피아노 연습을 하고 있었다. 연습이 끝날 때까지 뒤에 앉아서 기다렸는데, 금불상 옆에서 헤드폰을 끼고 음악에 몰입되어 건반을 두드리는 모습은 꽤나 그럴싸하고 인상적이었다. 실사가 아닌 영화를 보고 있는 것 같았다. 너무 오랫동안 건설현장의 딱딱한 질감과 굵직한 선만 보다가 섬세하고 어두운 빛, 촛불이 흔들리는 금불상과 쏟아지는 피아노 건반 소리에 잠깐 몽환에 빠졌었나 보다.

적당한 키에, 늘 웃는 얼굴, 겸손한 말투, 열정을 가진 목소리, 진지한 분위기, 나보다는 조금 크지만 아담한 눈을 가지고 있었다. 일에 대해 까다롭다는 친구들도 있지만, 다 마음에 들 순 없으니 매사에 정확하기 때문에 그렇다고 이해하고 싶다.

선배는 환경운동을 주로 해서 그런지 푸른 청년의 정서를 가지고 있었다. 주변에서는 20대 청년들과 생활을 해서 그렇다고 말을 했다. 그게 전혀 틀린 말은 아닌 것 같다. 나는 나이에 비해 꽤 늙었다는 말을 자주 듣는다. 건설현장의 고령화와 무관하지 않은 문제다.

선배와 나는 같은 서울에서 살지만 만나기가 쉽지 않았다. 모처럼 만나려면 왜 그리 바쁜지 도통 날 잡기가 힘들었다. 선배는 간혹 외국에 나가기도 했다. 미국, 호주, 인도 등. 어쩌다 한번 만나면 할 이야기가 많았다. 미국에 다녀온 이야기를 재미있게 들었던 적이 있었다. 공동생활을 하는 사람들과 한 3개월 정도 함께 살다 온 적이 있었다. 조지 부시가 처음 당선되었을 때였다. 백악관 앞에 가서 집회를 하는데 수많은 사람들이 그룹을 형

성해 랩으로 자기 의사를 표현하며 시위를 하더라고 했다. 그 이야기보다
더 기억나는 것은, 미국 사람들은 침대를 창가에 둔단다. 햇살이 잘 들게
하기 위해서라나. 그래서 그런지 가끔 못 볼 것을 본단다. 한번은 이른 새
벽에 소변이 마려워 화장실을 다녀오다가 창가에서 불을 켜고 부부가 열심
히 그 일을 하는 것을 봤다는 것이다. 보는 자신도 그랬지만, 보이는 모습
이 너무 자연스러워 한참을 서서 본 기억을 이야기해 주었다. 내가 보고 있
듯 자세하게.

　그러던 어느 날, 선배가 전혀 뜻밖의 나라로 후딱 날아가게 되었다. 고대
알렉산더대왕이 점령하고, 영화 〈왕이 되려던 사나이〉의 무대였으며, 소련
과 미국이 번갈아 점령한 땅, 탈레반이 있는 아프간으로 간 것이다. 천연가
스의 주 수송로이며, 세계의 지붕이라는 파미르 고원이 있다는 곳. 세계 최
강국과 번갈아 맞붙어 싸운 나라. 강대국의 침략으로 그렇지 않아도 황폐
한 나라가 내전까지 겪으면서 극한 상황이 되었는데, 다시 한번 미국이 들
어가 고원을 피로 물들인 나라.

　그 위험한 곳에, 선배는 몇몇의 법우들과 함께 노트북 하나와 염주와 불
심을 가지고 갔다. 아프간은 결코 가까이에 있는 나라가 아니다. 선배가 떠
나던 일주일 전 송별회 장소에서 한 번 보고, 1년 되어 들어 왔을 때 다시
보았다.

아프간에서 온 편지

　도둑고양이가 쓰레기봉투를 뜯어 내용물을 끄집어 내놓고, 신길 고개 우
신초등학교 담 너머 앙상한 은행나무에서 몇 안 남은 은행잎이 사무실 창으
로 후드득 날리는 11월 마지막 주 밤이었다. 조합에서 교육 강좌를 듣고 뒤

풀이로 뇌가 푹 젖도록 술을 마신 후, 친구 둘과 사무실에서 자기로 했다.

이불을 넓게 펼쳐 깔고, 요를 감아 베개를 만든 다음 잠을 자려다가 뭔가에 끌리듯 컴퓨터 앞으로 갔다. 페인트 일을 하는 '박'은 내일 새벽 출근을 해야 한다면서 이불을 뒤집어쓰고 잠을 자기 위해 끙끙대고, 또 한 친구는 유선 채널에서 밤새 보여주는 영화에 혼을 놓고 남의 삶을 즐기고 있었다. 나는 웹을 통해 신경뭉치의 네트의 강줄기에서 잡다한 정보를 길어 올리고 있었다.

"제발 자자! 나 내일 새벽에 나가야 된단 말이야! 이놈의 모기는 왜 나한테만 덤비는 거야!"

모기는 빠른 날갯짓으로 '박'의 귓불이나 팔뚝 근처를 선회하다 거대한 인간의 손에 휘둘림을 당하고 지그재그의 비행술로 어둠 속으로 잠행을 했다.

"미안, 잠깐이면 돼. 어이, 텔레비전 소리 좀 줄여. 자야 된다잖아!"

나는 나에게 날아오는 짐을 슬쩍 틀어 영화에 푹 빠져 있는 친구를 탓했다.

"너도 좀 꺼라. 자판 소리는 덜한 줄 아냐! 나, 내일 못 나가면 너희들이 책임져! 너희는 지금 모기보다 잔인한 거 알고 있어? 너희들은 내 수면시간을 빨아먹고 있단 말이야. 이 인간모기들아."

나는 '픽' 코웃음을 치고 모니터의 화살표로 네이버 메일에 가까이 대고 마우스를 쿡 찍었다. 잠깐 화면이 비비적거리면서 열리더니 파미르고원에서 붉은 황야의 풀을 태우는 냄새와 함께 유 선배의 편지가 도착되어 있었다. 아프간이 멀기는 먼 모양이다. 보내서 받은 시간의 간격이 5분 정도 차이가 있었다.

유 선배는 철저한 반공주의자이며, 극 보수였던 나를 전혀 다른 세계로 인도한 구루였으며, 나아가 내 정신을 개조한 위자드였다. 지금의 나를 아는 사람들은 내가 예전에 그랬다는 것을 알기나 할까? 아마 모를 것이다.

한 예로 유 선배를 만나기 전 삼일빌딩 보수 작업을 한 1년간 하고 있었는데, 당시 문화운동을 하다 삼일빌딩 보수 공사 현장에 들어온 전직 운동권이었던 '이형'이 있었다. 항상 나와 논쟁을 벌였는데, 그는 정부를 비판, 비난을 하였고 나는 상명하복, 군사부일체의 논리로 전·노 군부를 옹호했다. 주로 술자리에서 싸웠는데, 한번은 다른 동료들이 질려서 다 도망갈 정도로 치열하게 논쟁을 하다가 논리가 약한 내가 막다른 골목에 몰릴 때까지 당하자 화가 나서 누구 하나 죽일 듯이 고함을 쳤다. 그때 그 선배 왈 "경주 씨, 소리치면 지는 겁니다!"라고 눈을 똑바로 뜨고 말했던 기억이 있다. 그날을 생각하면 웃음이 나온다. 다 철부지 소싯적 이야기다. 그 간극에는 숱한 일들과 사람들, 문화와 사상이 변하며 세월이 흘렀다.

그 현장 이후, 이형과 헤어져 까맣게 잊고 있었는데, 내가 조합에서 부위원장으로 있던 어느 날, 전에 운동을 했다는 현장사람 한 명 가입시킨다고 해서 기다리니, 아, 이형이 온 것이다. 사무실 앞에서 마주친 우리는 놀라 자빠질 뻔했다. 그날 저녁 그 이형이 "나는 사람이 변할 수 있다는 것이 거짓이 아닌 것을 오늘 경험했다"고 말했다. 어느 날 우연히 내 인생에 유 선배가 끼어들었기에 그렇게 된 것이다.

지금은 로마군 버금가는 미군이 중무장을 하고 직간접 통치를 하고 있는 아프간에 가서 봉사활동을 하고 있다니. 과거 이슬람 문화와 현대 문물이 공존하고, 탈레반과 알 카에다가 있고, 정부군과 미군이 있는 곳에서 유 선배는 상처받은 민중들에게 삶의 기회를 주고자 노력하고 있다. 그 한편으로 태고의 바람이 남아 있는 대고원에서 순간순간 자기 갈등을 통해 인간의 관념과 본질적 삶을 더듬어가고 있기도 하다. 하기 좋은 내 말이 아니라, 선배가 보내온 편지에 그렇게 쓰어 있었다.

경주야!

11월의 아프간, 우즈벡과 타즈키스탄, 키르기스탄을 넘고 파미르고원을 넘어 힌두쿠시까지 넘어온 거대한, 장대한 산줄기가 이곳 아프간에 이르러 거대하게 뿌려 흩트려 놓은 그 웅혼한 산맥, 그리고 그 밑에 끝도 없이 펼쳐져 있는 광활한 평야와 사막과 스텝들, 한번 상상해봐.

지금 수많은 유목민들이 낙타를 이끌고 봄에 떠나온 남쪽으로 이동하는 행렬이 장관이야. 지는 힌두쿠시의 황혼을 옆에 끼고 수십 마리의 낙타와 당나귀, 말들이 정처 없이 다니는, 정말 그야말로 부평초 인생은 이들 유목민(구찌족)을 말하는 거지. 그런데 그러한 부평초 인생을 그들은 전혀 불행하다고 생각하지 않아.

본래 삶이란, 그들에겐 정착이라는 용어는 생소한 것이거든. 사람마다 참 관념에 따라 행복과 불행을 바라보는 것이 달라. 아프간, 파키스탄, 이곳 중앙아시아 지역의 마른 바람이 거대한 까마귀들과 함께 산을 내려오면 날은 저물고, 마을에서 이제 집으로 가는 거지.

그래. 잘 지내고 있는 거지? 아무튼 메일 고마워.

사랑하는 후배 경주! 나는 가끔 이곳에서 탈레반이나 알 카에다에게 잡히는 생각을 한단다. 그러면 나는 뭐라고 말하면서 죽을까 생각을 해….

유목민들. 정착하지 않는 삶이란 무엇일까? 그들이 정착을 알지 못하듯 나 또한 유목에 대해 알 수가 없다. 한번쯤은 그들의 틈에 끼여 긴 그림자를 황혼에 드리우고 황야를 걷고 싶었다. 선배는 그곳에서 불생불멸의 대자연 속에 살아 움직이며 대평원을 점점이 유목하는 삶들을 뇌에 새기며 함께 그 장면을 호흡하고 느끼고 있는 것이다. 선배의 편지를 보고 있자니,

선배는 바로 내 앞에 앉아 지평선 너머 황혼을 배경으로 걷는 유목민의 삶을 시간을 잊고 정처 없이 바라보고 있는 것 같았다.

"어이, 자자! 좀."

"가만 선배가 아프간에서 메일 보냈단 말이야."

"노가다가 얼어 죽을 메일은."

"저런 불학무식한! 텔레비전 좀 끄지. 난 한 5분만 있으면 돼."

메일 속에 선배의 고뇌가 느껴져 선배에게 미안하기도 하고, 최악의 경우를 생각해 무슨 말을 할 것인가를 생각한다는 글에서 웃음이 나왔다. 선배의 애절한 모습에 웃다니, 이런 발칙한 일이 있나. 하지만 웃음이 나왔다. 전전긍긍하는 선배의 모습은 평소 내가 아는 모습이 아니니.

선배를 부른 그 황야와 대고원은 무엇일까? 무엇이 선배에게 그런 결심을 갖게 했을까? 불심, 상구보리 하화중생, 보시, 자비, 조직의 결의, 목적, 선배의 선택, 그저 가야 하니까? 기독교에서 선교 차원에서 가니까? 경쟁? 인류애? 어쨌든 선배는 그곳에 가 있다.

그때가 언제였던가? 한 2년 전인가 한겨레신문 사회면에 유 선배와 한 여성이 활짝 웃는 모습이 크게 나왔다. 아프가니스탄에 봉사활동을 떠나는 내용이었던 것 같다. 얼마 후, 선배가 떠나는 송별회 모임이 있었다. 선배의 얼굴에는 미지의 세계로 날아간다는 어떤 흥분이나 기쁨이 느껴지지 않았다. 40 중반에 가족과 헤어져 전쟁의 흔적이 남아 있는 땅에 가기는 쉽지 않은 일이다. 얼굴은 시종일관 웃고 있었지만 그런 고민이 그대로 느껴졌다.

"미군이 침략한 나라에 가서 봉사 활동을 한다니 좀 그렇다. 미군이 피바람을 몰고 간 뒤의 봉사가 아니라 전쟁 전에 반전운동을 해야 하는 것 아니냐?"

"반전운동도 하고 봉사도 하면 좋지 뭐. 그리고 그곳이 아직도 전쟁 중이라잖아? 목숨을 담보로 하고 떠나는데, 쉽게 말할 수 있는 것은 아니지 않을까?”

맞는 말이다. 그의 말대로 전장으로 떠나는 선배 송별회 장소에서 솔직히 뒤에 앉아 후배들이 할 말은 아니었다.

곧 선배는 비행기와 차로, 도보로 인도에서 파키스탄을 거쳐 아프간으로 건너갔다. 그 시간에 나는 무엇을 했는지 모르겠다. 아마 이러저러한 일을 하고 있었겠지.

“유 선배, 나도 따라갈까?”

“그래, 함께 가자. 1년만 있다 와. 삶 중에 1년은 어찌 보면 아무것도 아니야. 결단하면 길은 있으니까. 어때? 마음 한번 대차게 먹지!”

“그래도, 조합 일이 여의치 않아서.”

“이것저것 생각하면 못 가. 마음을 크게 먹으라니까.”

그러나 새가슴인 나는 결단을 내리지 못했다. 총각이었다면 모를까. 저녁이면 “아빠, 언제 와? 지금? 안 와?” 하는 자식이 있는데 어딜 간단 말인가! 아니, 총각이었어도 쉽지 않았을 것이다.

“지금 뭐하는 겨? 잠 안 자? 글 쓰는가 봐?”

“어. 영화 끝났어? 아프가니스탄에 봉사 나간 선배가 메일을 보내왔는데, 여기 좀 봐. 알 카에다와 탈레반에 잡히면 무슨 말 할까 고민을 하고 있다고 글을 썼어. 나 원 참.”

“선교 나갔나? 목사님들 중동에 엄청 나갔더구먼.”

“어? 아니, 이 선배는 불교 집안 사람이야.”

“스님도 봉사 나가나? 허긴 그게 그거지.”

“아니, 스님은 아니지만 불교단체에서 사회운동 하는 사람이야. 한 2년 됐지. 그리고 스님도 봉사활동 해. 텔레비전에서 가끔 나오는데.”

"그렇군. 근데 우리 처지도 어려운데 남의 다리 긁는 것 아니야? 종교라는 게 한계가 빤하다니까."

"음! 흠, 거, 화장실 안 가? 자자고. 우리도 새벽에 나가야 되잖아?"

중동 이야기

선배가 아프간으로 떠나고 계절이 한 바퀴 돌아 겨울이 된 어느 날 전화가 왔다. 후배 하나가 암에 걸려 죽네 사네 할 때였다. 선배가 JTS(Join Together Society) 총회를 한다고 국내에 들어와 전국을 돌고 있었다. 후원을 해준 단체와 지부를 인사차 돌아본다고 했다. 며칠 후, 선배를 볼 기회가 있었다.

인사동 〈청강〉에서였다. 자리에 앉자마자 선배는 두꺼운 노트북을 펼치고 전깃줄을 이리저리 끌더니 연결을 시켰다. 손때 묻은 노트북에는 수백 장의 사진이 담겨 있었다. 처음에는 신기하고 재밌더니 나중에는 모두 비슷비슷해 지루해지기 시작했다. 여기는 무슨 산맥, 이 사람은 누구, 얘는 누구, 무슨 일을 하고 있을 때라고 설명을 했으나, 우리가 그곳에 대하여 아는 것이 적은 만큼 관심도 적었다. 선배의 안면을 봐서 고개만 끄덕였다. 나중에는 그마저도 지루했지만. '우리는 교육이나 내셔날 지오그래픽 사진을 감상하러 온 게 아닙니다. 선배, 우리는 당신을 만나러 왔어요.' 이렇게 말해야 했지만 그렇게 하지 못했다. '난 1년을 아프간에서 고생하다 왔어. 한가하게 술을 마실 때가 아니야. 난 그곳의 현실을 아둔한 당신들에게 알릴 의무가 있어' 라고 말할 것이 분명했다.

나는 아쉽게도 그 자리에 오래 앉아 있지 못했다. 그런 날은 함께 밤이라도 새야 하는데, 조합에 모임이 있었던 것이다. 그 짧은 시간에 선배에게 재미난 몇 가지의 이야기를 들었다. 처음 아프간에 갈 때 인도를 들러 파키스탄으로 갔다고 한다. 인도 생활이 여러모로 불편했는데, 파키스탄은 더했단다. 그런데 아프간에 도착해 보니 파키스탄은 그래도 나았다는 것이다. 도착한 곳에 기계라고는 빵 만드는 기계뿐이었다고 한다. 그곳에서 한 1년 지내다가 파키스탄에 나와 보니 너무 편리했단다. 다시 인도로 와 보니 부족한 게 없었다나. 우리가 살고 있는 곳은 말할 것도 없고. "우리는 정말 행복한 거야. 지나치게 풍요로워. 항상 감사하는 마음으로 살도록 해" 하는 말을 들으니, 어찌 보면 맞는 말 같기도 하고 틀리는 것도 같았다. "그렇다고 부도덕한 것을 용납하라는 말은 아니겠지요?" 하고 넘어갈 수밖에. 그 말을 지금은 내 처에게 써먹는다. 우리는 지금 70년대 부호들의 생활수준 만큼이라고, 그러니 돈 적게 벌어 온다고 불평하지 말라고.

선배는 중동에 대해 여러 가지 몰랐던 모습을 들려주었다.

"중동이 여자를 막 다루는 것 같지? 절대 그렇지 않아. 우리 텐트에 봉사하기 위해 자원한 대학 2학년생이 하나 있었어. 여자의 몸으로 2년간 중동을 홀로 여행을 했는데 2년 동안 위험한 일이 한 번도 없었다는 거야. 한번은 봉사 중에 그녀 혼자 식당에서 음식을 먹는데 어떤 남자가 농담을 한 모양이야. 우리 텐트에는 여성들이 지키기로 한 법이 하나 있는데, 혹 성희롱을 당했을 때 보시했거니 하고 조용히 넘어가든가, 아니면 철저하게 대응하는 거야. 그런데 그녀는 후자를 택했지. 희롱한 남자에게 쫓아가 항의를 했는데, 근처에 있는 사람들이 다 달려들어 몰매를 때렸대. 그녀가 도리어 큰일 날 것 같아 말렸지. 군인 하나가 있었는데 아주 반 죽였대. 중동은 거세사회라고도 하잖아. 또 잠을 잘 때는 항상 주머니에 돈을 넣어놓고 있어야 해. 강도가 들어올 때를 대비해서. 한 푼도 없으면 죽어. 적어도 강도짓에 대한 노동의 대가는 주어야 하거든. 그곳에 한 1년 있다 보니 탈레반도,

알 카에다도 민중들도, 군인들도 이해할 수 있을 것 같아. 세상에 이해 못할 것이 있을까?"

선배는 오랜만에 술을 마셔서 그런지 금세 취기가 올랐다.

"봉사활동은 만만한 문제가 아니야. 물건을 잘못 나누어 주다가는 봉변을 당하기 쉬워. 큰 싸움 나지. 구호물품을 나누어 주기 위해서 한 달씩 조사를 해야 할 때가 많아."

"뭐 특별히 어려웠던 일은 없어요?"

"처음 6개월 정도는 분별심 때문에 힘들었지. 이를 테면 아이들이 집요하게 달라붙어 이것저것 달라고 하는데, 처음에는 주다가 아이들이 너무 그러니까 몇 달 지나면서는 '뭐 이런 게 다 있어' 하게 돼. 심할 때는 조금만 건드려도 화를 못 참게 돼. 다 때려치우고 귀국하고 싶다니까. 한 반년 지나니까 괜찮아지더라고. 그래서 누가 자원봉사한다고 하면 최소한 반년은 넘어야 한다고 약속을 받고 해. 도중에 견디기 힘들다고 하다 말면 자신에게도 단체에게도 도움이 안 되지."

선배는 아이들처럼 신나 있었다. 새로운 경험을 한 가지라도 함께 공유하고자 했으나 세파에 찌든 우리는 있는 그대로 받아들이지 못했던 것 같다. 그에 비해 처음 떠날 때의 선배는 얼굴에 나타날 정도로 긴장되어 있었다. 선배도 그렇고 나도 그렇고 우리도 그랬다. 그래서 처음이 어렵다고 하지 않던가. 무엇이든.

"선배 떠나는데, JTS가 클 수 있었던 비법 있으면 하나 알려줘요."

"비법?"

"10여 년 동안 JTS는 수십 배 성장을 해서, 지금은 해외까지 지부가 있잖아요. 그곳에는 법륜스님을 중심으로 선배와 같은 훌륭한 활동가가 많이 있기는 하지만, 그래도 조건을 떠나 뭔가 비결이 있을 것 같은데, 존경하는 선배로서 사랑하는 후배에게 한 가지쯤은 가르쳐 줘야 하는 것 아닌가요?"

"그래. 그럼 하나 묻지? 자네는 진정으로 조직에 대한 비전을 확신하고 있나?"

"비전, 있기는 하지만 조금 갑갑하죠. 솔직히."

"또 하나. 모든 일에 열성으로 최선을 다하고 있어?"

"최선은 아니지만, 열심히는 살고 있는 것 같은데."

"스스로 비전에 대한 확신 없이, 사람들에게 조직의 미래를 말하면 사기지. 당연히 최선을 다할 수가 없고. 비법이 따로 있을 수 있나. 비전에 대한 확신과 열성을 다해 사람을 만나는 거지."

"그, 그렇군요. 그럼 이 시점에 선배의 또다른 출발을 축하하며 한잔 들자고요."

짧으면 1년에 한두 번, 길면 2년에 한 번씩 만났던 선배를 지금은 1년에 한 번씩 보게 생겼다. 이번에도 아마 내년 1월에 들어올 것이다. 두어 달 후 볼 텐데, 선배는 또 무슨 사진을 잔뜩 들고 올 것인가? 누렇고 어두운 붉은 놀이 가득한 산과 사람들 사진들일 것이다.

그곳과 이곳

그곳에 선배가 있고 이곳에는 내가 있다는 사실이 실감이 잘 나지 않는다. 벌써 2년이 꼬박 지났다.

"어이! 영화 같지도 않은 것 그만 보고 잡시다. 이 친구 뒤척이더니 결국 잠들었구먼."

"아니야, 나 잠 안 들었어. 지금 모기 때문에 미치겠다. 모기 좀 잡고 자자. 도대체 왜 나만 물어뜯는 거야?"

"피 한 방울도 적선 못하냐? 우리는 그냥 한 번 물리는 거지만, 모기는 한 끼 식사에 생명을 건단 말이야."

"난 못해. 헛소리 집어 치우고, 다 같이 한 마리씩 잡고 자자."

"그냥 자. 여기저기 핏자국 내지 말고. 난 그냥 잘 테니까. 내일 보자."

"내 다시는 조합 사무실에서 자나 봐라."

이불을 덮고 잠을 청했으나, 웅장한 산맥에 부는 만년설을 안은 찬바람을 맞을 선배를 생각하니 좀처럼 잠이 오지 않았다. 그쪽에도 모기가 있는지 모르겠다. 기온이 차니 아마 없을 것이다. 여름에 온 메일에는 그곳에도 오리온자리가 선명하다는 말을 들었는데, 아마 밤하늘에 가득 찬 겨울 별들을 보고 있지 않을까? 하늘을 사선으로 긋고 떨어지는 파미르 고원의 별똥도.

일기장을 줍다

낡은 집

조합 초창기 때부터 함께하는 친구가 있다. 도장 일을 하며 현재 안산에 살고 있다.

친구는 낡은 기와 지붕에 이끼가 끼고, 호박넝쿨이 걸려 있고, 혹은 좁은 골목에 오물과 쓰레기가 있는 곳을 꽤나 좋아한다. 좁은 방과 눅눅한 냄새가 진동을 하는 곳에서 음악을 듣노라면, 이 세상에 아무것도 부러울 것이 없다는 친구다. 아마 그의 인생에서 무허가 집들이 빼곡한 허름한 동네에서 보낸 시절이 가장 좋았기 때문일 것이다. 가끔 내가 놀리는 투로, "지금은 넓은 아파트에서 사니까 그 시절이 그리울지 몰라도, 나처럼 아직 단칸방에서 아이들하고 엉덩짝 부비며 산다면 그 시절이 그다지 그립지 않을 것이다"라는 말을 해 준다. 그래도 그는 그건 아니라고 한다. 하여튼 그는 장판 찢기고 도배지 너덜거리는 빗물 밴 자국이 있는 곰팡이 슨 방을 좋아

한다.

얼마 전, 그 친구가 좋아할 만한 동네와 방을 발견했다. 북부지부 아는 형 집에 갔더니, 곧바로 철거가 예정된 집에서 홀로 살고 있는 것이 아닌가. 그 방에 들어갈 때는 코를 막고 들어갔다. 나도 그다지 깨끗하거나 단정하지 못하지만 냄새에는 민감하다. 방 안의 지독한 담배 냄새와 습기 찬 가구 냄새가 속을 거북하게 했다. 간혹 지금 사는 우리 집에 바퀴벌레가 창궐을 할 때가 있는데, 그때는 정말 참을 수 없는 짜증을 느낀다. 아이들은 몇 놈씩 잡아 투명한 유리병에 넣고 신기한 듯 살피기도 하지만, 나는 벌레에 알레르기가 있다. 산 아래 살아서 그런지 우리 집에서 몇 종류의 벌레가 가끔 눈에 띈다. 언젠가 큰놈에게 전화가 왔는데, 빨간 벌레를 잡았다고 자랑을 하기도 했다.

다행히 그 형 집에 벌레는 없었다. 분위기로 봐서는 발이 수십 개 달린 놈부터 날개 달린 놈까지 한 무더기나 될 법한데 나올 때까지 한 마리도 보지 못했다. 너무 어둡고 살림이 꽉 차 있어 못 보았을 수도 있지만 어쨌든 눈에 띄지는 않았다. 둘이 라면을 하나 끓여 소주를 두 병쯤 딴 것 같다. 좋았던 것 한 가지는 오래된 전축이 있다는 것이었다. 그나마 참기 어려운 냄새를 잠시 잊게 해주었다. 먼지 낀 엘피판과 작동하지 않아서 들을 수 없는 시디들. 들을 수 있는 것은 테이프가 전부였다. 그때 안산 친구가 생각이 나 다음에 그 친구와 다시 오겠다고 약속을 했다. 그로부터 몇 주가 흘러 형이 이사를 한다고 짐을 쌌을 때, 친구와 같이 그곳을 찾아갔다.

우리는 비가 오는 가운데 차를 끌고 그 형의 동네에 갔다. 그는 카메라를 가지고 오지 못한 것을 몇 번을 두고 한탄했다. 누가 들으면 그에게 돌 던질 말이었지만 우린 하도 그런 말을 자주 들어온지라 그러려니 했다. 어쩌면 친구는 자본 측면에서 빈곤을 바라보기보다는 인간성을 그리워하는 것인지도 몰랐다. 친구는 가끔 가족들을 남기고 자신의 옛 동네로 돌아가고 싶다고 종종 말을 했으나 안타깝게도 그 동네는 지금 흔적도 없다. 산은 파헤쳐지고 그 자리에 아파트촌이 들어선 것이다. 혈관이 흐르고 서로의 고통을 보듬을 수 있는 인간의 마을. 나는 그게 잘 느껴지지 않는다. 가난은 그런 낭만이 아닌 것으로 느껴왔기에 말이다.

방에 들어가자마자 그는 전기장판에 올라가서 이불을 목까지 덮고는 깊게 숨을 들이마셨다. "좋아!" 그리고는 전축을 틀어 보더니 "어, 스피커가 나갔잖아!" 했다. 스피커 앞 껍데기를 열어 보니 역시 제일 큰 스피커의 울림판 종이가 찢어져 있었다. 나는 오래 되면 소리가 그렇게 째지며 울리는 줄 알았다. 우리는 이런저런 음악을 듣다가 그만두었다. 잡음이 반이었으니.

우리는 뭔가 먹을 거라도 사기 위해 밖으로 나갔다. 나가면서 동네 구경을 하자며 사람이 살고 있지 않은, 이미 쇠와 알루미늄, 스테인리스를 뜯어가 철제 대문 하나 없는 집들 사이를 돌아다녔다. 비가 조금씩 떨어지고 있었다. 집에 들어가 보면 버려진 영어 테이프와 항아리, 혹은 수많은 고지서들, 그리고 재미없는 잡지와 책들, 망가진 가전제품들이 있었다. 대부분의 집들이 그랬다. 우리는 몇 집을 돌아다닌 끝에 작은 스피커를 주웠다. 혹시 더 돌아다니면 더 좋은 스피커가 있지 않을까 하는 그의 말대로 몇 집을 더 들어가니 진짜 삼성에서 나온 중형 스피커 좋은 것을 구할 수가 있었다.

한 시간여 돌아다녔을까? 비가 굵어지기 시작했다. 나는 어느 한 집에 들어갔다 나오는 길에 수첩 하나를 주웠다. 들춰보니 일기장이었다. 일기가 1년에 걸쳐 빼곡히 채워져 있었다. 나는 휴지로 비닐 가죽에 낀 때를 닦았다. 1997년 한 해 1월부터 10월까지 쓰여 있었다.

친구는 살이 반쯤 부러지거나 굽혀진 우산을 하나 주워 펼쳤다. 약한 검붉은 무늬가 복잡하게 그려진 우산이었는데 잠깐은 쓸 만했다. 나는 카메

라폰으로 그의 모습을 몇 장 찍었다. 비가 갈수록 많이 내렸다. 형이 자기
집으로 가서 우산을 더 가져오는 사이 일기장을 펼쳤다. 일기는 마치 하나
의 잘 쓰인 장편소설처럼 삶의 고뇌가 생생하게 넘쳤다. 일기가 원래 보여
주기 위한 것은 아니지만 꾸밈이 없었다. 감수성이 넘치는 친구였다. 내가
일기에 푹 빠져 들어가는 사이 형이 빗속을 달려왔다. 우산을 가져온 것이
다. 우리는 우산을 나누어 쓰고 근처 마트로 갔다. 친구는 비스킷 몇 개와
라면, 그리고 소주를 두 병 샀다.

　우린 집으로 돌아와 형은 라면을 끓이고 나는 스피커를 연결했다. 스피
커는 제법 훌륭했으나 얼마 듣다가 음악을 껐다. 소리가 찢기지는 않았으
나 역시 너무 오래된 전축이고 사용을 하지 않아서 소리가 제대로 나오지
않았다. 우리는 소주를 마시고, 친구는 라면을 먹었다. 우리는 날이 어두워
지면서 자리에서 일어났다. 술기운도 올라오고, 동네는 어둠 속에 묻히기
시작했다.

어느 청년의 일기장

　일기가 좀처럼 손에서 떠나지 않았다. 일기의 내용을 다 말할 수는 없지
만 한 청년의 삶이 가슴 속에 저미게 다가왔다. 오늘 아침에 버스를 타고
오다가 국가인권위에서 초등학생의 일기장을 검사하는 것이 인권침해라며
교육부에 건의했다는 뉴스를 들었다. 백 번 맞는 말이다. 타인의 일기를 읽
다니. 사실 그 친구의 일기장 두 번째 쪽에 "남의 일기를 보지 마!"라는 글
이 있었다. 아마 그 일기를 쓰는데 누군가 읽었던 모양이다. 그럼에도 무례
함을 감수하고 그 일기를 버린 친구의 책임을 탓하며 대략 본인과 나만 알
수 있는 정도에서 쓰고 싶은 충동을 느낀다. 혹시 탓하시는 분들은 인내심

없는 내 인격을 탓하시고 이해하기 바란다.

조금만 쓰기로 하자. 안 그러면 내가 어디 대나무 밭에 가서 구덩이라도 파서 머릴 담그고 악을 써야 할 것 같으니.

일기의 첫날은 하루키의 글을 읽는 것으로 시작되었다. 비 올 때 펼쳐 사인펜으로 쓴 글이 빗물에 번져 보이지 않았다. 뒤에 보니 『노르웨이 숲』을 읽었다는 글이 나온다. 하루키 단편집도 읽고 있었다. 〈노르웨이 숲〉은 비틀스의 노래가 아니던가? 가끔 비틀스의 노래를 들을 때가 있는데, 노래보다는 그 제목 때문에 듣게 된다.

일기는 대부분 군대의 일상으로 채워져 있었다. 여러 대목에서 야간비행에 관한 글이 나왔다. 10월에 제대를 하고 취직을 하는 것으로 끝났다. 몹시도 음악을 좋아하는 친구였다. 박상민과 김경호의 노래를 특히 좋아하는 것 같았다. 농구와 축구에 대한 꼼꼼한 기록이 있고, 가끔 탁구도 친다. 탁구가 일정한 경지에 올라 있나 보다. 우리 때와는 전혀 다른, 이런 일기를 훔쳐보지 않으면 알 수 없는 정서들이었다. 어려서 현장을 떠돌던 내게는 이 친구의 이성에 대한 고민과 가족에 대한 사색, 그리고 주변의 조건들, 삶과 죽음에 대한 고뇌가 그야말로 색다름으로 다가왔다.

이 친구에게는 여러 명의 친구들이 있었고, 여성의 이름도 몇 있었다. 실제 사귀는 이성 친구가 한 명 있는데 나중에 헤어진다. 헤어짐으로 단순하게 끝낼 수 없는 처절한 아픔과 그럴 수밖에 없는 자신에 대한 경멸, 상처로부터 벗어나려 몸을 비트는 고통이 죽 이어졌다. 사귀다가 친구로 정리한 다른 여성이 한 명 있었는데, 헤어진 그 친구에 대해서도 많은 글을 쓰고 있었다. 항상 그의 머릿속에는 두 여인이 동시에 존재했다. 원할 때 전화할 수 있고, 편하게 말을 걸 수 있는 친구인 여성도 그는 고통스럽게 바라보고 있었다. 이런 대목이 있었다. "그녀가 무섭다. 혹시 내가 친구 이상의 감정을 갖게 되는 게 아닌가!", "더 이상 가까이 갈 수도 멀어질 수도 없는" 그 처절함을 내 어찌 느끼지 못하겠는가! 사랑에 대한 두려움. 사랑은 사람을 미치게 만든다. 뜨거워 온몸에 열병이 나는, 밤마다 환상과 싸워야 하는 그 열병, 그것을 알기에 이 친구는 그녀를 두려워하고 있었다.

사무실의 여성 노무사가 그 나이 또래의 청춘이다. 일기 이야기를 해주니, "그 친구를 알지는 못하지만 어쨌든 잘되었으면 좋겠어요" 한다. 내가 보기에는 이 친구가 그녀를 너무도 사랑하고 있음이 분명했다. 순수함이 강물처럼 흐르고 있었다. 한편으로 애인인 여인은 조금씩 멀어져 가고, 애착을 갖는 자신을 조소하고, 종종 이 친구는 그녀와 다른 이들에게 수많은 편지를 보낸다. 보내지 않은 숱한 편지도 있었다. 그 많은 편지와 전화 통화에도 불구하고 유독 두 여인의 반응에 대해 무척 예민하게 신경을 쓰고 있었다. 책을 읽을 때나, 부대의 일정이 있을 때나, 친구들을 만나 술을 마실 때에도.

일기는 1년을 쓰고 있지만, 전체적으로 1년의 기록이 아니라 되풀이되는 매일의 기록이라는 생각이 들었다. 항상 그날 하루에 대해서만 쓰였기 때문이다. 오늘은 무엇을 못하고, 무슨 일이 있었고, 누구와 무슨 말을 했고, 기분이 어떠했고, 누구와 술을 마셨고, 헤어지고, 편지를 쓰고, 몸이 자주 아프고 하는 이 친구는 눈물이 많은 것 같았다. 몸이 아픈 할머니를 사랑하고, 아버지에게 연민의 정이 있고, 가끔 현실의 어려움을 한탄하는 아버지와 함께 울기도 하는 날이 있었다. 경제적인 어려움, 가족의 부양에 대한 부담스러움, 되는 일이 없다는 자괴감, 그리고 섬세한 일상들, 친구들과의 만남들, 농구를 하고 탁구를 치는 일상에 민감한 친구.

나도 예나 지금이나 일기의 친구 못지않게 가난했지만 이렇게 예민한 감성을 가지고 살지는 못했다. 나와는 열 살 정도의 차이가 있지만 일기를 읽는 동안 주변에서 느끼지 못하던 청춘의 정서를 느낄 수가 있었다. 생생한 문학처럼. 나 또한 우리 노무사의 말처럼 이 친구가 잘되었으면 하는 마음이 너무도 간절하게 들었다.

어어부밴드

서울은 유달리 날씨가 후덥지근하다. 공기에 기름 냄새가 은근히 배어 있는 느낌도 든다. 특히 밤공기가 더욱 그런 것 같다. 이런 날은 생각하는 것도 느슨해진다. 숨쉬기도 가쁘니 그럴 수밖에.

대전에서 일을 보고 영등포에 도착하니 버스가 끊겼다. 그 황량함이란. 택시와 승용차는 수없이 달리는데 기다리는 버스는 오지 않는다. 어떤 신비한 힘에 의해 한 순간 이 도로에서 사라진 것 같은 기분이다. 피곤하고 무거운 다리로 혹시나 하고 1시까지 기다렸지만 버스는 오지 않는다. 사람들이 정류장 뒤 오락실에 앉아서 달리는 말을 쳐다보고 있다. 담배연기 자욱한 실내에서 일하는 여인이 재떨이를 비우고 있다. 부항 뜬 배처럼 그들의 가슴에 풍선 같은 욕구가 가득하다.

영등포우체국 앞을 서성이며 앉아서 담배를 피우는 아주머니는 오가는 청년들을 잡는다. 영등포역에 열을 지어 누워 있는 사람들 사이를 지나 조합 사무실이 있는 신길 고개를 올라오니 땀에 흠뻑 젖는다. 대부분의 사람들이 박스를 깔고 새우잠을 자고 있다. 돌아갈 집이 없다는 것은 어떤 의미일까? 만나서 싸울 가족이 없다는 것, 책임과 지켜야 할 가족이 없다는 것, 무서운 일이다. 거세된 욕구와 시장경제에서 밖으로 밀려난 삶들.

모처럼 조합에서 아침을 맞이하니 출근 걱정 없이 한가하다. 여유가 있어 컴퓨터를 켜고 음악 폴더를 보니 〈아름다운 '세상에' 어느 가족 줄거리〉란 어어부밴드의 노래 파일이 눈에 띈다.

얼마 전, 자칭 재즈 마니아인 이형이 니코틴을 잡아 주는 작은 파이프에 담배를 끼워 물고 연기를 길게 뿜으며, 어어부밴드의 노래니 들어보라고 했다. 기존에 들어온 노래와는 판이하게 다른 노래였다. 막걸리 선술집에서 젓가락 장단에 맞추어 고된 밑바닥 삶에 대해 고함을 치며 울분을 터트리는 전형적인 노동자의 회한이 담긴 영혼의 노래였다. 나도 젓가락 장단을 두드리는 듯한 사내의 울분과 삶의 한탄에 동화되어 절로 고개를 끄덕였다.

그의 노래를 들으니 기구한 운명의 한 사내가 떠올랐다. 그 기구한 운명의 사내를 만나기 직전에 우리는 팀을 짜서 그 사내가 있는 현장으로 들어갔다.

그때가 언젠가? 한 10년쯤 되었나? 성수역 근처 신축 사무실 건물이었다. 주변의 아는 몇 사람으로 팀을 짜서 설비회사 직영으로 일할 때였다. 그 현장 앞에 조합 후배 최씨의 아는 여자 친구가 현장 앞 건너편 원룸 사무실에서 일을 하고 있어, 일을 마치면 맥주 몇 병 사 들고 그곳에 올라가 가끔 술을 마시곤 했다. 그녀의 사무실은 10층 정도 되었고, 자동차 보험 영업을 하는 여사장의 개인 사무실이었다.

사장이 있을 때면 함바에서 일꾼들과 소주를 한잔 하고 들어가거나, 사장이 일찍 퇴근한 날에는 곧장 올라갔다. 무덥고, 바닥에 물기가 축축하고, 천장에서 시멘가루 떨어지는 함바에서 술을 마시다가 그 사무실에 올라가면 휴양지가 따로 없었다. 에어컨에서 나오는 시원한 바람이며, 은은한 조명, 거기에 우리의 삶이 건강하다는 것을 인정하는 젊은 여성 동지까지 있으니 하루의 고된 수고가 풀리지 않을 수 없었다. 가끔 그녀의 다른 친구들도 불러서 함께했다. 지금은 얼굴도 기억나지 않는 먼 옛날이야기가 되었다.

한번은 최씨와 건대역을 지날 때 녀석이 아는 사람을 만나 한참 이야기를 했다. 언뜻 보니 건국대에 다니는 학생이었다.

"아는 사람이냐?"

"예, 조금."

그로부터 얼마 후 그가 건대에 다니다 제적을 당한 것을 알았다. 아마 2학년쯤 되었을 때 그랬던 모양이다. 박종철 열사 당시 그랬다는 말을 들었다. 철학이 있을 나이, 세상에 대한 고민으로 밤을 새는 그런 때였을 것이다. 생각을 한다는 것이 얼마나 고귀한 일인가! 사상과 실천, 그리고 투쟁.

그는 그 현장을 마치고 두어 개 현장을 더 다니다가 내가 조합 간부를 맡게 되면서 현장을 떠났다. 내가 할 수 있는 말이 별로 없었다. 다만 끝까지 책임지지 못해서 미안하다는 말을 했고, 다시 일을 하게 되면 언제든 연락을 하라고 했다.

그로부터 몇 년이 흘렀다. 어느 날, 최씨에게 전화가 왔다. 다시 일을 하고 싶다는 것이다. 결혼을 하게 되었는데 먹고살 방법이 없어 다시 현장 일을 해야겠다는 것이다. 그래서 그와 다시 인연이 되어 지금까지 생활을 함께하고 있다. 지금은 친구 따라 배관 설비 일을 하고 있다. 노동자가 되어 애 낳고 하루를 벌어먹으며 현장을 떠다니고 있는 것이다.

최씨와 팀을 짜서 기구한 운명의 사내가 있는 현장으로 옮겼다. 그는 그 현장의 책임자로 있는 김모 씨였다. 그와 나는 별로 말을 주고받지 않았다. 함께 들어간 나보다 두 살 많은 홍모라는 선배가 있었는데, 주로 그 형이 책임자를 만나 일에 대해 이야기를 나누었고 나는 결정된 일 처리만 했다. 책임자와 홍씨는 관악에 있는 서울대 근처의 동네에서 함께 자란 동네 선후배였다.

그래서 그런지 한 30여 명 되었는데 죄다 그쪽 동네 사람들이었다. 나와 최씨는 은평구에 살고 있을 때였다. 홍씨는 책임자와 책임자 친구들끼리 한 팀을 짜서 돈이 나오는 날이면 따로 만나 포커를 즐겼다. 우리는 이해하기 힘들었지만 그들은 어찌 보면 일보다 포커를 더 중요하게 생각하고 있었다. 먹고살기 위해 일을 하는 것이 아니라 포커를 하기 위해 일을 하는 것 같았다. 그렇지 않다면 어찌 한 달을 일해 하룻밤에 다 풀 수가 있단 말인가?

홍씨는 돈을 잃은 다음 날 현장에 나와 미친 듯이 일을 했다. 다음의 결전을 위해서였는데 나로서는 도대체 이해를 할 수가 없는 노릇이었다. 이해하고 싶지도 않았다. 그 외에도 이해할 수 없는 일이 두 가지가 더 있었는데, 바로 책임자 김씨가 그랬다. 처음 그를 만났을 때는 말도 별로 없고 눈빛도 순진하기 그지없었다. 주변에서 흔히 볼 수 있는 순수한 사람이었다. 일꾼들에게도 별로 닦달하는 것 없이 잘해 주었다. 항상 웃는 낯이었으나 가끔 의외의 소식을 들을 때가 있었다.

한번은 함바에 갔는데, 주인 여자가 그에 대해 묻는 것이었다. 어떤 사람인가 하고 묻는 게 궁금해서 왜 그런가 물으니, 간밤에 술에 취해 난동을 부렸다는 것이다. 어떻게 그런 일이 있을 수 있는지 의아했지만 시간이 지나면서 그런 일이 가끔 일어났다. 홍씨는 그 일에 대해 입을 다물었다. 동네 선후배 규율이 강한 곳이라 그런가 보다 했다. 한번은 참을 먹으면서 책임자와 함께 술을 한잔 할 일이 있었다. 지금은 현장에서 술이 금지되어 있지만 당시에는 현장 구석구석에 술병이 뒹굴어 다녔다. 그가 지나치다 싶을 정도로 여성에 대한 농담과 불신, 여자는 다 뭐가 어쨌다는 식의 욕설을 뱉었다.

"쟤 왜 그래?"

"누구?"

"책임자. 입이 왜 그렇게 걸레냐고. 듣는 놈 짜증나게. 나잇살이나 먹어가지고. 그렇게 안 봤는데, 완전 양아치구먼."

"누가 듣겠다."

"들으면 어쩔 건데. 형 선배지, 내 선배야?"

홍씨는 팔뚝에 문신이 새겨진 사람답지 않게 주변을 살폈다. 그는 나와 최씨를 달래더니 그가 처한 사정을 조금 이야기해 주었다. 처에게 문제가 있었다. 무슨 문제인지 자세히는 모르지만 하여튼 가정불화가 생길 만큼 문제가 있다고 했다. 처 때문인지 김씨 때문인지 알 수 없는 일이었다. 어쨌든 정 떨어지는 그 현장을 마치고 셋이 떨어져 나와 다음에 간 곳이 대전 엑스포를 준비하는 공사 현장이었다. 그 현장에서 얼마간 일을 하고 나는 조합 일 때문에 서울로 올라왔다.

홍씨도 최씨도 나도 현장을 떠났다. 언젠가 홍씨를 만나서 이런저런 이야기를 하다가 그때 책임자에 대한 이야기를 물어 보았다.

"그 양반 죽었어. 몰랐나? 대전에 갔을 때 그랬는데."

전혀 모르는 일이었다. 그의 말에 의하면 현장에서 추락사를 했다는 것이다. 밖에 있는 비계에 매달리는 무슨 일인가를 하다가 비계가 넘어갔는지 아니면 그냥 비계에서 미끄러졌는지 모르지만 떨어져 사망했다는 것이다. 현장에서 흔히 있을 수 있는 일이다.

"그런데 말이야."

홍씨는 한강 고수부지에서 누구 들을 일도 없을 텐데 주변을 살피더니 한마디 더 했다. 사망 후에 책임자 친구 하나가 사고 처리를 했는데, 보상금을 꽤나 받았다고 했다. 그런데 그 친구가 상을 당한 친구 처와 함께 보상금을 가지고 도망을 쳤다는 것이다. 친구의 뼈가 하늘에서 땅으로 뿌려져 흙과 섞이기도 전에 말이다. 그 말을 들으니 장자에 나오는 남편의 묘에 부채질하는 부인이 생각났다. 묘가 빨리 말라야 재취를 할 수 있다는 풍습에서 나온 이야기라나.

노동법도 필요 없는 지독한 노동일, 가난하기에 늘 아픔이 많은 가난한 골칫거리 집안일, 그리고 안전사고, 사망. 한 사내의 운명이다. 나는 속으로 그의 명복을 빌었다. 도망친 두 남녀의 행동을 탓할 생각도 없다.

"누구한테 이야기하지 마라."

홍씨가 그런 말을 했지만 이렇게 글을 쓰고 있다. 그래서 글을 쓰는 사람 앞에서는 말을 조심해야 한다.

어어부밴드가 부르는 노래에 청산가리를 마시는 사내의 이야기가 있다. 극한 상황에 처한 사내의 이야기가 노랫말 속에 있다. 그가 사고로 죽지 않았다면 언젠가는 청산가리를 마셨을지도 모른다는 생각이 든다.

희끄무레한 백열전구 아래서 밤늦게까지 안주 하나 없이 소주를 까며, 술집 한구석에 앉아서 음치의 목소리로 젓가락 휘두르며, 피를 토하듯 지난 가요를 불러대며 울부짖는 많은 노동자들이 떠오른다.

깨어나야 한다

밤 11시쯤, 신월7동이 종점인 중부버스를 타고 집으로 오는데 환영이 보인다. 눈은 쓰려 감은 채로, 맨 뒷좌석 등받이에 깊숙이 앉아 덜컹거리는 버스에 몸을 맡겼다. 감은 눈 속에서 사람의 얼굴이 붉은 점과 빛으로 변해 가물가물 흔들린다. 붉고 흰 불빛이 금가루 뿌려진 듯 눈을 어지럽힌다. 오늘은 다른 날보다 날이 흐리고 기온이 낮았다. 신월동에서 국립과학수사연구소를 지나 고강동 은행단지까지 걸어오는데 다리도 기분도 무겁다.

몇 시간 전에는 제물포 상갓집에 있었다. 통일운동을 하는 아는 사람이 부친상을 당한 것이다. 돌아가신 어른은 아흔이 넘으셨다. 그 정도면 호상이 아닐까 한다. 그래서 그런지 슬픈 얼굴들은 아닌 것 같았다. 아마 어른께서 기독교에 대한 신심이 대단하셨던 모양이다. 국화를 영전에 바치고 고개만 숙이는 걸로 예를 갖추었다. 하마터면 절을 할 뻔했다. 셋이 국화를 올렸는데, 두 사람은 경험이 있는지 절을 하지 않았다. 나는 그걸 모르고 무릎을 반쯤 구부리다 잽싸게 다시 폈다. 사실 절을 한다고 누가 뭐라 그럴 사람이 있겠는가마는 혼자 하기가 영 어색했다.

사실 오늘 제물포 상가에는 못 올 뻔했다. 오늘이 발인이라고 잘못 알아들었는데, 다행히 제대로 가르쳐 주는 사람이 있어 올 수가 있었다. 어쨌든 오늘은 피곤한 날이다.

오전에는 분당 국군수도병원 중환자실에 있었다. 어제 오후에 들어가 오늘 점심밥 먹고 그곳을 나왔다. 수도병원 연병장을 중심으로 움직이는 장병들과 환자들의 하루를 엿보았다. 병원 안에서는 담배를 피울 수가 없었다. 유일하게 담배를 피울 수 있는 곳은 연병장 끝 축구골대 뒤였다. 청색 플라스틱 쓰레기통 세 개를 놓고 시간에 맞추어 환자복을 입은 사람들이 모여 담배를 피워댔다. 일반인인 우리는 연병장 계단에 앉아 병사들 운동하는 것을 보며 담배를 피웠다. 오늘 오후 2시부터 민방위 훈련을 한다고 안내 방송도 나왔다. 아마 이번 15일에 총선이 있어 연기된 모양이다.

병원 안에 직원들과 방문객이 이용하는 식당이 있었는데, 식사는 그곳에서 했다. 아침과 저녁은 1,500원이고 점심은 3,000원이었다. 오늘 아침 식사는 영양죽이 나왔다. 고춧가루에 버무린 깍두기와 영양죽은 우리를 당황하게 했다. 늘 한두 공기의 밥을 먹고 출근을 해야 하는 건설노동자들에게 죽 한 그릇이라니, 수저를 가지고 떠먹을 필요도 없었다. 단숨에 마시면 끝나는 것이었다. 하긴 이 식당이 건설노동자를 고려해 식단을 짜지는 않을 것이니까, 이해를 해야지 어떡하겠는가. 지독하게 배가 고픈 아침이었다.

어제 저녁은 이런저런 이유로 병원을 숱하게 다녀본 고참으로서 신참들에게 기술을 하나 물려주었다. 나 말고 네 명의 동료들이 있었는데, 나보다 한 살 적은 김형 말고는 다 후배들이었다. 조합생활 10여 년에 갖가지 일로 병원에 다녀본 결과 터득한 단순한 기술 하나가 잠자는 것이었다. 이틀째 중환자실을 지키고 있는 동료에게 간밤에 어떻게 잤는가 물어보니 의자에 쭈그려 앉아 잤다는 것이다. 맙소사!

새벽 1시쯤 되어 사람들을 이끌고 병원 로비로 데리고 갔다. '병원에서 밤을 새려면 몸을 눕힐 수 있는 소파를 찾아라!' 이것이 핵심이다. 차를 가지고 왔다면 다행인데, 때에 따라서는 차가 있어도 가서 잘 수 없는 경우도 있는 것이다. 그때는 중환자실이나 영안실을 고집하지 말고 좀 더 반경을 넓게 잡아 소파를 확보하는 것이 제일 좋은 방법이다. 소파를 몇 개 잡아 자리를 잡아주니 금방 코 고는 소리가 들렸다. 나와 함께 자던 후배 녀석은 모기 때문에 잠을 못 자겠다고 불만을 터트렸다. 그래서 근처에 진열된 잡지를 하나 꺼내다가 얼굴을 덮는 요령도 일러 주었다. 살이 드러난 손은 머리를 베면서 감추고 말이다. 그런데 녀석은 그럴 수도 없었다. 반팔을 입고 온 것이다. 놈은 밤새 모기와 전쟁을 했다.

그저께 조합 사무실에서 상근자들과 점심을 먹는데, 화제는 부천 엘지백화점의 리모델링 건물의 안전사고였다. 연맹 차원에서 어떤 대응을 할 것인가에 대해 의견을 나누고 있었다. 아침에 연맹 게시판에 뜬 내용을 보니 사망자가 한 명 더 발생해 모두 넷이 사망했다는 것이다. 사실 영안실이나 부천 조합에 방문을 해봐야 하는데 그럴 경황이 없었던 것이다.

우리가 엘지 사고에 대해 이런저런 이야기를 나누고 있을 때, 한 통의 전화가 왔다. 그날 아침 동원훈련을 갔던 교육부장이 다쳤다는 것이다. 교육부장의 지갑에 조합 명함이 있었다고 했다. 그가 위급하니 집에 연락을 해 달라는 것이었다. 전날 조합에 들러 말하길 자신이 동원훈련을 받으러 가니 편집모임에 못 나온다고 했다. 그때는 그렇구나, 했는데 난데없이 다쳐서 분당 국군수도병원까지 헬기로 옮겨왔다니. 서둘러 지도를 찾아보고 사무실에 최소 인원만 남기고 병원으로 향했다.

분당으로 가고 있는데 사무실에서 전화가 왔다. 뉴스를 들어보라는 것이다. 뉴스에서 사고 경위가 나왔다. 택시를 추월하다 사고가 난 것으로 추정하고 있었다. 세 명이 사망하고 셋이 중태, 그 중태 중 하나가 교육부장이라니. 녀석의 가입서를 내가 받았는데……. 그날 간부 둘을 병원에 놔두고 할머니 제사 때문에 집으로 들어왔다. 그런데 새벽 2시쯤 사무국장에게 전화가 왔다. 그가 위독하다는 것이다. 나는 끝났구나 싶어 새벽 첫차를 타고 나간다고 했다. 사실 부천 집에서 신길동 조합 사무실까지 나갈 택시비가 없었다. 나중에 들으니 사무국장은 그 말에 할 말을 잃었다고 한다. 사무국장은 그 즉시 자신의 차를 몰고 총무차장과 함께 병원으로 갔다. 새벽 5시쯤 집을 나서면서 병원에 있는 간부에게 전화를 하니 위급한 상황은 넘겼다. 가서 들어보니 전기충격을 가해 상황을 벗어났다. 그때가 21일, 어제 새벽이었다.

오전에 병원에 들어가니 그의 학교 선후배들이 잔뜩 몰려들어 면회를 하고 있었다. 의사는 오늘이 마지막 고비가 될 수 있다고 했다. 그러나 하루를 무사히 넘기자 계속 흐르던 복부의 피도 멈추고 혈색도 서서히 돌아왔다. 문제는 뇌였다. 눈 위로 머리를 심하게 다쳤다고 한다. 의식만 깬다면 다른 건 별 문제가 되지 않을 듯싶다.

밤낮으로 그를 위해 기도를 하고 있다.

'제발 깨라! 너는 깨어나야 한다! 제발!'

작년에 졸지에 암으로 간 녀석도, 병원에 누워 있는 놈도 다 나와 같은
닥트 직종이다. 빌어먹을! 고사라도 단단히 지내야 할 모양이다.

노란 타워에 세 개의 붉은 띠가 휘날릴 때

타워를 오르는 계단은 생사를 가늠하는 계단이다.

한발 한발 떼어 놓을 때마다 생과 사를 고뇌하며 올라간다.

그러나 타워 위에서 보는 세상은 아플 만큼 한가하기만 하다.

동지와 떨리는 손으로 현수막을 걸고,

머리띠를 묶으며 긴 투쟁을 다짐한다.

내려가기까지 얼마나 걸릴까?

일주일, 한 달, 두 달, 내려갈 수는 있을까?

모를 일이다.

땅과 하늘의 사이, 끝없이 중력은 당기고

구름은 하염없이 흘러간다.

추방하든지, 죽이든지

1

강의 퇴적물처럼 쌓여 거의 누구의 시선도 끌지 못하는 종자들이 있다면 그건 바로 이 사회 가장 밑바닥이나 다름없는 건설노동자일 것이다. 윗물이 아무리 맑게 흐른들 그 쌓이는 퇴적물은 퇴적물일 따름이다. 유람선이 떠가고, 다리 위로 의전행렬이 지나가도 퇴적물은 움직일 수 없는, 기쁠 일이 없는 그저 강 밑바닥의 찌꺼기일 뿐이다. 남이 먹다 남은 찌꺼기들이 썩어 쌓이는 곳, 온갖 잡것들이 버려져 혹은 그 주어진 수명을 다해 분해되거나 그렇지 못한 것이 모이는 곳. 버림받은 곳. 외면 받은 곳. 자본의 저주스런 주문으로 주 5일이 횡행하는 세계와 차단되어 봉인된 곳. 노가다의 이마에 붙은 봉인을 누가 뜯어 줄 것인가? 백마 탄 왕자나 슈렉, 〈천녀유혼〉의 장국영, 홍금보, 누가 노가다의 봉인을 풀어 줄 것인가? 아마 아무도 오지 않을 것이다. 그만한 가치가 없을 테니까.

어렸을 때, 한 공상과학 소설을 읽은 적이 있다. 한 행성에서 쓰레기만을 처리하며 살아가는 종족들에 대한 이야기였다. 그 종족들이 쓰레기를 치우지 않으면서 생기는 일들로 이야기를 이끌어가는 것이었다. 그때 쓰레기만을 치우기 위해 태어나고 쓰레기를 치우며 살아가고 그러다 죽는 그 종족에 대한 연민과 그 사회에 대한 분노를 느꼈었다. 그런데 정작 내가 그렇게 살고 있지 않나 하고 종종 느낀다. 쓰레기를 처리하기 위해 살아가는 종족들은 쓰레기를 버리는 인간들과는 질적으로 달랐으리라. 쓰레기를 처리하는 종족이 반발을 하자 쓰레기를 버리며 살아가던 인간들은 이해를 하지 못한다. '도대체, 무엇이 불만이란 말인가? 그런 일이라도 해서 먹고 살아가면 되었지, 그러면 되었지, 무슨 불만이 있단 말인가? 도대체 무엇이 더 필요하다는 말인가? 그 주제에. 그럼 쓰레기를 버리는 종족들과 맞먹겠다는 말인가! 정말로. 그런 신성모독적인!' 인간 사고의 문제인지, 자연 원리의 문제인지 모르겠다. 그 소설의 결말도 잘 생각나지 않는다. 중요한 것은 대대로 쓰레기를 처리하며 삶을 살아야 하는 행성의 종족들이 존재해야 한다는 사실을 납득할 수가 없었다.

내 아버지는 돌아가시는 순간까지 건설노동 일을 하셨다. 일에 대한 이야기를 전화로 주고받다가 혈압이 올라 돌아가셨다. 지독하게 불운하신 분이다. 아버지가 가진 여러 직업이 내게는 하나도 내세울 만한 것이 없었다. 현장으로 일을 나가는 아버지가 자랑스럽지 않았지만, 결국 나도 아버지보다 더 낫지 않다. 나도 건설현장의 노동일을 하게 되었으니, 누가 누구를 무능하다고 탓한단 말인가! 아버지는 질통을 지고 동네 일을 나가셨고 나는 가방을 메고 지방 일을 나가는 차이가 있을 뿐이다.

이 지독한 노동. 아버지가 그랬던 것처럼 내 자존심이 다시 일어날 수 없을 정도로 뭉개졌어야 했는데, 내 의식은 그렇지를 않았다. 아버지의 그 강

렬한 자존심과 황소고집은 가족의 생계를 위해 간데없이 사라지고, 빈 감
정에 술이 채워져 무디어져 갔다. 태양을 등지고 삽질을 하는 아버지의 굽
은 어깨가 그림자가 되어 내 발 밑에 스며드는 것을 나는 두려워했다. 내
그림자는 아버지의 그림자와 확연한 금을 긋고자 했다. 태양의 위치를 바
꿔서라도 말이다. 당당한 노동을 위해.

　이제 나이가 드니 아버지에게 가졌던 내 감정을 아들놈이 가지게 될 것
이다. 건설노조는 아버지에게 선사해야 할 귀중한 선물이었지만, 내가 노
조에 가입한 날은 아버지가 돌아가신 뒤 1년 탈상을 하기 직전이었다. 그
게 어디 나만의 일이겠는가? 누가 건설노동 일을 한다면 내 아버지와 같은
처지거나 나 자신과 같을 것이다. 그저 이 사회 밑바닥에서 운명처럼 받아
들여야 하는 휜 어깨와 굽은 팔꿈치로 무릎을 구부리고 짐을 지고 걷는 벽
화 속의 현대판 노예일 따름이다.

2

　벽화의 검은 그림자들이, 긴 행렬로 도시를 건설하던 노예들이, 하나둘
벽을 따라 걷다가 한곳으로 삼삼오오 모이기 시작한다. 이런저런 손짓 발
짓으로 논의를 거듭하기를 긴 시간, 결국 그들이 집단을 이루어 하나씩 열
을 맞추어 몰려간 곳이 있으니, 노예를 부리던 귀족들이 있는 커다란 회랑
이다.

　대표가 나서서 여러 가지 주장을 하지만 귀족들은 탁자에 앉아 그들의
이야기에 웃기만 한다. 긴 요구사항이 끝나고 귀족들이 박수를 치자 앞뒤
에서 창과 방패를 든 군사들이 몰려들어 그들을 강제로 해산시킨다. 귀족
들은 과일을 든 바구니에 손을 넣어 탐스런 포도 알갱이를 따 입에 넣으며

거대한 배를 쓰다듬고, 악사들의 연주를 들으며 시를 쓰고, 혹은 연인과 놀이를 즐긴다. 그런데 흩어졌던 노예들이 다시 몰려들어 더욱 강한 말로 항의를 한다. 말을 듣고 있던 귀족의 발이 부들거리며 떤다. '어찌 감히 요구를 한단 말인가? 요구를' 귀족들은 자리를 박차고 일어나 그들끼리 긴 회의를 한다. 그리고 잠시 후, 회랑에 진을 치고 앉아 있던 노예들에게 군사들이 몰려들어 폭압적인 폭력을 행사한다. 몽둥이로 때리고, 방패로 찍고, 발길질에 주먹질까지. 그리고 회랑은 붉은 피로 흥건하게 젖는다. 회랑에서 쫓겨난 노예들은 비로소 자신들이 빈손이었음을 알게 되고, 귀족들의 언어는 자신들의 언어와 다르다는 것을 깨닫게 된다. 귀족들의 언어는 바로 힘이며 폭력이며 속임수였던 것이다. 급기야 긴 몽둥이로 무장을 한 노예들이 귀족들의 영역으로 침범해 들어오자 군대가 그들을 막아선다.

귀족들은 그 광경을 보고 고뇌에 빠진다. 다 죽이자니 자신의 자산을 버리는 것이요, 들어주자니 자신들의 권리와 이익이 줄어든다. 결국 현명한 귀족들은 지도자들을 잡아 책임을 묻는다. 언덕 위에 십자가를 세우고 그들을 매단다. 혹은 수백 년 된 괴목에 목을 매달아 빨래처럼 널어버리거나, 사지를 잘라 짐승들에게 던진다. 노예들은 다시 줄을 서서 귀족들을 위해 긴 노동을 시작한다. 얼마간의 시간이 지나 노동의 고통이 죽음의 고통보다 더해질 때쯤, 노예들이 다시 모이기 시작한다.

3

핸드폰에 저장된 작은 일상의 가족사진들, 디지털 음악, 밀어내기의 실시간 웹 뉴스들, 아무리 써 봐도 정말 잘 만들어진 공구 바이스프라이어, 음식물 분류통, 스와핑 동영상, KTX, 줄기세포, 황사, 미제 스텔스기의 도

입, 다자간 협상, 불가침 조약, 민주노총의 사회적 합의와 대의원대회, 노
조 지도부의 부정, 공안범들, 지하철 무가지, 반도의 황색 양키들, 북한의
핵무기, 기업도시, 신자유주의, 노동의 수출과 수입, 불법체류자, 중동에서
작렬하는 소련제 로켓포, 소총이 장전되는 소리, 아랍 여성의 비명소리, 반
미를 외치는 아랍인과 알아듣지 못하는 아랍어들, 굶주림, 노숙자의 마르
고 긴 손가락, 청년실업보다 무서운 중년실업, 화려한 연예인들, 공원의 노
인들, 열광하는 교회의 신자들, 아무 곳에서나 들을 수 있는 욕설들, 열악
한 공장의 비정규직 노동자들, 그리고 70년대 흑백 사진, 검문하는 경찰,
찌그러진 방패와 구부러진 쇠파이프, 거대한 자본의 빌딩 숲, 자본이란 무
한 권력, 횡단보도를 건너는 사람들의 강, 대형서점의 책들, 고급 유리빌딩
앞에 천막 친 노동자들, 정계의 거물과 기업회장들의 멋진 악수 그리고 환
한 웃음, 시위하는 노동자들을 보는 전경 헬멧 안의 눈동자, 타워를 탄 노
동자의 팔뚝질, 무전기를 들고 시간을 죽이는 형사들, 소주를 마시며 고뇌
하는 청년들, 동성애, 스타워즈 완결 편, 수많은 통계치들, 정객들의 부정
과 소수 성공한 386, 웃음, 분노와 공포의 사회, 불평등과 압박, 폭력, 고사
작전, 속임수, 왜곡된 지도, 로또복권, 권력의 집중과 투쟁, 대중조직의 분
열, 개그맨의 다툼, 불확실과 혼란스런 미래, 재혼을 꿈꾸는 사람들, 일진,
정규직, 청와대를 둘러싼 과거의 그때 그 사건들, 이덕화, 그 외에 잡다하
게 스쳐가는 기억의 파편들, 이 모든 것들이 지금의 우리 사회를 이루고 있
는 퍼즐 조각이다.

  무엇이 진보이고, 평등이며, 새로운 가치인가? 역사 발전이며, 또 다른
논쟁이며, 새로움의 추구이며, 독재의 종식이며, 새로운 세계의 진입이며,
진정한 민주주의며, 신과학이며, 신인류며, 탈이념 탈계급 탈냉전이며, 그
리고 도대체 무엇이 참여정부인가? 누가 정부에 참여를 하고 참여를 요구

받고 있으며, 그 실질적인 참여자는 누구인가? 노동자? 비정규직? 초대받지 않은, 참여할 수 없는, 그야말로 소외된, 그늘진 곳의 그림자 같은 불분명한 존재. 마치 덜컹대는 버스의 지붕에 태워져 이동하는, 건물 화장실 옆 도구창고에 이불을 깔고 누워 있는, 애초 건물의 설계 당시 존재 자체가 고민되지 못했던, 어쩌면 굳이 그 인격을 존중할 필요가 없을, 금속을 추출하고 버려지는 광석과 같은 존재. 이 모든 것이 비정규직에 대한 내 생각이다. 이 사회에서 선택받지 못한 다수이며, 눈알을 굴리는 고통스런 표정의 얼굴, 노동으로 상처 입은 손과 디자인이 전혀 고려되지 않은 녹색 작업복, 엉클어진 머리와 이마에 땀이 흐른 자국, 꾹 다문 입술과 고정된 작업으로 약간 한쪽으로 처진 어깨, 안전모에 눌린 머리 모양, 검은 살갗으로 하얗게 빛나는 이빨, 천천히 깜빡이는 눈꺼풀. 그럼에도 이 사회에서 지구의 물 같은 존재들. 거울 속의 나를 보니 이런 생각이 든다.

언젠가 뱀파이어 영화에 나왔던 대사가 생각난다. '인간은 친구가 아니라 먹이란 말이다!' 먹이와 친구가 될 수 없다는 말이었다. 누가 나를 먹어치울 것만 같다. 그만한 가치가 있을까? 내 가격은 얼마나 될까? 건설노동자는 하루에 두 명 이상이 죽는다. 아직 셋은 아니다. 이렇게 말하면 어떨까? '자본이 두 명 이상씩 먹어치운다.' 끔찍한 말이다. 꼭 뱀파이어가 내 뒤에서 나타날 것만 같다. '항상 지켜보고 있었어!' 혀로 내 목을 날름 핥으면서 말이다.

4

작년 8월 포항 포스코 건물 앞에서 대 혈전이 있었다. 올해 5월 울산에서는 무슨 일이 있었는가? 고함과 야유, 분노한 노동자의 함성, 폭우처럼 쏟아지는 포말, 바닥에 방패를 찍으며 당장 달려들 듯 위협을 하는 서울에서 내려온 기동대, 앞으로 나아가는 노동자의 긴 쇠파이프, 움직이지 않는 거대한 그룹 SK와 타워 위의 단식 노동자들, 공장을 둘러싼 컨테이너들. 며칠째 정부와 언론은 폭력시위에 대한 언급을 한다. 쇠파이프 앞에 무기력한 경찰을 운운한다. 왜 정부는 70일이 넘어서야 나서는가? 노동자들이 생계를 버린 71일 동안 무엇을 했는가? 다친 경찰은 있는데, 왜 버려진 다친 노동자는 없고, 왜곡된 노동자의 삶은 없는가? 당신들의 토대는 건설노동자가 아니고, 경찰이던가?

불법하도급과 과도한 노동, 고용의 불안정, 불법 취업자들, 부당노동행위, 노조의 불인정, 블랙리스트, 협박, 200만 건설노동자의 절실한 생활은 정부에게 얼마만한 가치가 있는가? 지독하게 근절되지 않는 산업재해의 의미는 정부에게 득인가 실인가? 왜 사람이 죽어가야 하는가? 가난하기 때문에? 부질없는 삶들이기 때문에? 이윤창출을 위한 산업재해이기 때문에? 표에 직결이 안 돼서? 현장의 안전시설 미미로 죽음을 당하는 노동자와 살인을 당하는 사람의 차이는 얼마나 되는 걸까? 한 해 건설현장에서 사망하는 700명 정도는 감수할 수 있어야 하기 때문에? 재벌이 있기에? 건설노동자에게 있어 정부는 어떤 존재인가? 70여 일 동안 정부는 무엇을 했는가? 파업 첫날부터 강력한 경찰의 대응, 기동대 파견, 825명 연행. 정부는 노동자에게 있어 무엇인가?

파업이 끝나기 전날, 정부가 한 일에 대한 발표다.

"26일 김우식 대통령비서실장의 서울 가락동 국립경찰병원 방문이 있었다. 당시 김 실장과 함께 병원을 찾은 청와대 관계자들은 갓 스무 살이 넘은 전·의경 상당수가 시위대의 쇠파이프에 맞아 허리, 목 등에 중상을 입고 신음 중인 장면에 적잖은 충격을 받았다. 김 실장은 병원 방문 직후 청와대 관계자들에게 '공권력을 무력화하는 불법 폭력행위는 절대 용납해서 안 된다' 며 '이는 바로 노무현 대통령의 뜻' 이라고 강조했다."

그래서 이런 구호가 나온다.

"차라리 죽여라!"

건설노동자도 국민이라면 대통령비서실장이 다음에 방문해야 할 장소는 건설노동자가 다친 병원이며, 노동조합 간부들이 갇힌 감옥이며, 노동조합 사무실이 아닐까? 건설노동자인 우리를 국민으로 여긴다면 말이다. 아니면 세금을 걷지 말든지, 추방하든지, 차라리 죽이든지.

동백지구

2004년 7월 14일 새벽, 여느 때처럼 출근하려고 버스를 탔을 때, 경기도 용인에 있는 내 동료들은 다른 아침을 맞이하고 있었다. 주로 아파트 공사를 진행 중인 용인 동백지구에서는 3일째 현장을 막고 파업을 진행하고 있었다. 버스가 신정동을 빠져나와 목동오거리로 들어가려는데, 전화가 울렸다. 경기도 위원장이다. '이 시간에 전화를 하다니!' 무슨 회의가 있을 때나 통화를 하던 사람이 이른 아침부터 전화를 한다는 것은 일상적인 일이 아니다.

내용인즉슨 새벽 집회 도중 52명이 연행되었다는 것이다. 연대투쟁이 필요하니 급히 동백지구로 내려와 달라는 것이었다. 긴장된 목소리였다. 전화를 끊고 나니 여기저기서 전화가 왔다. 모두 같은 이야기였다. 연행사건은 발생 직후, 파발마처럼 전국을 한바퀴 돌고 있었다.

여러 생각을 하다가 두어 정류장을 지나쳐 대방역까지 가고 말았다. 마음은 바쁜데 버스까지 헷갈린 것이다. 대방역에서 내려 우신초등학교로 가는 버스를 타기 위해 여의도 가는 길로 돌아가는데 운송노조 박 위원장을 만났다.

"어디 가?"

거침없는 카랑카랑한 목소리다. 복잡한 아침에, 검은 가방을 들고 비쩍 마른 몸으로 빠르게 다가왔다. 손을 내밀어 내 손을 잡으며 급하게 물었다.

"전화 받았어? 동백지구에서 죄 연행되었다며?"

항상 군더더기가 없고 단순 명료한 시원시원한 말투다. 동백 소식을 박 위원장도 알고 있었다. 출근하는 주변 사람들은 동백지구에 무슨 일이 일어났든 상관없다는 듯이 대방역 입구로 물 빠지듯 빨려 들어갔다.

"그래서 사무실에 들러 사람들하고 내려가 보려고요. 위원장님도 동백지구로 가나요?"

"아니, 우리도 다른 곳에서 파업하잖아. 나도 급해. 난 나중에 가지 뭐. 지금 차 시간 때문에 빨리 가야 돼. 나중에 보자고."

박 위원장은 손을 흔들며 대방역 입구로 성큼성큼 걸어갔다. 레미콘은 전국에 걸쳐 파업이 끊이지 않고 벌어지고 있었다. 근래에는 덤프도 운송노조에 가입하고 있어 더욱 싸움이 많아졌을 것이다. 박 위원장은 대부분을 길바닥에서 먹고 잔다고 한다. 박 위원장의 시원스런 발걸음을 보면서 나도 버스를 타기 위해 서둘렀다. 사무실에 도착하니, 투쟁속보 팩스가 들어와 있었다. 오전 10시 용인경찰서 항의투쟁과 오후 1시 규탄집회에 결합해 달라는 것이었다.

동백지구 파업투쟁

안개가 끼고 비가 자주 내린다는 용인 동백지구의 파업투쟁은 투쟁 규모를 떠나 '2000년 안산 고잔 단협투쟁'과 함께 건설노조 역사에 있어 중요한 투쟁 중의 하나다. 고잔 투쟁은 사무실 중심의 노조운동에서 실제 조합원이 일을 하고 있는 건설현장으로 진출, 노조활동을 보장받은 중요한 투쟁이었다. 건설자본은 건설노조의 성장과 현장의 간섭을 불쾌하게 여기는 것이 분명했다. 건설자본의 공안탄압이 시작되고, 건설 지역노조는 연합하여 투쟁으로 극복해 갔다. 이후 공안탄압의 어려움 속에서 경기도 노조는 용인 동백지구에서 집단적인 현장 파업을 이끌어 내게 되었다. 두 사건은 단절된 투쟁이 아니라 내용적으로 긴밀하게 이어져 있는 초기 현장 활동의 완결적인 모습을 띠고 있다.

2004년 초부터 경기도 노조는 용인 동백지구 대단위 아파트 현장에서, 직접 조직된 노동자의 힘으로 투쟁을 준비, 7월 중순부터 휴일이 없는 현장에 '주 1회 유급휴일' 등 최소한의 근로기준법 준수와 단체협상을 요구하며 파업에 들어갔다. 전평(조선노동조합전국평의회) 이후 건설노동자가 조직적인 파업을 한다는 것은 여러모로 불가능해 보이는 일 중에 하나였다. 그러나 건설노조에 조직가들이 등장하면서 법과 안전의 사각지대였던 건설현장의 철옹성에 금이 가기 시작한 것이다.

경찰은 파업 3일 만에 선전전을 하던 노동자들을 전원 연행했다. 이후 동백지구는 지루하고도 긴 다양한 투쟁에 들어갔다.

1시에 시간을 맞춰 내려가니 파업 농성장에는 긴장감이 돌고 있었다. 동백지구 입구 공터에 연단이 만들어져 있고 갖가지 요구사항과 결의가 현수막을 통해 나풀거렸다. 농성천막이 막사처럼 세 동이 쳐져 있었다. 우리가 도착하는 시간과 비슷하게 전국 각지에서 간부임원들이 도착을 했다. 1시부터 연행에 대한 규탄집회를 하기로 했는데, 면회를 간 대오가 늦게 오는 바람에 3시쯤에 간단한 집회를 했다.

천막에는 연대 나온 전국의 간부들로 술렁거렸고, 정작 주인들은 그날 밤을 경찰서에서 보냈다. 부산, 대구, 대전, 전북, 천안, 인천, 경기 서부, 경기 중부, 서울에서 작게는 한둘에서 많게는 서넛씩 모였다. 집회를 하다 보니 대략 50여 명은 되었다. 숫자는 적지만 거센 힘이 느껴져서 그런지, 오후 늦게 꿈쩍도 하지 않던 회사에서 교섭을 하자고 연락이 왔다. 집회를 마치고 반 수 정도는 지역으로 내려갔다. 그렇게 하루가 지나갔다.

다음날 새벽 5시 반쯤에 일어나 동백지구로 들어오는 삼거리까지 선전전을 나갔다. 간밤에 술을 많이 마신 동료들은 아직 술이 덜 깨었을 것이다. 방송차는 선전연설을 하고 나머지 대오는 길을 따라 길게 늘어서서 박수를 치며 구호를 외쳤다. 대개 여덟 자로 된 구호였다. 선전전 중에 장마답게 한차례 소나기가 쏟아졌다. 준비된 우비가 한 사람씩 돌려지고 구호가 이어졌다.

승용차가 좁은 길을 따라 끊이지 않고 들어왔다. 모두 동백지구에서 일하는 건설노동자들이다. 선전전하는 길목 안으로 타워가 즐비한 현장으로 들어갔으나 비가 와서 일을 못하고 줄지어 다시 돌아 나왔다.

오전에 선전전을 마치고 경기도 본부에서 지원 나온 단체들과 소금과 깨와 야채를 잘게 썰어 버무린 주먹밥을 해 먹었다. 식사를 마치고 쉬는 동안 현장 팀장들과 조합 간부들이 모여 교섭 준비 회의를 했다.

지원 나온 다른 이들은 경찰서 면회를 가기 위해 차를 나누어 타고 동백지구를 빠져나갔다. 연행자들은 네 개 지역 경찰서에 나누어 조사를 받고 있었다. 수원남부경찰서, 수원중부경찰서, 화성경찰서, 용인경찰서 등이다. 간부들과 대표가 교섭에 들어가고 나머지 조합원들은 현장 파업 선전을 떠나고 나니 천막에 남은 사람은 나와 동두천 지부장 딱 둘이었다. 우리도 천막을 봐줄 사람이 오면 면회를 가기로 했다.

소나기가 쉬어 가며 계속 쏟아졌다. 천막 양 옆 배수로인 고랑에 흙탕물이 전날보다 불었다. 오전 10시쯤에는 계속된 비로 근처에 세워둔 차바퀴 위까지 물이 불었다. 천막 뒤 현장에서 굴삭기가 오전 내내 고랑을 넓히자 흙탕물의 흐름이 완만해졌다. 쏟아지는 폭우로 천막 여기저기 물이 차서 천막이 처지자, 동두천 지부장은 빗자루를 거꾸로 들고 천정을 들어 올려 빗물을 쏟아내는 일을 했다. 나는 달리 할 일이 없어 무엇을 할까 하다가 기가 막힌 일 하나를 찾아냈다. 그곳에는 상상도 할 수 없을 만큼 파리가 많았던 것이다. 나는 동지들의 건강을 위해 파리채를 들고 사냥에 나섰다.

내가 한가하게 시간 땜질을 하고 있을 때, 남부경찰서에서는 한바탕 난리가 나고 있었다. 말이 면담이지 항의방문이었다. 전날 저녁, 남부경찰서에 면회를 갔다가 면회를 시켜주지 않아 실랑이를 벌였기 때문이다. 거의 대부분이 수도권 지역에서 지원 나온 조합원들인 데다, 명동성당에서 천막농성을 하던 수배자들이었다. 다른 경찰서는 다 면회를 했는데 그곳만 유독 면회를 시켜주지 않아서 감정이 있었던 것이다. 날이 새자마자 첫 일상 활동으로 연대 나온 동료들 중에 나만 빼고 전부 그곳으로 갔다.

그즈음 동두천 지부장은 민주노총 지역본부에서 지원 나온 간부들을 맞이하고 있었다. 그 면담이 끝나야 예정대로 면회를 갈 수 있었다. 천막을 옮겨 다니며 파리를 잡고 물품을 쌓아둔 천막으로 건너가니 그곳에 낯선 사람이 서 있었다. 나이는 50세 전후, 작은 키에 허리가 굵은 사내였다. 손에는 검은 비닐봉투가 들려 있었다.

"동백지구에서 일하시는 분이세요?"

"예. 비가 와서요. 오늘 돈 받으러 왔다가, 비가 와서, 잠깐 천막에서 버

5부 | 노란 타워에 세 개의 붉은 띠가 휘날릴 때 217

스 기다린다는 것이, 에구 그만, 비 오는 것 구경하다가 차를 놓쳐버렸네요. 한 시간에 한 번씩 오는 건데. 언제 또 기다려.”

“억양을 들으니, 중국에서 오셨나 봐요?”

“네. 전기 일을 했는데, 일이 잘 안 된다고 그만두라고 해서, 며칠 신갈에 있다가, 오늘 돈 받으러 와서 돌아가는 길에 설비 창고에 들렀더니, 다음 주 월요일부터 일을 할 거라고 그때 연락 한번 주라네요.”

“전기 일하면서 얼마 받아요?”

“6만 5천 원. 본래는 목수를 했는데, 허리를 다쳐서. 덜 힘든 일을 해요.”

“혼자 나오셨어요?”

“예, 혼자 나왔어요.”

“이거 무슨 천막인지 아시죠?”

“파업하는 천막이지요. 다 압니다. 본토에서는 파업하면 큰일납니다.”

“거기야 사회주의니까.”

나는 건설업체에 대한 부당성을 쭉 이야기했지만, 그는 듣기만 했지 다른 말을 하지는 않았다. 말을 아끼는 것이리라. 건설업체에서 일을 하는 대부분의 중국 동포들은 불법 노동자들이다. 그들이 입장을 밝힐 처지가 아닌 것이 당연하다. 얼마 후 비가 그치자 그는 어디론가 가 버리고, 시장을 갔던 동지와 선전을 나갔던 조직가들이 한꺼번에 들어왔다. 조직가들은 점심을 준비하거나, 간밤에 불어댄 바람에 기울어진 현수막들을 손보거나, 걸레질을 했다.

곧 나와 동두천 지부장은 면회를 떠났다. 화성경찰서로 먼저 갔다. 화성경찰서에서 경기 북부 간부들이 내려와 합류를 했다. 화성경찰서에는 경기 서부 현장 팀장과 경기도 조합원들이 조사를 받고 있었다. 마침 우리가 갔을 때는 조사를 마치고 밖에 나와 담배를 피우고 있었다. 잠깐 이야기를 하고, 다시 수원 중부경찰서로 출발했다. 비는 그치지 않고 계속 내렸다. 시계를 보니 오후 1시가 가까워 오고 있었다. 점심도 굶고 있었지만 문제는 1시에 천막에서 대표자 회의를 하기로 했는데 참가하기 힘들게 된 것이다. 중부경찰서에서 면회를 마치고 천막으로 돌아가니 늦은 점심을 먹고 있었다. 2시 반이었다.

긴 회의를 마치고, 저녁을 먹으니 밤 8시경, 경찰서에서 풀려난 연행자들이 한 차씩 들어오기 시작했다. 차가 들어올 때마다 악수와 함성이 이어졌다. 승합차에서 내리는 나이든 노동자들의 환한 웃음이 피어난 입술 안에는 하얀 이빨이 꽉 들어차 있었다. 가슴 속의 벅찬 감정을 억누른 모습들이었다. 면회 때도 느낄 수 있었지만 비로소 자신을 위한 싸움이 무엇인지 알고, 싸워 볼 만한 것임을 깨달은 얼굴들이었다.

남부경찰서에서 마지막 연행자들이 도착하자 연단에 불이 켜지고, 붉은 머리띠를 맸다. 삼삼오오 모여 막걸리와 두부, 저녁을 소란스럽게 먹다가 연단 앞으로 모여 줄을 섰다. 100여 명은 족히 되어 보였다. 곧 마이크 볼륨을 조절하는 소리가 들리고, 사회자가 마이크를 잡고 주변을 천천히 둘러본 다음 "동지들 고생 많으셨습니다!"라고 첫 운을 떼었다. 밤하늘을 밝힌 연단의 전등에 하루살이들이 몰려들고 멀리 벌레들의 울음소리가 들렸다.

평생 허리 굽히며 일만 한 노동자들이다. 자신들이 일하는 현장을 가로막고 파업을 하다가 경찰서 유치장 신세를 지다니, 평소 생각해 본 적도 없는 일이었을 것이다. 파업은 건설현장과 별개의 사람들이 하는 과격한 행동이라고 알고 있던 사람들이었는데, 어느새 자신들이 붉은 머리띠를 매고, 붉은 조끼를 입고, 구호를 외치고, 경찰과 몸싸움을 하고, 연행되어 유치장을 들락거리고 있는 것이다. 평소에는 자신과는 다른 어떤 사람들이 부조리한 것들을 바꾸어 나가려니 했던 이들이다. '더러우면 그만두면 될 것 아닌가!' 했는데, 자신이 직접 싸워서 현장을 바꾸어 보겠다고 결심한 것이다. 하나같이 자부심에 활짝 핀 얼굴로 상기되어 있었다.

사회자의 소개로 노동자들이 한 명씩 나와 흰 머리를 날리고 주름진 얼굴로 웃으며 투쟁 소감을 말했다. 주름이 깊게 파인 노동자들의 투쟁 소감은 길게 이어졌다. 하지만 다 기분 좋고, 밝은 날은 아니었다. 아직 나오지 못한 동료들이 있었다. 수배자들이었다.

모두 여섯 명이었는데, 경기 서부지역 간부들이었다. 그날 밤, 안산경찰서로 이송된다고 했다. 집회 도중, 지역에서 올라온 조합원들이 안산경찰서에 항의 방문을 하기 위해 출발하고 있었다. 나는 함께 가지 못하고 내일 오후에 있을 경찰서 항의 집회만 약속하고 서울로 가기 위해 신갈에서 헤어졌다.

당당한 죄인

7월 16일 오후, 아직 한반도 중부지방에 장마구름이 할 일이 더 있는 듯 주춤거리며 머물러 있었다. 구름은 서울을 꽉 채운 건물들을 아래에 두고 모였다 흩어지기를 되풀이하며 간간이 비를 뿌렸다. 오후 6시, 안산경찰서에 집회가 있었다. 경기 서부 동지들 연행에 대한 항의 집회였다. 안산경찰서까지는 1시간 이상이 걸린다. 집회는 6시니 조합에서 5시 전에는 떠나야 했으나 뭉그적거리다가 5시 이후에 집회 장소로 떠났다.

전철에서 내릴 때쯤에는 연행된 서부 동지들 때문에 머리가 복잡했다. 연행되었다면 분명 몇몇은 구속일 거라는 생각이 들었다. 이 모든 게 다 지난해 10월 1일 이후부터 일어난 일련의 공안사건에서 발생한 일들이다.

2003년 10월 1일은 건설노조 역사에 잊을 수 없는 날이다. 출근을 하던 대전지역 간부 일곱 명이 전원 연행된 것이다. 신문에 일제히 보도가 되었는데 죄목이 '금품 갈취'였다. 현장에서 받은 전임비가 문제였다. 긴 재판의 과정에서 노조가 건설현장에서 받는 전임비 부분이 많은 논란을 일으켰다. 하지만 본질적인 문제는 건설현장의 폐쇄성이었다. 현장을 노동자의 권리로부터 격리시키고자 했던 것이다. 건설현장은 아직도 8시간 노동과 휴일 수당 지급이 제대로 지켜지지 않으며, 불법 다단계 하도급이 뿌리 깊은 곳이다. 자본은 이런 건설현장을 노동법으로부터 소외시키고자 했던 것이다. 현장에 수시로 들어오는 노조 조직가들은 눈엣가시가 될 수밖에 없었다. 2000년 이후, 지역 건설노조들이 성장하면서 근 100년간 노동자의 인권과 권리가 금기시되던 현장에 노동법이 들먹여지고 부당해고와 습관화된 체불, 악질적인 안전사고에 조직적인 제동을 걸기 시작한 것이다.

건설 관리자들에게는 조직가들이 부담스러운 존재 그 이상이었다. 그들이 없을 때는 현장 울타리 안에서 거의 절대적 권위가 있었지만, 어느 날 듣도 보도 못한 새로운 작자들이 나타나 노동법 운운하고 단체협상과 전임비, 안전교육, 부당노동행위, 복지시설, 안전시설미비 등 사사건건 참견을 하고 들어온 것이다.

어느 날 검찰이 칼을 빼들었다. 대전지역 간부들을 구속하는 것을 시작으로, 충청지역 간부를 구속하더니 그 여세로 경기도, 경기 서부 간부들에게 출두요구서가 날아든 것이다. 각 지역 노조 협약 현장을 내사한다는 속보가 쉬지 않고 팩스로 날아왔다. 급기야 경기 서부지역 간부들이 2003년 한겨울 '공안탄압 분쇄'를 기치로 명동성당에 천막을 쳤다. 그런데 천막농성 중 수배자의 신분으로 '동백지구'에 투쟁 지원을 나갔다가 모두 연행된 것이다.

안산경찰서는 중앙역과 고잔역 중간에 있었다. 한 정거장 더 가느니, 중앙역에서 내려 걸어가기로 했다. 계속된 비로 중앙역 길 건너 상가와 뒤의 주공아파트 단지는 검은 구름이 낀 하늘로 어두침침했다. 안산경찰서는 처음이라 이정표를 따라 걸어갔다. 지도에서 볼 때는 가깝게 여겨졌는데 실제 거리는 꽤 멀었다. 큰길을 두 개쯤 지나간 것 같다. 새로 생긴 도시답게 건물 외벽이 깨끗하고, 도로가 넓었다. 보도블록을 새로 깔고 있는 곳도 있었다.

집회 장소만큼 찾기 쉬운 곳이 있을까? 반경 100여 미터 안에서 확성기 소리가 들린다. 안산경찰서가 보이기도 전에 멀리 건물이 밀집된 속에서 연설하는 소리가 들렸다. 안산경찰서는 안산시청 오른쪽에 붙어 있었다. 서부 동지들이 안산경찰서 앞 차도 건너편에 있었다. 100여 명 정도 되었다. 대부분 하얀 비옷을 입고 있었다. 집회 대오에 들어가니 몇몇 낯익은 얼굴들이 보였다. 중간에 경기도 조합원도 다수 와 있었다. 노란 비옷을 입고, 등 뒤에 악천후 수당에 대한 구호가 쓰여 있었다. 2003년 여름, 하루 건너 비가 올 때 악천후 수당을 받고자 투쟁할 때 맞춘 우의였다.

내가 도착하자마자 환영하는 뜻에서인지 굵은 비가 쏟아졌다. 우산을 펼치니 하얀 빗방울이 우산에 부딪쳐 엷은 막을 형성하며 어지럽게 튀었다. 우산을 쓰고 있는 사람이 몇 명 있었다. 명색이 동료들이 구속되는 판에 모양새 사납게 우산을 쓰고 있는 내 모습이 사치스러운 생각이 들어 우산을 접었다. 그렇다고 비를 맞고 있다면 그것 또한 바보 소리 들을 게 뻔했다. 비를 피하기 위해 대오 옆 건물 현관 입구 계단에 올라섰다. 현관 앞 또한 집회 인원으로 북적거렸는데, 연맹의 전 수석부위원장이 눈에 띄었다. 가까이 가 인사를 하니, 말없이 인사를 받았다. 전 수석부위원장은 무거운 얼굴을 하고 있었다. 파업에 연대하러 온 서부 동지들이 연행되니 연대의 도움을 받은 경기도 조합원의 한 사람으로서 여러 가지 우려스런 생각이 들었던 것이다.

대오 중간에 인천 조직가들도 있었다. 인천 위원장도 연행되어 하룻밤 유치장에서 자고 나왔다. 부위원장을 비롯한 몇몇 조직가들이다. 비 오는 날의 집회는 분노도 무거워진다. 발 아래로 흐르는 빗물과 튀는 물방울, 가라앉은 기분, 분노와 울분을 느끼며 두 시간쯤 되는 집회 내내 서 있어야 한다.

집회를 마무리하는 연사로 경기 서부지역의 원로인 송 전 위원장이 나왔다. 연배로 보면 지역노조 간부들 중 수석부위원장과 같이 건설지역 노조 1세대들이다. 50을 넘긴 나이다. 건설노조 차원에서 보면 그런 연배가 열 명 내외다. 한 노조에서 초창기부터 떠나지 않고 묵묵히 자기 자리를 지켜 내고 있는 이들의 존재는 조합으로서는 큰 나무의 그늘과 같다. 후배 지도부가 뜻하지 않게 한꺼번에 잡혀가니, 비가 오는 가운데도 기꺼이 마이크를 잡고 있는 것이다. 비장한 각오와 결의가 넘치는 송 전 위원장의 투쟁사가 끝나고 집회는 마무리되었다. 두꺼운 먹구름으로 날은 어두워졌지만 비는 잠시 멈추었다. 서로 헤어지기 위해 악수를 하고 안부를 묻는데, 경기 서부 간부들과 조합원들이 횡단보도를 건너 경찰서 정문 앞으로 몰려갔다. 정문에서의 몸싸움이 예견되었다. 나도 순간적으로 조합으로 돌아갈까 싸울까 망설이는데 신호등이 파란불로 바뀌었다. 내 의사와 상관없이 다른 사람들의 흐름에 쓸려 길을 건넜다.

전날 밤, 동백지구에서 연행자 석방 환송회가 열린 시간, 몇몇 조합 간부들이 안산경찰서로 몰려와 안산경찰서로 이송된 연행자들에 대한 항의를 했다. 경찰로서는 지난 연말 이후 소환장 발부와 수배, 명동성당 천막농성으로 이어진 문제가 해결될 시점에 있어 편하게 생각했는지 모르지만, 이송된 날부터 강력한 항의방문이 이어졌다.

서부 간부들은 면회 신청을 하려고 했으나, 경찰들은 면회자들을 그대로 경찰서 안으로 들여 놓기를 골치 아파하는 듯했다. 그렇다고 연행자들을 면회하겠다는 것을 막을 이유라는 게 궁색하기만 했다. 경찰 책임자는 다섯 명씩 면회를 시켜 주겠다고 줄을 세웠다. 마지못해 다섯 줄로 줄을 서는데 사람들이 면회를 하겠다고 너도나도 줄을 서기 시작했다. 경찰은 인원이 너무 많다고 수를 줄여줄 것을 요구했다. 어떤 근거로 그런 수 제한을 하는가 하고 항의가 터졌다.

난감한 것은 경찰이었다. 불만이 터지고, 경찰서에 들어가겠다고 하니 경찰은 방패로 사람을 밀쳐내며 막았다. 줄은 온데간데없어지고 방패에 마주 서서 비난과 항의가 난무했다. 내가 보기에는 그냥 면회만 시켜 주면 별일 없을 것 같았는데, 경찰은 달리 생각한 모양이었다. 그때 사진기가 등장했다. 경찰의 정보 수집이나 혹은 위협용이 아닌가 하는 생각이 드는데, 종종 분노를 촉발시키는 것이 그 사진기다. 경찰은 사진기를 똑바로 들이대고 노골적인 위협을 했다. 사진기가 분노의 표적이 되었다. 사진을 찍는 직원에게 물병이 날아가고 막으려는 경찰과 몸싸움이 붙었다. 욕설이 오가고, 화를 주체 못한 나이든 조합원이 경찰서 담을 올라타 넘었다. 그쪽으로 경찰들이 몰려가니 반대쪽으로 담을 넘어 사진기에 대한 공격이 이어졌다. 정문은 삽시간에 아수라장이 되었다.

쉽게 끝날 상황이 아니어서 경찰 서넛이 본보기로 경찰서 안에 들어간 조합원들의 어깨와 허리를 잡고 보란 듯이 건물 안으로 연행을 했다. 소리를 지르고, 비명소리가 울리고, 경찰서 정문은 갈수록 풀기 어려운 문제를 만들어갔다. 검은 헬멧과 방패가 비에 맞아 반짝거리는 모습이 너무도 고집스럽게 보였다. 명령만 떨어진다면 그들은 긴 봉과 방패를 칼처럼 휘두르며 비무장한 사람들에게 덤벼들 것이다.

좀처럼 분노는 삭혀지지 않았다. 항의가 빗발치고, 방패 사이를 벌리려는 노력들이 되풀이되었다. 몇 명의 경찰들이 끌려 나왔다. 면회를 신청하려던 조합원 두어 명이 완강한 방패를 뚫고 경찰서 앞마당으로 들어갔다. 정문이 뚫리지 않기 위해 경찰들은 이리저리 흔들리며 촘촘한 대오를 지키려 안간힘을 썼다. 어디서 나왔는지 물병이 날아다니고, 급기야 울타리 너머에 있던 사진사가 누구에게인가 잡혀 옆으로 고꾸라졌다. 상황에 대한 해결책은 구속자를 면회시켜 주는 것만이 유일했는데, 경찰은 그것을 거부하고 있었다. 조합원들은 앞을 가로막고 있는 경찰들에게 검거된 연행자에 대한 무죄와 면회를 할 수 있는 권리를 외쳤다. 결국 사람들의 분노가 사그라지지 않자 경찰 책임자들이 상황을 정리하고 나서기 시작했다. 면회를 시켜 주기로 했다. 시간은 2004년 7월 16일 오후 7시를 넘기고 있었다.

다음 날 연맹 게시판에 보니 전날의 안산경찰서 싸움 소식과 유치장에 구금되어 있는 서부위원장의 인사말이 담겨져 있었다. 이토록 당당한 죄인이 있는가! 얼마 후 그는 불구속 입건되어 나왔다.

노란 타워에 세 개의 붉은 띠가 휘날릴 때

타워를 오르는 계단은 생사를 가늠하는 계단이다. 한발 한발 떼어 놓을 때마다 생과 사를 고뇌하며 올라간다. 그러나 타워 위에서 보는 세상은 아플 만큼 한가하기만 하다. 동지와 떨리는 손으로 현수막을 걸고, 머리띠를 묶으며 긴 투쟁을 다짐한다. 내려가기까지 얼마나 걸릴까? 일주일, 한 달, 두 달, 내려갈 수는 있을까? 모를 일이다. 땅과 하늘의 사이, 끝없이 중력은 당기고 구름은 하염없이 흘러간다. 가족들은 뭐라고 할까? 밤마다 안아 주던 아이들은? 난장에서 빗물 말아 밥 먹고, 옷 갈아입는 처지를 이해하고 함께하겠지. 찬바람이 불고, 태양이 불덩이처럼 달궈지고, 때로는 빗발이 치고……. 어쨌든 그냥은 내려갈 수 없다. 진실이 우리를 견디게 하리라. 노동자의 분노가 비열한 자본의 속임수와 비인간적인 탄압을 이겨내게 하리라.

타워를 오르는 걸음걸이

2005년 4월 말일, 노동절 전야제였다. 아침부터 속이 부글거렸다. 간밤에 술을 너무 많이 마신 것이다. 결국 막차 버스를 놓치고 조합 사무실에서 잠을 잤다. 밤새 같이 술을 마신 친구가 사무실에서 텔레비전을 켜놓고 팬티만 걸친 채 엎드려 잠이 들어 있었다. 그와 2차까지 마셨는데, 함께 나눈 이야기는 그 자리에서 녹음을 하지 않으면 기억해 낼 수 없는 것들이다. 허접한 이야기들, 길거리에 버려진 껌 같고 별로 쓸 데 없지만 마음 속에 쌓인 것을 풀어내는 이야기들, 술과 정감 어린 나눔, 사소한 다툼, 동지들끼리의 요구사항들, 낙엽 쌓인 개울물 속을 헤엄치는 피라미처럼 술 속을 허우적거리다 노동절 전야제 아침을 맞이한 것이다.

일어나 보니, 새벽 6시쯤 되었다. 숙취에 머리가 무겁고 위로 솟아 빠지지 못한 열로 머리가 아팠다. 속은 울렁거리고, 눈은 뻑뻑했다. 날은 훤하게 밝아 있었다. 후끈한 날씨가 꽤나 더울 하루를 예상하게 해 주었다. 근래 날씨는 거의 한여름 날씨를 방불케 했다. 둘이 이리저리 사선으로 누워 밤새 뿜어낸 술 냄새가 사무실 열기와 함께 빠져나갈 곳을 찾지 못하고 배에 가스가 차듯 한껏 부풀려진 상태였다. 몸을 끌다시피 일으켜 가까이에 있는 창문을 열었다. 개운한 공기가 밀려 들어왔다.

정수기에서 거푸 물을 들이켜 마시고 축구공을 들고 사무실 뒤뜰로 나갔다. 우신초등학교 은행나무의 무성한 녹색 잎이 팔랑거렸다. 담을 넘어 운동장으로 뛰어내렸다. 시간이 나면 늘 내가 하는 일이다. 숙취를 푸는 데 운동만한 것이 있을까? 멀리 조기축구회에서 축구를 하고, 몇몇 어른들이 운동장 둘레를 걸으며 운동을 하고 있었다. 매일 보는 광경이다. 나는 속이 부대껴 뛰지는 못하고 벽에 공을 차고 받았다. 한 시간 정도 이리저리 공을 차대며 몸을 풀었다. 처음에는 걸어서 공을 따라다녔다. 조금씩 뛸 만큼 속이 풀리고, 정신도 들고, 입 냄새도 덜 나는 것 같았다. 몸이 땀에 흠뻑 젖었다.

사무실로 들어와 이를 닦고 몸을 씻었다. 샤워라도 할 수 있으면 좋겠지만 사무실에 그럴 만한 공간은 없다. 문 밖 화장실 옆에 수돗가가 있다. 씻고 들어오니 책상 위에 올려놓은 전화가 몸살을 하며 떨어댔다. 뭔가 예리한 느낌이 들었다. 이른 아침부터 문자라니. '울산 동지들이 SK 마포 현장 타워 크레인에 올라갔으니 동원 바람' 이라는 문자였다.

근래에 받아 본 수십, 수백 통의 문자 중에 가장 또렷이 내 눈에 들어왔다. 문자가 아니라 선명한 그림으로 말이다. 휴대폰을 열어 보니, 타워가 나오고 전단이 뿌려지고 구호가 들리고 타워 위로 구름이 하염없이 흘러가는, 고공 농성장이 화면에 펼쳐졌다. 문자를 본 순간 근래 울산에 관한 단편적인 여러 생각이 두서없이 들썩거리고 일어나 날아다녔다. 많은 생각이 짧은 순간에 일어났다. 타워를 탄 동지들의 답답함, 분노, 어두운 과거와 불투명한 앞으로의 일들에 대한 두려움을 생각했다. 동시에, 타워에 올라감으로써 혹시 이 싸움이 빨리 끝나지 않을까 하는 기대감이 아프게 들었다. 길게 호흡을 하고 천장을 올려보며 눈을 감으니 타워 위의 동지들이 손에 잡힐 듯 선명하게 보였다. 바람에 나부끼는 길고 붉은 플래카드와 노란 타워가 하늘을 가로질러 펼쳐 있겠지. 서울까지 온 상경투쟁단 중에서 세 명의 울산 간부 노동자가 마포 SK 건설현장 타워 위로 올라간 것이다.

뜨거운 타워

울산!

1990년, 내가 노조를 처음 접했을 때, 울산 건설일용노조에 관한 이야기를 들은 적이 있었다. 이미 1988년쯤에 노조가 건설되어 있던 곳이다. 울산 건설일용노조는 건설된 뒤 얼마 못 버티고 문을 닫았다. 그후 십수 년이 흐른 작년에 새로이 건설된 것이다.

2005년, 울산 건설플랜트노조와 SK가 단체협상 안을 놓고 대립을 하고 있었다. 노조의 요구 사항은 간단하고 기초적인 것이다. 지금에 와서 다시 노조를 세워 단체협상을 요구하는 기본적인 이유는, 식당이 없는 현장에서 밥 먹기 힘들다는 것이고, 탈의실 없는 난장에서 옷 갈아입기 싫다는 것이고, 길바닥에 널브러져 낮잠 자기를 거부하는 것이었다. 구체적 단협 안은 노동시간 8시간 요구, 주 · 월차 보장, 안전장비 지급 등 기초적인 것이다. 회사의 답변은 간단했다. 불가였다. 노조와 사측의 대립은 결국 한판 싸움을 불러왔다. 여수, 포항, 광양에서는 이미 몇 년 전에 끝난 교섭을 울산에서는 근거부터 만들지 않겠다는 것이다. 노조 없이 사업을 하겠다는 속셈인 모양이었다. 우리 속의 가축이 되라는 것인데, 그걸 받아들일 거면 애초 시작도 하지 않았을 것이다. 자본의 속성이 그렇듯, 노조의 움직임에 결국 폭력적 탄압으로 대응했다. 시작부터 강도 높은 연행과 구속이 행사되었다.

숙취가 다시 올라왔다. 속이 부글거렸다. 머리를 털며 싱크대 서랍을 열어 보니 역시 예상대로 라면 하나가 있었다. 딱 하나였다. 운이 좋은 것이다. 함께 자는 친구는 라면을 먹지 않는다. 몸을 끔찍하게 아끼는 친구라, 그 친구 집 냉장고에 보면 별의별 약이 다 있다. 헛개나무, 양파 달인 물, 시골에서 부쳐준 보약. 한번은 그 친구 집에 가서 술을 한잔하고 냉장고에서 물을 꺼내 마시다 큰일날 뻔했다. 색깔은 보리차인데 소주처럼 썼다. 무슨 약이라고 했다. 그런 친구가 아침부터 라면을 먹을 리가 없지 않은가. 나처럼 이리저리 굴러다니는 놈이 속 풀기 딱 좋은 것은 라면이다. 대충 라면을 끓여 먹고 마포 SK 건설현장으로 갔다.

후덥지근한 날씨, 차들은 양 방향으로 달려대고 있었다. 현장은 마포경찰서 건너편 위쯤에 있었다. 현장 건너편에 10여 명의 울산 노동자들이 남색 조끼와 하얀 안전모, 마스크, 검은 색안경을 끼고 열을 지어 앉아 있었다. 그 끝에서 후배 정씨는 여기저기 전화를 하는지 수첩을 꺼내들고 전화를 하고 있었다.

"언제 올라갔어?"

"새벽에."

"오늘 날씨가 더워. 저녁쯤 비 온다더니 그렇지도 않을 모양이야."

나는 손을 들어 햇볕을 가리며 타워 위를 올려 보았다. 회색 구름이 타워 위로 지나가고 있었다. 노동절 때는 아침부터 비가 온다는 말이 있었다.

"날씨를 누가 알겠어. 그냥 여름이지 뭐. 봄도 없어졌어."

그는 수첩을 들고 메모해 가며 이곳저곳 전화하기에 바빴다.

"덤프 파업으로도 바쁠 텐데, 여기까지 신경 쓰나?"

"그걸 말이라고 해? 형들이 그 모양이니 내가 뭐 빠지도록 뛰는 것 아니요. 좀 움직여. 노인네 티 내지 말고."

"이제 너희들 세상이지. 나는 현장 갈 날만 헤아리고 있다. 이제는 바이바이 러브야."

"노인네 헛소리하고는. 지금 덤프 때문에 난리야. 내일부터 파업한대."

"덤프가? 그랬던가?"

"신경 좀 써. 머리 나쁜 거 알지만."

"그나마 타워를 타니까 방송국 카메라가 오는군."

중앙 방송국 카메라들이 바쁘게 움직였다. 방송을 하려는지 안 하려는지 알 수는 없지만, 일단 울산 노동자들이 SK 건설현장 타워를 탔다는 게 뉴스거리가 되는지 취재하기 바빠 보였다. 카메라 앞에서 상경 농성단 노동

자들이 어색하지만 화가 치민 울분을 터트렸다. 줄을 서 구호도 외쳤다. 타
워 위에서 전단을 날리니 울산 노동자들이 타워를 탈 수밖에 없는 절박한
심정이 갈기갈기 찢기어 하늘에 뿌려지는 것 같았다. 카메라들이 그 장면
을 잡기 위해 일제히 타워 쪽을 향했다.

"오늘 정말 덥네."

하늘에서 쏟아져 내려오는 햇살이 너무 날카로웠다. 여기저기에 물병들
이 세워져 있었다.

"더워. 이번 싸움 땀 좀 나겠어."

그는 서류로 부채질을 하면서 휘파람을 불 듯 더운 공기를 뿜어냈다.

회색 하늘 붉은 머리띠

노동절이 지나고 다음 날 이른 새벽부터 새벽 선전전을 하고 북부지부에
들어오니 전화가 울린다. '어, 이 친구가 어쩐 일이야!' 하는 생각에 전화
를 받았다.

"위원장님, 왜 오늘 마포 SK 현장 당직 안 서요?"

아침에 온 전화의 말투가 앞뒤 자르고 대든다.

아차 싶었다. 당직을 사무국장이 나가는 걸로 알고 있었는데, 뭔가 사인
이 잘 안 맞은 모양이다.

"아이 참, 왜 이러세요. 사무국장은 위원장님이 가기로 했대요. 빨리 오
세요. 지금 재개발 조합에서 와서 난리예요."

사무국장과 저녁에 서로 말이 불투명하게 이루어진 것 같았다. 수도권에
있는 지역 노조끼리 당직을 정해 하루씩 지원을 하고 있었던 것이다. 첫 당
직부터 핀트가 잘 안 맞은 것이다.

“알았어. 내가 가지.”

이럴 때는 달리 방법이 없다. 이러쿵저러쿵 이야기해 봐야 득 될 게 하나도 없다. 오늘 일단 내가 서자, 하고 마포 애오개역에 가니, 이미 두 동지들이 와 있었다. 둘 다 상급조직 간부들이다.

“이 위급한 시기에 늦었습니다. 다른 위원장들한테 이를 겁니다.”

반갑게 맞이하면서 그중 하나가 내 옆구리를 꾹 찌르며 은근히 항의를 한다. 한창 일하는 조직가들과 있으면 즐겁다. 항상 낙관적이고 희망적이기 때문이다. 이들에게 건설의 미래가 있을 것이다.

“미안. 착오가 있었어.”

“아침부터 난리예요. 저기 보이죠. 또 오네. 저 아저씨들.”

그가 가리키는 곳을 보니, 나이 드신 분들이 무리를 지어 횡단보도를 건너오고 있었다. 재개발 조합원들인데, 농성을 해 아파트 분양이 이루어지지 않는다고 난리를 친 모양이다.

“죽겠네. 싸울 수도 없고. 어떡하면 좋아요?”

“글쎄. 아무 권한이 없잖아. 연맹에 가 보라고 해야지.”

하늘을 보고 너털웃음을 터트린 그가 어제 어떤 낭패를 당했는지 짐작이 갔다.

“어제는 어떡했는데?”

“그냥 항의하고, 따지고, 들어줄 수 없는 요구를 하는데 그냥 서 있었지요. 달리 방법 있어요? 그렇다고 나이 드신 분들이 저희들을 어쩌겠습니까. 따지고 보면 다 같은 어려운 처지들인데요. 아마 회사에서 뭔 소리를 했으니 오는 것 같은데.”

역시 그들이 오더니 이런저런 항의를 하기 시작했다. 얼굴을 아는 담당 간부를 둘러싸고 거친 항의가 빗발쳤다. 요점은 타워를 돌려 현장에서 떠나 다른 SK로 가라는 것이었다. 타워를 내려오라니, 그걸로 끝인데. 건너편을 보니 그분들이 걸어 놓은 현수막이 펼쳐 있었다. 울산 플랜트 노조원들의 고공 농성투쟁에 강력하게 항의하는 글들이었다. 그들 중에는 현장 노동자들도 한 무리 있었다. 죄 어깨띠를 두르고 있었다. 사측다운 발상이다. 우리같이 머리띠를 할 수가 없으니. 그들은 그렇게 서너 시간 동안 담당간부를 괴롭히더니 물러갔다.

"위원장님, 도와주지도 않고."

"답이 없는 걸 어떻게 도와줍니까? 그냥 한 사람이 떠안고 가는 게 최고지."

그는 담배를 꺼내 한 대 피고는 멀거니 타워를 바라보았다.

"곧 오후 집회를 시작해야 하니까요. 투쟁사 준비해 주세요."

그는 투덜대며 방송차가 있는 곳으로 갔다.

문득 노란 타워를 올려다 보니, 세 명의 동지가 하늘을 지고 난간을 잡고 서서 세상을 내려다보고 있었다. 집회가 시작됨을 알고 그럴 것이다. 그들이 맨 붉은 머리띠가 선명하게 눈 안에 들어왔다. 그들이 석양빛에 팔뚝질을 하는 모습을 보니 위대한 거인의 모습이 따로 없었다. 타워에 올라가 있는 것이 아니라 타워 그 자체가 그들로 보였다. 한참을 그들을 보고 있노라니, 황사 때문인지 눈이 쓰렸다. 돌아갈 길이 없는 길을 간다는 것은 힘겹다. 당최 한번 밟고 온 길을 되돌아 갈 수가 없다. 그 길은 스스로 결단해 왔기 때문일 것이다. 저기 앞에는 승리가 있고, 머리에 붉은 머리띠가 있다. 붉은 머리띠가 왜 붉은지 그건 역사만이 알 것이다. 그냥 가는 것이다. 달리 길이 없기에.

형산강 일기

7월 말쯤, 명동성당 농성천막에 가 보니 여수 산업단지에 있는 엘지칼텍스 지도부가 들어와 있었다. 엘지칼텍스 동지들과 반바지와 속옷만 입고 부채를 부치며 밤늦게까지 여러 이야기를 나누었다. 비정규직 노동자들이 유해물질에 노출된 작업장에서 작업을 하는 등, 노동자끼리의 불평등에 답답함과 분노를 드러냈다. 정규직이 비정규직의 불평등에 불만을 토로하니 의외란 생각이 들었다.

그후 8월 초, 엘지칼텍스 노동자들이 파업 중 노조원끼리 장기자랑을 하다가 나온 김선일 패러디가 보수 언론의 십자포를 맞게 되면서 언론공세가 극에 달했다. 파업의 핵심은 간 데 없고 패러디가 핵심이 되었다. 패러디 사건 후 엘지칼텍스 위원장은 업무복귀를 선언했다.

그 소식을 접하면서 성당에 말없이 누워 있던 위원장 얼굴이 떠올랐다. 성당을 나올 때, 위원장은 화장실에서 간단한 세수를 하고 천막 안 앉은뱅

이책상 앞에서 담담한 얼굴로 노트북을 펼쳐 인터넷을 하고 있었다. 나는 위원장과 간단한 눈짓 목례만 하고 헤어졌다.

여수 산단에서는 엘지칼텍스뿐만 아니라 여수지역 건설노동조합이 함께 파업을 벌이고 있었다. 8월로 들어서면서 하루 이틀 차로 시작했던 파업은 엘지칼텍스가 역사에 깊고 의미 있는 홈을 파놓고 파업을 접었지만 여수 건설노조는 아직 투쟁 중이었다. 보수 언론은 엘지칼텍스의 파업에는 가공할 공세를 퍼부었지만, 2,500여 건설노동자가 광양에서 여수에서 포항에서 진행한 파업에 대해서는 언급조차 하지 않았다. 그래서 남녘 해안을 따라 결성되어 있는 플랜트노조들이 자기 깃발을 들고 포항 형산강 다리 밑에 모두 모이지 않으면 안 되었다.

첫째 날—형산강

8월 16일 아침, 연대 차원에서 나도 포항에 내려갔다. 포항 노조의 임금인상 투쟁이었지만 각 플랜트노조들의 연대투쟁에 힘이 실려 있었다. 연맹에서 차를 대절해 이른 아침에 서울역 대우빌딩 앞에서 출발하여 3시가 다 되어서 포항에 도착했다. 도착해 보니 이미 오후 집회가 시작되었고 포스코 앞까지 행진을 하고 있었다. 우리는 버스에서 내리자마자 대오에 따라붙었다. 대오는 십수 년을 투쟁을 해온 조직답게 대열이 잘 정리되어 행진을 하고 있었다.

포스코 본사 집결, 집회를 마치고 다시 형산강 쪽으로 행진을 했다. 족히 1시간은 했으리라. 보슬비가 내리고 있었다. 긴 가로수 길 양 옆의 거대한 포항제철 공장들을 따라 행진하다가 공장 정문 앞에 서서 마무리 집회를 하던 중 경찰과 몸싸움이 벌어졌다. 잠깐 사이에 일어난 일이었다. 난 뒤편에서 우물쭈물하고 있었는데 앞에서 차 유리가 깨지는 소리가 들렸다. 곧 싸움이 멈추고 방송차에서 한 사람이 연행되었다고 했다.

공장 정문에서 대오를 빼 형산강 다리 위로 집결시켜 다리를 막고 투쟁을 계속했지만 경찰은 풀어주지 않았다. 지도부는 형산강 다리 위에서 갈등을 했다. 다리 위에서 끝까지 버틸 것인가? 아니면 철수를 할 것인가? 밤은 갈수록 깊어가고, 지도부의 회의는 길어졌다.

시원한 강바람이 커다란 다리 위로 불고, 멀리 수천은 되어 보이는 경찰들이 명령만 떨어지면 기합을 지르며 곧 들이닥칠 태세였다. 긴장 속에 사람들은 다양한 이야기꽃을 피웠다. 소변이 마려우면 다리 난간에 바짝 기대어 서서 강 아래로 실례를 했다. 어둠을 감고 느긋하게 흐르는 강 위로 오줌발이 긴 포물선을 그리며 떨어졌다.

지도부는 철수를 결단했고 술렁거리는 대오 속에서 몇몇이 강력하게 항의를 했다. 노동자는 2,500명 정도 됐다. 지도부는 항상 결단을 해야 한다. 결단, 결단, 결단. 그 결단에 투쟁의 운명이 결정된다. 한번 내린 결단은 거두어들일 수 없다. 지도부와 대오는 무거운 발걸음으로 형산강 아래로 철수를 하고 정리 집회를 했다. 길고 피곤한 하루였다.

40일을 넘긴 난장투쟁에도 아침이면 밝은 얼굴로 하루를 시작한다. 간간이 젊은 사람들도 눈에 띄었지만 그나마 30대는 넘어 보였다. 각 조직을 나타내는 조끼를 입고 모두 머리띠를 질끈 동여맸다. 항상 무슨 말들을 그렇게 재미있게 하는지 모이기만 하면 농담에 웃음소리였다. 포스코 본사로 행진을 하기 전에 잠깐 쉬는데 그 틈을 이용해 바둑을 두는 사람들도 있었다.

첫날 집회를 마치고 포항 노조 근처 여관에서 잠을 자는데 함께 자는 형님 하나가 내가 깊게 잠드는 것이 못마땅한지 지독한 술 냄새와 누군가에게 끊임없이 주절거리는 잠꼬대로 나를 괴롭혔다. 전날 우비도 없이 비를

맞고 한 시간 가량 포스코 공장 길을 따라 행진을 해서 그런지 몸이 으스스
했다. 여관에는 선풍기가 방 안의 공기를 식히고 있었다. 방 안에는 나 말
고 셋이나 더 있었다. 여관이 너무 더웠다. 도대체 깊은 잠을 잘 수가 없었
다. 선잠을 자다가 아침 6시에 잠을 깼다. 피곤이 그대로 남아 있었다.

둘째 날―싸움

8월 17일, 날씨는 작심이라도 한 듯 아침부터 하늘을 말끔히 치우고 무
섭게 이글거리는 태양을 올려놓았다. 아마 하루 종일 집회를 할 노동자들
머리껍질 좀 벗겨야 되겠다는 심술인가 보다. 전날은 우중충한 날씨에 구
름이 잔뜩 드리우고 간간이 비를 퍼부었는데 오늘은 어제와 같은 마음이
아닌 모양이다.

형산강 아래 둔치로 들어가는 입구에 경찰들이 열을 지어 진을 치고 있
었다. 형산강 다리 위에 차들은 어제 일을 잊은 듯 달리고, 다리 아래 무대
앞에서 사람들은 분회 깃발을 들고 모여앉아 아침 도시락을 먹고 있었다.
수백 명이 다리 아래서 노숙을 한 것이다. 차라리 이곳 지역조직에서 쳐 놓
은 천막에서 잘 것 그랬다는 아쉬움이 있었다. 아침을 먹은 사람들은 다리
그늘이나 천막 안에 모여 앉아 담배를 피우거나 차를 마시며 끝도 없는 이
야기를 나누고 있었다. 무대 앞에는 각 지역 깃발이 휘날리고, 뒤에는 지도
부들이 서서 팔짱을 끼거나 혹은 턱을 괴고 이야기를 나누는 모습이 보였
다. 전날 우중충한 날씨와 경찰에 붙들린 동지를 구출하지 못한 자책감에
가라앉았던 분위기가 아니었다.

아직 오전 집회가 시작하기 전이었다. 수도권과 각 지역에서 삼삼오오
내려간 간부들이 모여 이런저런 이야기를 나누었다. 나는 땡볕을 견디지

못하고 잠시 쉬려고 다리 밑 그늘로 갔다. 시원한 것이 한잠 잤으면 싶었다. 여기저기에 은박 돗자리가 깔려 있었다. 그중 하나를 잡아 모래를 털고 앉았다. 그 옆에서 어느 지역인지 모르지만 두 노동자가 바둑을 두고 있었다. 멀리 연단 뒤 방송차에서는 투쟁가가 멈추지 않고 흘러나왔다.

잠깐 눈을 붙이기도 전에 사람을 모으는 방송이 울려 퍼지고, 흩어져 쉬고 있던 노동자들이 연단 앞으로 몰려들기 시작했다. 강 아래서 대오를 정리하고 각 조직별로 행진이 시작되었다. 어제의 그 자리로 가는 것이었다. 거의 오전 10시가 다 되어 어제의 그 포스코 정문 앞에 도착할 수가 있었다. 8월의 더위와 땡볕이 절정을 이루고 있었다. 위원장 몇과 왼쪽 숲 그늘에 쉬고 있다가 다른 노동자들에게 지금 놀러 왔는가라는 꾸중을 듣고 비실비실 다시 볕으로 나와 대열에 서니 숨이 막혀왔다.

포스코 정문 앞에는 긴 트레일러 두 대가 정문을 막고 있었다. 그 위로 경찰들이 올라서 있었다. 포항 노조 집행부에서도 트레일러 한 대를 정문 앞 도로 중앙 가운데다 놓으니 즉석 연단이 만들어졌다. 방송차 몇 대가 주변에 배치되고 집회가 시작되었다. 긴 연설의 시간이 되자 연대 대오와 플랜트 각 지역 조직 위원장들이 돌아가며 투쟁 연설을 이어갔다. 나중에는 무슨 말을 하는지 들리지도 않는다. 나무 그늘이 그리울 뿐이다. 뒤쪽에 물을 떠 날라 온 차가 있어 물을 받아 마실 수가 있었다. 집회가 일정하게 흐르고 밥 먹을 시간이 되었다. 포스코 안에는 경찰들이 몇 천은 있어 보였다. 대오 뒤에도 경찰이 대기하고 있었다. 여차하면 대오를 칠 태세였다.

노동자들이 포스코 정문 앞에 있는 바리케이드를 걷어 내는데 거의 한 시간은 흐른 것 같다. 얼핏 보기에 그런 큰 트레일러가 넘어갈 수 있을까 했는데 사람이 잡아끄니 거짓말처럼 넘어갔다. 방패를 앞세운 경찰들이 앉아 있는 대오로 돌격해 왔다. 나는 기겁을 하며 놀라 일어서 어디로 도망갈까 생각하며 몸을 빼는데 앞에서는 내 생각과 다르게 전혀 다른 상황이 벌어졌다. 플랜트 조합원들은 물러날 생각이 전혀 없었다. 그 자리에 서서 경찰과 맞섰다. 대오를 정비한 경찰은 다시 밀어붙였다. 경찰 의도대로 노동자들은 등을 보이며 뿔뿔이 흩어져야 했는데 플랜트 동지들은 그럴 생각이 없어 보였다. 그때 대오 앞에 있던 방송차 하나를 경찰들이 빼앗아 때려 부수자 조합원들은 더욱 흥분하기 시작했다. 곧 격렬한 싸움이 전개되었다. 80년대 말처럼 격렬한, 아주 격렬한. 뜨거운 여름 하늘에 숱한 돌들이 떠 있었고 함성과 비명, 기합 소리가 하늘 가득 난무했다. 2,500여 명의 노동자들 전원이 싸웠다. 구경하는 사람도 없고 몰려든 기자도 없었다. 대오가 자신을 보호할 무기라고는 돌과 깃대로 쓰는 대나무 작대기가 전부였다. 많은 수의 늙은 노동자들이 어디서 그런 힘이 나오는지 의아할 정도였다. 플랜트 노동자들은 달리 물러날 데가 없었던 것이다.

지난해 1조 9,000억의 수익을 남겼던 포스코가 단종 회사에 얼마 되지 않는 임금을 올리는 것을 보장하지 못하겠다는 것이다. 법과 권력과 재력을 지닌 포스코 관리자들은 피 흘리며 싸우는 노동자들을 사람으로나 생각할까? 늙은 부모를 봉양하고 마누라와 자식이 있는 사람으로 생각한다면 젊은 경찰들과 피를 흘리며 싸우게 놔두지는 않을 텐데. 그들은 단지 이익 계산만 할 것이다. 그야말로 푸른 필드에서 골프채를 꼬나 잡고 힘껏 휘두르며 파업 노동자들을 어떻게 요리할까 고민이나 하고 있을 것이다.

격렬하게 봉을 휘두르고 돌팔매질을 하고 맨몸을 던져 방패와 진압봉에 맞섰을 때, 결국 물러난 것은 경찰이었다. 대나무 봉이 쩍쩍 갈라지는 모습이 보이고 날을 세운 방패가 칼처럼 목을 겨누고 눈앞에서 건들거렸다. 주먹만한 돌들이 날아오고 하늘에서 떨어져 내렸다. 씩씩거리는 노동자들의 호흡 소리와 고함과 함성 소리가 들리고, 물러서지 않으려고 맞댄 어깨에 땀이 묻어났다. 앳된 경찰들이 일그러진 얼굴로 휘두르는 방패가 한발씩 앞으로 다가오고, 그들 뒤에서 고참인 듯한 사내가 모자를 때리고 욕설을 퍼부어가며 앞줄의 경찰들을 독려했다. 그러나 먼저 무너진 쪽은 왼쪽에 있는 경찰들이었다. 노동자 대오의 강한 저항에 버티지 못하고 한발 뺀 것이 걷잡을 수 없게 일거에 진이 무너져 뒤로 흩어지기 시작한 것이다. 언덕 계단에서 마이크를 잡고 "질서"를 외치던 사복경찰도 노동자에게 쫓겨 황급히 뒤로 빠졌다. 왼쪽 경찰들의 진이 무너지자 오른쪽도 뒤로 물러섰다. 급기야 노동자 대오가 정문을 넘어서 뒤로 밀려나는 경찰들을 따라갔다. 지도부는 뒤로 빠지라고 명령을 했지만 분노한 노동자들은 좀처럼 멈추지 않았다. 거의 100미터는 되어 보이는 곳까지 밀고 들어갔다가 대오 뒤에 있는 경찰들이 몰려오면서 정문으로 들어갔던 노동자들이 빠져 나왔다. 경찰이 물러나고 자리를 지킨 노동자들이 주저앉아 가쁜 숨을 내쉬었다. 그날 싸움은 그렇게 끝이 났다. 긴 파업을 정리하는 날이기도 했다. 그 싸움이 끝나고 우린 지친 몸을 추스르며 서울행 버스를 탔다. 우리는 버스를 타자마자 곯아떨어졌다.

전날 밤 형산강 다리 위에서 집회를 할 때 동료 하나가 옆구리를 치면서 한마디 했던 기억이 난다. "저 불 좀 봐" 해서 보니 포항제철의 웅장한 공장 굴뚝에서 투명하고 붉은 화염이 솟구치고 있었다.

밤하늘에 버티고 서 있는 거대한 굴뚝을 중심으로 끝없이 펼쳐진 공장 구석구석에는 건설노동자들이 개미처럼 일을 하고 있을 터였다. 노동으로 생산된 거대한 수익은 신경이 척추에서 뇌로 몰리듯 포스코 자본의 주머니로 빨려 들어갈 것이다. 1조 9,000억의 수익을 쌓는 데 일조한 건설노동자들이, 임금 몇 푼 올리는 데는 늙은 몸을 던져 길바닥에 피를 쏟으며 싸워야 하는 것이다.

그 격렬한 싸움 끝에야 겨우 그날 저녁 뉴스에 포스코 싸움이 나왔다고 한다. 경찰도 숱하게 다쳤다고 한다. 그날 집회를 마치고 곧바로 서울로 올라와 일상으로 돌아왔다. 며칠 후 협상이 됐다는 소식을 접했다. 피의 대가를 치른 것이다. 60여 명의 건설노동자가 다치고, 포항과 전남 동부노조 여덟 명의 지도부가 구속되었다.

지도부는 또 다시 묵직한 철창에 수감이 되고, 노동자들은 다시 출근을 할 것이다. 평온하게 공장 굴뚝 불꽃은 타오를 것이며 관리자들은 사업차 필드에 나갈 것이다. 형산강은 지독하게 치열했던 그날 싸움에 한마디 거들 만한데 여전히 말없이 묵묵히 흐를 뿐이다.

상도동 망루에서 온 전화

상도동의 성탄절

지난 크리스마스 이브에 우울한 전화 한 통을 받았다. 상도동 철거 망루에 올라가 있는 친구한테 온 것이다. 한 달에 두어 번 오던 전화가 싸움이 긴박해지면서 자주 오고 있었다. 전쟁 같은 투쟁을 하고 나면 친구들이 생각나는 모양이다. 방송에 상도동 철거가 집중적으로 보도되고 있어 안팎으로 그쪽 사정을 대충 알고 있었다. 그 친구와는 10여 년을 한 조합에서 살면서 애증관계가 워낙 두텁게 쌓여 항상 말이 곱지 않다.

"어쩐 일이냐?"

"말투 하고는, 오늘이 그날 아니냐?"

"크리스마스 이브? 애들이냐?"

"그래도 여기에 있으니, 기분이 그렇다."

망루 위에서 크리스마스로 들뜬 도시를 바라보는 기분이 어떨까? 수백 미터 뒤에는 철거로 부서진 수십 년 자신의 삶터가 보이고, 화려한 도시는 먼발치 눈앞에서 아무 일 없다는 듯 축제 분위기고, 용역깡패와 경찰은 그를 잡아 족치지 못해 수많은 방법을 구상하고 있을 것이다.

그의 전화를 받은 사무실 안에 석유난로가 타오르고 있었다. 이 석유난로는 그가 지난여름에 마련해 준 것이다. 무더운 여름날, 그가 상도동으로 차를 가지고 오라고 해서 트럭을 가지고 그의 농성장으로 갔더니 그가 빈 골목에 서서 우리를 기다리고 있었다. 그는 이 집은 어떤 집이고 저 집은 어떤 집이라고 설명을 하면서 대부분 비어 있는 주택 골목을 이리저리 끌고 다니더니 한 곳을 지목했다. 그 안에 버려진 석유난로가 한쪽으로 누워 있었는데 거의 새것이었다. 누군가 이사를 가면서 버리고 간 것이다. 셋이 난로를 실어놓고 그를 따라 주택 하나에 들어가니, 그가 이곳에 투쟁망루가 설 것이라고 했다. 내가 지켜 보건데 몇 개월을 망루 준비에 시간을 쓴 것 같았다.

그는 망루에 고립되기 직전, 가끔 조합에 들러 밥을 먹고 갔다. 들르면 자기 고민들을 이야기하곤 했다. 제일 힘든 것이 사람들 관계였다고 한다. 그 친구의 괴팍한 면을 알기에 그 이야기를 들으면서 걱정이 없지 않았다.

전화를 받으며 할 이야기는 많았지만 별로 하지 못했다. 서로 서먹하기만 했다. 싸우는데 지원도 못 나가고, 그렇다고 먹을 것을 보낸 적도 없으니 미안한 마음뿐이었다.

"메리 크리스마스다."

한숨 소리와 함께 그가 인사를 한다.

"그래, 너도. 몸조심하고."

"끊는다."

언제나 싸우고 있다

상도동 철거투쟁은 치열하게 진행되었다. 마치 전쟁을 지켜보는 것 같았다. 그 춥고 처절한 망루 안에서 그 친구는 겨울을 고스란히 보냈다.

설을 지내고, 1월 24일 조합에 가니, 안산에 사는 친구한테 전화가 왔다.

"상도동 소식 들었냐?"

"아니, 해결됐냐?"

"뉴스 안 봤구나. 정리됐단다."

안산 친구는 상도동 집회에 몇 번이고 참석했다. 하루는 사무실을 닫기 직전에 밤늦게 사무실로 들어왔다. 상도동 망루에 보내려고 튀김 닭 서너 마리를 가지고 왔단다. 상도동 가는 길에 조합에 들렀다고 했다. 망루에는 경찰과 용역에서 사람을 차단하고 있었지만 그렇다고 전혀 길이 없는 것이 아니었다. 흔히 말하는 비밀통로가 있었다. 그가 닭을 사들고 가면 그쪽에서 어디에 떨어뜨려 놓고 가라고 하면 놓고 오는 것이다. 경찰도 그런 길까지 완전히 막지는 않는다고 한다. 숨을 쉴 구멍은 건드리지 않는 것이다. 한번은 이 친구가 싸움이 극에 달하기 직전에 망루에 올라갔다 온 적도 있었다. 망루는 철판을 용접해 잘 지어 놨고, 위에서 보면 주변이 훤히 보인다고 했다. "골프공은 엄청나게 많더라"고 망루에 다녀와서 그가 말을 했다. 하긴 수개월을 투쟁 준비를 했으니 뭔들 갖추지 않았겠는가!

월 초에 해결이 되겠거니 했는데 협상 과정이 쉽지 않았나 보다. 통신을 보니 싸움에 참석했던 사람들이 망루에서 내려와 경찰차에 타고 있었다. 오후쯤 되니, 노량진 경찰에 면회를 다녀온 지도위원님이 조합에 들렀다. 녀석이 비쩍 말라 골골하다고 한다. 늘 그랬지만, 망루에서 싸우느라 더했으리란 생각이 들었다. 여덟 명 구속에, 여덟 명이 불구속되었다. 그는 구속되었다. 살인미수로 중죄인이 된 것이다.

긴 싸움이 마무리되는 이런 날은 홀가분한 기분도 들고, 자본에 대한 분노가 끝도 없이 치솟기도 한다. 여럿이 모여 한바탕 자본과 정권을 성토하고 나니 배가 고파진다.

작년인지, 재작년인지, 그가 찾아와 싸움에 들어간다고 했다. 철거싸움은 워낙 길어 일상생활 속에 묻힌 나는 잊고 지냈다. 가끔 그가 전화를 하거나 찾아 왔을 때나 '아! 싸우고 있었지' 하고 기억을 했다. 무심한 나는 상도동이 주점을 할 때나 민중연대 차원으로 집회가 있을 때 한 번도 가보지 못했다.

원시적인, 너무나 원시적인

상도동 싸움은 거의 원시적인 전쟁이었다. 왜 그런 일이 이렇게 벌어질 수 있는지 이해가 되지 않았다. 으레 정부에서는 철거 싸움은 그럴 수 있을 거란 판단을 하는 모양이었다. 한창 투쟁이 불붙고 있을 때 안산 친구가 찾아왔다.

"사무국장, 어제 상도동 투쟁 봤어?"

"아니, 못 봤는데?"

그가 내민 신문을 보니 쓰러진 컨테이너에서 불길이 등에 붙은 채 뛰어나오는 사람이 있었다. 영화 〈분노의 역류〉에나 나올 법한 장면이었다. 붉게 타오르는 불길과 함께 상도동 싸움이 대대적으로 실렸다.

그 싸움은 뉴스뿐만 아니라 여러 프로를 통해 방영되었다. 후에 친구가 옥살이하고 나와 설명을 해 주니 더 실감이 났다. 화염병이 날아다니고 물이 뿌려지고, 기자들이 특종을 찍겠다고 몰려다니고, 경찰들은 언제든지 들이치기 위해 진을 짜고 있었다고 한다. 새총으로 화염병을 쏴도 이미 크레인 전체에 방어망을 둘러쳐 놓아서 먹히지가 않았다. 망루로 용역사람들이 앞에서 살수를 하며 밀고 들어오고 있었다. 거의 망루에 컨테이너가 드리워질 무렵 크레인이 앞으로 기울어졌다. 골목 바닥이 꺼지면서 크레인의 한쪽 바퀴가 빠진 것이다. 그곳에 그런 구멍이 있는 줄을 몰랐던 모양이다. 크레인이 기울어지고 컨테이너는 바닥에 떨어졌다. 그때 컨테이너 안에서 등에 불이 붙은 사람이 뛰쳐나온 것이다. 그 무식한 철거에도 망루는 지켜졌고 상황이 끝날 때까지 건재했다.

상도동 철거투쟁 직전에 의정부 쪽에 비슷한 상황이 있었는데 그곳 철거민들은 끝까지 싸웠으나 버티지 못했다. 그 안에도 조합원 중에 한 명이 있었는데 그때 심정을 이야기하는데 공감이 갔다. 물을 뿌리며 내려오는 컨테이너에는 속수무책이었다고 한다. 결국 수적으로 열세인 망루 안 사람들이 끌려나오기까지 무수한 폭력을 당했는데 어떤 희열을 느꼈다고 했다. 망루 안에서는 견디기 힘든 초긴장한 상태로 하루하루를 보낸다고 한다. 어찌됐든 상황이 종료되는 시점에는 '아! 이제 끝났구나' 싶은 마음에 온갖 폭력 속에서도 극도의 긴장이 한꺼번에 풀린다는 것이다. 그 사건으로 그 후배는 철거투쟁으로 세 번째 감옥을 갔다.

상도동 투쟁에는 방송에 나오지 않았던 이야기가 꽤 있다. 망루에 대한 기습은 밤이나 낮이나 셀 수 없을 정도로 있었던 모양이다. 그 모든 침탈을 버티다니 가히 기적에 가까운 일이다. 그들은 자신의 터전을 지키는 데 최선을 다했고 결국 버텨낸 것이다.

상도동 망루

한번은 상도동 철거에서 거대한 굴삭기의 삽이 사람을 찍는 모습이 카메라에 잡혔다. 그 사람은 흰머리가 성성한 노인이었다. 다행히 삽이 다리를 긁고 지나가기는 했지만, 철거를 하는 자본의 모든 모습이 그 장면에 다 담겨 있었다. 2003년 방송 카메라 앞에서 이 정도였으니, 저 1960년대, 70년대, 80년대의 철거의 모습은 어느 정도였을까?

노인의 요구는 무엇인가? 그 거대한 땅을 소유한 사람들은 제대로 찍히면 뼈가 으스러지고 사지가 절단되는 굴삭기의 삽을 흰머리에 어깨가 구부정한 노인에게 왜 휘두르게 하는 것일까? 노인은 어떤 사람인가? 그저 가난한 사람일 뿐이다. 아마도 그 노인이 돌을 던지며 싸우는 것은 그 망루에서가 처음일 것이다. 그 요구가 아무리 문제가 있다 해도 임대주택을 달라고 하는 요구일 뿐이다. 경찰 특공대와 수많은 용역, 대형 크레인과 굴삭기가 밀고 들어가는 곳은 할머니, 할아버지, 어린아이와 엄마, 그리고 노동일을 하는 40대가 있는 망루였다.

그간의 철거 싸움에서 많은 사람들이 타살되었다. 영화와 문학, 언론에 숱하게 기록이 되지만, 그 어떤 정치인 하나 앞서서 막지 않고 있다. 정치가들은 항상 양심과 정의를 말하지만, 여전히 그 그늘 아래서 사회적 약자인 사람들은 처절한 생존의 투쟁을 하다가 잔인하게 타살된다.

저 상도동 빈곤한 내 동료를 향해 미친 듯이 굴삭기로 찍어대고 용역과 경찰이 돌격해 오는 오늘 이 땅의 장면은 무엇을 말하는가? 그것이 바로 이 사회 정치인, 자본가들의 신념이며 초상이지 않을까? 또한 정의가 빈곤한 사회를 사는 우리들의 빈약한 처지가 아닐까?

꽃잎과 건설노동자

영화 〈박하사탕〉의 마지막 장면은 오래도록 기억에 남아 있다. 주인공의 기억을 쫓아 긴 시간의 터널을 더듬어 다다른 청춘의 시작점은, 자갈이 묻힌 하얀 모래톱과 반짝이는 강물이 흐르는 곳이다. 햇볕에 투사된 갈댓잎이 잡목 우거진 검푸른 강기슭을 배경으로 흔들리고, 청년들이 강가에 둘러앉아 기타를 치며 노래를 부른다. 그 장면이 내 옛 기억을 끌어낸다.

친구들이 고등학교 다닐 나이에 나는 양화점에서 구두 일을 하며, 월말이면 동료들과 강이며 산으로 가방을 메고 돌아다녔다. 배를 타고 철길 아래 강을 건넜던 간현, 물안개 피어 한 폭의 산수화로 변하던 강촌, 가을 낙엽이 빛나던 소요산 등 계절을 바꿔 가며 열차를 타고 서울 근교로 다녔다. 1980년 초, 골방 같은 공장에서 희망을 갖기란 쉬운 일이 아니었다. 한 달에 한 번 바깥바람을 쐬는 것이 일상을 벗어나는 유일한 해방구였다. 단풍잎이 노동에 지친 얼굴을 스치고는 바윗길 아래로 휘감아 떨어지던 가을

산, 나와 어울려 다니던 작고 외로운 제화점 사람들에 대한 기억들을 이 작은 뇌와 심장에서 어찌 지울 수 있으랴! 하물며 뒤틀린 청춘과 사랑을 등진 상처받은 가슴을 깨끗하게 긁어낸다는 것이 얼마나 벅찬 일인가!

〈박하사탕〉에서 취한 주인공은 철교에 올라가 달려오는 기차 앞에서 서서히 두 팔을 벌린다. 취한 주인공의 눈에 과거와 현재의 기억이 엉키며 폭주해 들어온다. 그는 터널을 통과해 달려오는 기차에 가슴을 열고 자신을 맡긴다. 그의 찢어지는 듯한 목소리가 기적에 빨려들기 직전 응집된 한 움큼의 기억이 터진다. 순간의 시간을 타고 기억의 파편은 흩어졌다 모이며 붉은 피로 질펀한 광주와 박하향 나는 한 여인을 생각한다.

그 옛날 눈이 맑던 시절, 달리는 철길 아래 강을 끼고 세상을 맑게 보는 영혼들이 있었다. 남자 주인공이 누워 눈물을 흘리는 장면이 서늘하게 가슴에 남는다. 영화가 끝나고 화면은 사라지지만, 머릿속은 역추적해 왔던 주인공의 생을 다시 복기해 나가면서 내가 살아온 처지와 시대의 아픔을 되새기게 한다.

〈박하사탕〉의 주인공이 영화 〈꽃잎〉에서도 잠깐 등장한다. 여주인공을 찾으러 다니는 청년들 중에 하나로 나오는데, TV에서 그림자 처리된 그의 연기에 대해 소개하는 것을 본 기억이 있다. 〈꽃잎〉은 내게 있어 남자 주인공이 건설노동자로 나온다는 점에서 잊을 수 없는 영화다.

영화가 상영되었던 당시, 동료 한 명이 조합 사무실에 놀러 왔다가 영화를 본 이야기를 했다. 처와 함께 〈꽃잎〉을 봤는데, 처가 건설노동자가 다 저런 생활을 하느냐고 물었다고 한다. 몇 년 전에 한 번 보고 말하기는 그렇지만, 〈꽃잎〉에 나오는 건설노동자의 캐릭터는 여배우를 인상적이게 하고, 영화적 상황을 부각시키는 역할로는 충분하고 강렬했다. 하지만 세상을 건설해 나가는 건설노동자의 전형이라고 보기에는 동의하기 힘든 부분이 많았다. 사실 이 영화에서 남자 주인공의 직업이 큰 의미가 있는 것은 아니다. 그저 그런 일을 하고 살아가는 남자일 뿐이다. 단지 내가 건설노동자라서 이야기거리가 될 뿐이다. 그러나 일반 사람들이 생각하는 건설노동자의 모습에 대한 오해와 편견을 재확인하기에는 부족함이 없었다.

다른 곳에서도 건설노동자의 삶과 그 현장을 다룬 이야기들이 얼마든지 있다. 가령 이기영의 소설 『두만강』에서는 일제시대 토목건설현장 이야기가 나온다. 삽 하나로 댐 공사를 했다는 현장의 상황을 조금이나마 짐작할 수 있다. 전표가 있고, 합숙소가 있으며, 오야지가 있다. 어두운 현실에서 고된 노동을 하는 노동자의 모습은, 지금과 처한 상황이 다르지만 충분한 공감을 일으킨다. 지금처럼 고향이나 가족을 떠나 전국을 부유하며 하루하루 일을 해 나간다.

또 황석영의 소설 「객지」의 배경도 건설현장이다. 소설의 시대적 배경이 되는 1970년대는, 정부와 재벌이 건설대국을 꿈꾸며 국내의 건설노동자들을 이곳저곳으로 퍼 날랐던 시절이다. 중동의 황량한 사막과 월남의 전장, 황토 흙 질펀한 한반도 구석구석에 신이 만든 근로 인간을 배치했다. 건설노동자들은 쉬지 않고 죽어라 일을 했고, 건설계의 거물들은 비행기나 헬기를 타고 상공을 나르며 조국 근대화에 대한 구상을 했다. 건설노동자들은 뼈와 근육을 팔면서 생존을 구하지 않으면 안 되었다. 천리 길 도로가 깔려도, 10층, 20층 빌딩이 올라가도, 비행기를 타고 홍해 연안에서 일을 해도, 리비아 대수로 공사에 투입되어도, 마른 뼈가 드러난 손바닥에 안겨지는 것은 푼돈 일당뿐이었다. 그 푼돈인 일당이 일용노동자에게는 인생의 무게와 동일한 것이다. 일당쟁이는 더도 말고 오직 일당일 뿐이다. 그래서 날품팔이 인생이란 말을 하는가 보다.

건설현장은 생각보다 경쟁이 치열한 곳이다. 나름대로 몸 관리를 잘 해야 휴일이 없는 현장에서 원하는 만큼 일을 할 수 있다. 또 인맥관리를 잘해야 다음 현장에 따라갈 수가 있다. 요즘은 일하기가 더 어려워졌다. 품값이 싼 이주노동자들과 경쟁을 해야 하고, 나이가 50이 넘거나 몸에 질병이 있으면 웬만한 현장에서는 버티기가 쉽지 않다. 대기업 현장에서는 첫날 하는 일이 건강진단이다.

건설현장에서 일을 구하기 위한 두 가지 방식이 있다. 하나는 철저한 인맥에 의한 방식이고, 하나는 어디에나 있는 로터리나 용역형 날일을 구하는 방식이다. 용역에도 일정한 기술 없이 밑일을 하는 일반공이 있고, 기술을 가진 기능직이 있다. 현장의 대부분은 직종이 분명한 기능직 중심으로 건물이 올라간다. 노조에서도 조직 사업의 주 대상이 기능직이다. 기능직이 건설현장의 주력이기 때문이다.

일일용역은 일당을 받는 것이 기본이지만, 직종이 있는 기능직은 매월마다 받는 것이 기본이다. 기능직 기술은 대략 1년에서 2년 정도면 일류는 아니더라도 기본적인 기능을 익힐 수 있다. 물론 사람에 따라 10년이 가도 다 배우지 못하는 사람이 있고 더 빠른 사람도 있다. 직종이 분명한 건설노동자들은 사람들이 일반적으로 표현하는 '노가다' 라는 말을 듣기 싫어한다. 그만한 기술적 자부심이 있다는 말이다. 나름대로 세계가 있는 것이다. 아직까지 법의 사각지대라고 일컬을 정도로 열악한 환경이지만 조직화를 위해 고군분투하고는 있다. 건설현장은 때가 되면 떠나야 할 부끄러운 일터가 아니라, 내 자신의 미래이며 인성을 기르는 삶의 현장이다.

건설노동자가 사람들에게 어떤 모습으로 비춰질까? 주정꾼? 싸움꾼? 어린 여자를 후리는 남자? 영화 〈꽃잎〉의 주인공이 관리자에게 담배를 주고 휴가를 내는 장면에서 영혼이 팔리는 모멸감을 느꼈다. 정당한 권리를 담배를 주고 사다니. 노동자대투쟁을 거쳤지만 건설노동자는 여전히 남루한 작업복을 입고, 욕설을 하고, 술에 절어 살고, 미래가 없는 사람의 이미지를 벗어나지 못했다. 건설현장에 쳐진 막은 현장의 먼지만 막고 있는 것이 아니라 그 안의 본질까지 왜곡시키고 있었다. 〈꽃잎〉의 건설노동자가 건설노동자의 참모습은 아니라고 말할 수는 있지만, 건설노동자에 대한 어떤 이야기도 재미없는 것임에는 분명하다. 건설현장이 일반인들이 추구하는 꿈의 실현 장소와는 거리가 있기 때문이다.

그러나 그게 꼭 남의 잘못이라고 탓할 수만 있는가? 글을 쓰다 보니 문득 이런 생각이 든다. 이게 다 열등의식의 발로가 아닐까? 영화를 왜 있는 그대로 보지 못하는가! 무엇이 나를 나 자신으로부터 자유롭게 할 수 있겠는가!

1990년 초에 연세대학교 노천극장에서 전국노동자가요제가 열린 적이 있다. 비록 나는 구경하는 입장이었지만, 동료들이 빨간 작업 장갑을 끼고 건설노동조합 대표로 그 가요제에 참석하게 되었다. 가요제가 거의 끝날 무렵 우리 차례가 되었다. 당시 부위원장을 맡고 있던 선배가 노래 시작 전에 건설노동자에 대한 짧은 소개를 했다.

"우리 200만 건설노동자는 저 열사의 사막에서 경부고속도로까지 이 땅 건설의 주역이며, 저 5월 광주항쟁 때 도청사수의 최후까지 총을 잡고 싸웠던 노동자들입니다."

그 선배의 떨리는 말에 흥분해 자리를 박차고 일어나 함성을 지를 뻔했다.

아! 5월이면 우리는 잊을 없는 그 무엇이 있다. 총성에 흔들리는 카메라 앵글 속에 장발머리 교련복과 검은 잠자리 뿔테안경을 쓴 채 쓰러져 뒹구는 학생들, 검은 노동자들, 총과 곤봉을 들고 달려드는 군인들, 학살에 맞선 민중의 궐기와 무장, 숭고한 죽음과 멈추지 않는 투쟁. 해마다 5월이 총성처럼 문득문득 다가오는 걸 보면 이 모든 것이 아직 현재형이다.

5월 광주를 거쳐 드디어 이 땅은 거대한 사회구조적 변화를 겪게 된다. 1987년 노동자대투쟁을 거치면서 전국노동자 조직을 구체화시켰다. 억압받던 한 개인의 삶에서 뛰쳐나와 힘을 결집하여 공동투쟁을 만들어 낸 것이다. 건설노동자들도 그 변화의 바람에 기꺼이 동참했다. 노동자대투쟁은 건설노동자를 스스로 조직하게끔 만들었다. 미래가 보이지 않는 무능하고 빈약한 밑바닥 '노가다' 에서, 이 땅 건설을 책임지는 건설 산업의 주체인 '노동자' 로 다시 태어나게 되었다. 노동자대투쟁을 온몸으로 통과하면서 건설노동자의 참모습을 되찾은 것이다.

1998년 외환위기 때 건설노동자는 맨몸으로 버티며 정신을 차렸다. 노동자대투쟁이 10년을 넘었지만, 현장의 건설노동자는 그제야 조금씩 움트기 시작한 것이다. 펄럭이는 건설현장의 비산방지망 너머로 무심히 변하는 세상을 관조하다가, 나이 40~50이 넘어 바지를 털고 일어나 거리에서 거리로 모여들기 시작한 것이다.

지난 2006년 7월 11일, 전국에서 모인 건설노동자 1만 명이 대학로에서 집회를 가졌다. 18년 건설 조직 역사에 한 분수령이 되는 날이었다. 그러나 그 대가는 혹독하기만 하다. 올 여름이 가기 전까지 건설노조 동지들 중 구속된 인원이 100명을 넘길 전망이다.

조직화와 투쟁은 열등감에 쌓인 노동자의 영혼을 치유한다. 흰 머리칼이 날리는 늙은 노동자들이 자기 권리를 찾기 위해, 비굴을 강요하는 방패를 두드리는 모습에서 노동자의 참모습을 본다. 「객지」의 '대위' 가 여전히 현장을 지켜온 것이다. 긴 시대를 경과하면서 손등의 핏줄이 굵어지고 머리는 희어지고 힘쓰는 것이 예전만 못하지만, 아직까지 세상을 향해 소리칠 힘과 인간적인 권리를 위해 투쟁할 기력과 정신은 더욱 세지기만 한 것이다.

건설노동자는 투쟁을 통해 집단을 이룰 때, 자기 모습에 대해 굳이 왈가왈부 할 필요가 없어질 것이다. 비인간적인 노동과 열악한 환경에서 생겨난 열등의식이 집단적 투쟁을 통해 치유될 수 있음을 짧은 이 글을 정리하면서 새삼 깨닫는다.

간현의 강 위 철로에는 지금도 기차가 다니는지 모르겠다. 가본 지 너무 오래 되었다. 주변은 이미 변해 예전의 모습을 찾기 힘들 것이다. 변한 것이 어디 간현의 철로뿐이겠는가? 예전에는 휴일 날 놀러 나갔지만 지금은 집회에 간다. 여유가 생기면 옛날의 그곳들을 다시 한 번 가보리라.

숱한 '꽃잎'이 뿌려진 광주 도청과 금남로를 걷는 거듭난 노동자의 긴 행렬을 생각해 본다. 제대로 된 노동자의 모습으로 정권의 탐욕과 폭거로 황망하게 당한 영혼을 치유하는 그날을 상상해 본다.

내일로 가는 닥트공, 최경주

송경동(시인)

그의 원고를 앞에 두고, 무척이나 각별하고 기쁘다. 이런 것이 80년대 우리가 섣부르게 갖고자 했던 당파성이라는 것일까.

그를 만난 지도 벌써 10여 년이 훌쩍 지났다. 글을 쓰는 건설일용노동자들이 있다는 얘길 처음 들은 건, 그의 글 「횡성 벗들」에 나오는 조적공 이씨의 부인, '오여사'를 통해서였다. 오여사도 참 별난 사람이었다. 말수도 없고 늘 부끄러움을 타는 듯 조용조용했지만 지금 생각해 보면 삶의 강단이 굳은 사람이었다. 고대 국문과를 나온 그녀는 학생운동을 거쳐 노동운동에 뜻을 두고 현장으로 왔다가 조적공 이씨를 만났다. 제주도에 살던 그녀의 부모들은 가당치 않은 결합이라며 10여 년 동안 딸자식을 잃어버린 자식 취급했지만 그녀는 흔들림 없었다.

그 오여사를 통해 나는 처음 목수 황씨와 닥트공 최씨를 만났다. 나와 비슷한 또래의 그들은 서울건설일용노조에서 〈글 쓰는 일꾼〉이라는 소모임을 하고 있었다. 글을 쓰는 목수와 닥트공이라니. 그게 노동자문학을 하고자 했던 우리의 꿈이기도 했지만, 왠지 그들이 낯설었다. 장도리와 방망이(닥트의 주 연장)를 들던 우악스런 손에 들린 작은 볼펜은 잘 상상이 되지 않았다. 예상대로 그들의 글은 투박했지만, 대신 삶의 구체적인 일상이 잘 드러나 있었다.

세월이 흘러 조적공 이씨와 목수 황씨네는 끝내 도회지 일용공 생활을 견디지 못하고 귀농을 택했다. 잘 보이지도 않는 횡성 어느 산골이었다. 가끔 이름 모를 풀 한 포기마저 소중히 여기며 살아간다는 그 부부들 소식을 접할 때면 부럽기도 했지만 가슴이 먹먹했다. 한때 혁명을 꿈꾸었으나 이젠 꽃도 십자가도, 이름도 명예도 없이 조용히 살아가는 그들의 낮은 삶이 눈시울을 적셨다. 물론 우리의 젊은 날이 무엇을 얻고자 했던 것은 아니었지만 세상은 별반 달라지지 않았는데 우리는 너무 가난하게만 살아간다는 것이 가끔 억울하고 서글펐다.

서울에 혼자 남은 닥트공 최씨와 나는 간간이 연락을 주고받았다. 그라도 끝내 글을 써주었으면 좋겠다는 생각에 잊을 만하면 그에게 글을 부탁했다. 나중엔 아예 『삶이 보이는 창』에 연재를 부탁했다. 인터넷 사이트에 개인 방을 만들어주고 그가 글을 써주길 바랐다. 그가 아니면 쓸 수 없는 이야기들이 있다는 생각이었다. 생각해보면 그것은 닥트공 최씨를 위하는 일이기보다는 나를 다독이는 일이기도 했다. 한때 그 많던, 노동자문학을 하자 했던 벗들은 모두 어디에서 무엇을 하고 있을까. 그렇게 외로울 때마다 닥트공 최씨가 든든히 버티며 그래도 내가 아직 있잖아 하며, 그 선한 눈빛으로 나를 다독여 주었다. 물론 우리는 글을 논하는 자리에서 만나기보다, 싸움의 현장에서 더 자주 보았다. 주로 노동자대회나, 국회 앞이거나, 광화문에서 있는 군중집회에서 짧은 눈인사를 하며 근 10여 년을 만나왔다.

기대했던 대로 최경주 형은 이 책에서 그간 어떤 문학인들도 하지 못했던 훌륭한 일을 해 두었다. 내가 볼 때 그것은 황석영의 「객지」가 변두리노동자를 다루며 이룬 근대문학적 성과와 비길 바 없이 그 자체로 소중한 것이다.

1970년대 이후 노동자들의 삶을 다룬 글이 많이 나왔지만, 사실 건설일용노동자들 이야기를 다룬 전면적인 글은 앞서 얘기한 황석영의 「객지」 외에 거의 생산이 되지 않았다. 굳이 꼽아보자면 지금도 철근노동자로 살아가는 김해화와 김기홍 시인의 글들이 전부였다. 하지만 시라는 형식상 좀 더 구체적인 건설일용노동자들의 삶을 충분히 엿볼 수 없었다.

마음은 있되 전문 문학인이 아닌 건설일용노동자가 글을 쓴다는 것은 쉽지 않다. 초인을 요구하는 살인적인 노동, 근로기준법의 사각지대에 어울리는 장시간 노동, 하청에 재하청을 타고 내려오며 뜯겨진 쥐꼬리 임금, 일거리를 쫓아 전국팔도를 떠돌아야 하는 작업의 성격은 건설일용노동자들에게서 여유와 문화를 빼앗아간다. 학생들에게 찾아오는 방학처럼 일 년에도 몇 번씩 쉬어야 하는 대마치 기간(일이 끊겨 쉬어야 하는 시간)이 있긴 하다. 하지만 그 기간이 오히려 건설일용노동자들에게는 고통스런 시간이다. 눈앞에 닥친 생계의 위협과 미래에 대한 불안으로 초침 돌아가는 소리가 다 들린다. 삶은 늘 도망치고 싶은 저주의 대지로만 여겨진다. 한시라도 잊어보고 싶은 치욕과 모멸의 시간이다. 그런데 그런 삶을 스스로 기록해내야 한다니. 써봤자 온갖 삶의 비루함으로 가득 찰 글을 말이다.

하지만 최경주 형은 끈덕지게 자신과 자신을 둘러싼 사람들의 이야기를 숨김없이 써냈다. 오히려 당당하니 썼다. 너무도 생생하게 자신에 대해 주변에 대해 썼다. 담담한 그의 글 속에서 현장은 기운차게 돌아가는 생산의 대지로 다시 태어난다. 그의 글 속에서 사람들은 추문이 되어버린 도덕에 휩쓸리지 않고, 오히려 간교한 생활의 법에 충실하다. 그 충실함이 오히려 우리에게 생동하는 인간의 질감을 느끼게 해준다. 더 큰 미덕은 사람들을 '비정규직노동자들'이라는 식으로 뭉뚱그려 집단과 수량으로 그리지 않는 다는 것이다. 그의 글 속에 나오는 사람들은 한 명 한 명이 자신의 삶의 질 량을 각별하게 지닌 사람들로 되살아난다. 어디에서도 볼 수 없는 '웅장한 행위예술'을 구사하는 중장비 운전수가 나오고, 철거촌에서 스피커를 주 어다 연결시켜 두곤 음악 삼매경에 빠져드는 문화노동자들이 나온다. 살인 혐의자로 몰려 잡혔다가 다섯 번씩이나 탈출에 성공하는 빠삐용 소년이 어 떻게 노동자가 되는지가 사실적으로 그려져 있다. 일용공 생활을 탈출해 보고 싶어 차량을 개조해 불법비디오 장사를 다니는 허씨의 뿌리 잃은 삶 의 내력이 아프게, 하지만 재밌게 다가온다. 일상화된 임금체불이 그들에 게 어떤 의미인지 잠 못 드는 밤이 아프게 그려져 있고, 산재가 어떤 것인 지가 죽을 뻔한 그의 경험을 통해 설득력 있게 그려진다. 그는 '진짜 노동 자'들이 진짜 어떻게 살고, 생각하는지를 청계천 벼룩시장처럼 아기자기 하게 그려준다. 만물상이 따로 없다. 얼치기 지식인들이 쓰는 동정 어린 시 선도, 교조적이고 형해화된 사회과학적 인식도, 밥 한 그릇 먹여주지 않는 도덕관념도 끼어들 틈이 없다. 그는 지금 이곳에서 살아가는 사람들, 싱싱 한 생명의 나무들을 가식 없이 냉정하게, 그렇지만 따뜻하게 그릴 뿐이다.

그런 최경주 형의 글을 읽으며 자꾸 나는 그가 전태일 열사와 연결지어 졌다. 만약 전태일 열사가 죽지 않고 살았다면 그와 비슷한 삶의 자리에 서 있지 않았을까. 전태일 열사가 청계천 평화시장에서 일할 때가 열다섯이었 다. 최경주 형은 열일곱에 평화시장 시다가 되었다. 전태일 열사 역시 평화 시장을 떠나 1년여 동안 건설현장의 '데모도(기능공이 아닌 보조공을 일컬 음)'로 건설일용노동자 생활을 겪었다. 최경주 형도 구두공장 시다를 거쳐 건설일용노동자가 되었다. 전태일 열사는 자신을 투사의 자리로 나아가게 했다. 최경주 형도 그렇게 살아 왔다. 전태일 열사는 자신의 삶과 주변의 삶을 꼼꼼히 기록해 두었다. 최경주 형 역시 자신과 주변의 삶을 꼼꼼히 기록해 왔다. 전태일 열사가 살아 있다면 아마도 필연적으로 만날 수밖에 없는 운명 아니었을까.

그래서일까. 나는 이 글이 자꾸 『전태일 평전』의 후속편으로 읽혀졌다. 『전태일 평전』이 평화시장 어린 노동자들의 평전이라면, 이란주의 『말해요, 찬드라』가 외국인이주노동자들의 평전이라면, 최경주 형의 이 글은 비로소 세상의 볕을 쬐게 되는 건설일용노동자들의 삶의 평전이다. 사회민주화가 거의 완성된 양 하고, 전태일 열사의 삶이 영화로 만들어진 지도 벌써 십여 년이 지났지만, 그들의 삶은 이제야 기록물 형태를 띨 수 있었다. 그만큼 그들은 사회적으로 묻혀져 왔고 철저히 소외당해 왔다. 청계천 의류노동자들이 스스로를 조직해 싸우던 그때로부터 30여 년이 흐른 지금에야 비로소 건설일용노동자들은 자신들의 조직된 목소리를 가질 수 있었다.

그들이 근래 포항 포스코 본사를 점거했던 이들이다. 비정규직이라는 말조차 존재하지 않던 시절부터 비정규직으로 살아 왔던 그들이다. 정규직을 탓하며 비정규직 처우개선을 입바르게 얘기하는 참여정부 시대에 처음으로 자신들의 목소리를 집단적으로 냈다는 이유만으로 58명이 구속되고, 1,500명 전체가 사법처리 대상이 되고, 한 명의 동료가 공권력의 방패에 찍혀 목숨을 잃는 것을 이 뜨거운 땡볕 아래에서 겪어야 했던 비통한 이들이 그들이다. 이 책의 후반부에는 그 힘겹고 감격스런 싸움의 현장이 소개되기도 한다. 어느 훼절한 정치가는 이런 건설일용노동자들이 최소한의 법적 대우를 받을 수 있게 되는 상황을 '혁명하자는 거냐'고 했다 한다. 단지 근로기준법의 적용이라도 받아 보았으면 좋겠다는 말이 '혁명'이라는 무서운 말로 등치될 만큼 그들을 바라보는 사회적 차별의 시선은 깊고도 오래되었다.

소개했듯이 그는 세칭 말하는 그런 '노돌이' 노가다였다. 평화시장 시다로 출발해서, 구두공장을 거쳐 건설현장 일용공이 되던 때가 열일곱이었다. 20년을 훌쩍 넘긴 그는 지금도 한결같이 닥트공이다.

연탄배달을 하기도 했던 그의 아버지 역시 건설일용노동자였다. 말년에 동네주택 공사 하나를 수주하고는 그 기쁨을 주체하지 못하고 뇌혈관이 터져 죽은 소박한 노동자였다. 비오는 날, 막걸리 한잔 얼큰히 되면 동네 아저씨들과 함께 맨홀뚜껑을 들어 누가 더 멀리 나르나 내기를 하곤 했던, 세상에 가진 거라곤 몸뚱이밖에 없던 아버지. 아버지의 산소호흡기를 뗄 것인가, 말 것인가 고민할 때 그들 가족이 가진 거라곤 전세금 7백만 원이 전부였다. 그는 잔인한 큰아들이 되기를 결심하고, 아버지의 산소호흡기를 거둔다. 이젠 그가 그런 아버지가 되어 있다. 아버지를 따라 노동자가 되어 있다. 첫 아이를 낳을 때 그가 가진 거라곤 보증금 6백에 월 8만 원짜리 셋방이 다였다. 그래서 그는 제발 아이가 수술 없이 자연분만으로 태어날 수 있기를 기도한다. 셋째 아이를 낳기 전날은 압축 렌탈기에 온몸이 끼어 압착사당할 뻔하다가 살아 나온다.

그러나 그는 글 속에서 그런 가난에 끌려 다니지 않고, 즉자적인 분노에 휩쓸리지도 않고, 불타는 적개심에 자신을 소진시키지도 않는다. 어떤 힘이 그것을 가능케 하는 것일까? 척박한 노동자의 현실을 개선하기 위해 일터와 일터 밖에서 노동운동가로 20여 년을 살아 온 내공 탓일까. 아니다.

그 무엇도 아니다. 다만 그는 역사와 노동의 진실을 보았을 뿐이다.

　사실 그와 그들이 진정한 이 세계의 일꾼들이며 주인이지 않는가. 그와 그의 동료들의 손을 거쳐 비로소 아파트가, 백화점이, 영화관이, 학교가, 교회가 세워진다. 그들의 손을 거쳐 비로소 건물들이 숨을 쉰다. 그의 직종은 닥트다. 닥트는 사람 몸으로 치자면 건물의 몸에 폐혈관을 심는 일이다. 마이다스의 손은 따로 있지 않다. 최경주와 그들, 건설노동자들의 손이 바로 마이다스의 손이다. 그들은 그 손으로 이 세상의 주거와 관련된 모든 건축물들을 세운다. 토공과 비계가 땅을 고르고 다져 놓으면 4대마라는 목수, 철근, 공구리, 조적이 들어가 뼈대를 세운다. 뼈대에 생명과 살을 붙이는 것은 전기, 배관, 설비, 닥트, 덴죠, 방통 등이다. 뼈와 살이 선 골조에 미를 선사하는 것은 도배, 칠, 조명, 인테리어목공 등이다. 그래서 그들은 무슨 사회과학의 세례를 받지 않더라도 명백히 이 땅 생산의 주인들이다. 수백, 수천의 집을 짓고도 하나도 소유하지 않는 이 땅의 예수며, 부처며, 선각자들이다. 그들이 비천해서 그들의 권리를 찾지 못하는 게 아니다. 이 땅의 사회구조와 인식이 천박해서 그들의 권리가 드러나지 않을 뿐이다. 사회적 부는 실제 이들이 땀 흘리는 노동을 통해서만 쌓인다. 자본은 이들 노동의 정수를 응축시켜 놓은 로열젤리일 뿐이다. 이것이 법이다. 실정법을 넘어서는 진실의 법이다. 이것이 지식이다. 사람들의 영혼에 혼탁한 먹구름으로나 기능하는 죽은 지식이 아니라 대지의 숨가쁘게 아름다운 원동력이 어디에 있는지를 밝히는 생산적 지식이다. 모든 건 그들의 그림자다. 교육도, 언론도, 문예도 모두 노동이라는 숭고함을 떠나서는 헛구름이다.
　지금도 새벽이면 연장 가방이나 작업복 가방 하나씩 들고 새벽길을 나서는 그들이 공부를 못하면 '저렇게' 되는 표상이 아니라, 어른 말 듣지 않으면 '저렇게' 되는 불량표지판이 아니라 누구보다도 존중받는 그런 세상이 올 때 비로소 우리는 민주주의의 진척을 애기할 수 있지 않을까.

최경주 형의 글을 앞에 두고 자연스레 꿈꿔보는 세상이다. 오늘도 그가 닥트를 조립하며, 동료 일용공들을 조직하며 꿈꾸는 세상도 이와 같지 않을까.

혹, 내일 포항에서 그를 만나게 되면 물어봐야 할 것 같다. 내일은 그와 같은 건설일용노동자로 살다 얼마 전 경찰 방패에 머리를 맞아 타살된 제관공 하중근 씨의 넋을 기리는 촛불문화제가 있다. 아마도 다시 짱돌을 들거나 화염병을 들어야 할지도 모르는 날이다. 그런 우리를 세상은 또 과격하다 할지 모르겠지만,

사람들아.

과격한 것은 즉자적 분노밖에 표출할 수밖에 없는 무지렁이 우리들이 아니라, 너무도 계획적이고 치밀하게 우리의 노동을 착취하고 권리를 앗아가는 이 사회의 구조다. 없는 이들에겐 자살공화국이 되어도, 산재공화국이 되어도, 실업과 노숙자들의 공화국이 되어도 눈 하나 깜짝하지 않고 자신의 배와 권력만 챙겨가는 저 잔인한 참여왕국, 딴나라왕국, 삼성왕국, 현대왕국, 포스코왕국에 사는 사람들이다. 아무리 생각해 봐도 우리가 아니다.